U0526504

缪子年

高凯 著

北方联合出版传媒（集团）股份有限公司
春风文艺出版社
·沈阳·

图书在版编目（CIP）数据

绿子午 / 高凯著. —沈阳：春风文艺出版社，2022.9
ISBN 978-7-5313-6286-9

Ⅰ．①绿… Ⅱ．①高… Ⅲ．①报告文学—中国—当代 Ⅳ．①I25

中国版本图书馆CIP数据核字（2022）第129045号

北方联合出版传媒（集团）股份有限公司
春风文艺出版社出版发行
http://www.chunfengwenyi.com
沈阳市和平区十一纬路25号　邮编：110003
沈阳绿洲印刷有限公司印刷

责任编辑：姚宏越	助理编辑：周珊伊
责任校对：陈　杰	封面设计：郝　强
印制统筹：刘　成	幅面尺寸：170mm × 240mm
字　　数：220千字	印　张：13
版　　次：2022年9月第1版	印　次：2022年9月第1次
书　　号：ISBN 978-7-5313-6286-9	
定　　价：45.00元	

版权专有　侵权必究　举报电话：024-23284391
如有质量问题，请拨打电话：024-23284384

目录
contents

001	引子：大事记
008	子午岭上究竟有多少个岭
030	"十大难+1"之长叹兮
047	护林员都是一样的
072	山丹丹花开
085	送给七个小矮人的七首小诗
106	火凤凰不是传说
115	一个密林部落和一个山大王
123	追寻吃了豹子胆的豹子
140	它们回来了
154	伐木者的背影
180	森林之根
204	后　记

引子：大事记

以史引领，开卷有益。

读书先读史，因其所记都是大事也。所谓大事，就是可以载入史册的天大的事。如斯，唯愿一眼扫过之后，岭上的历史烟云尽收眼底。

开宗明义，也是开门见山，之所以用"大事记"开篇，旨在展示一个"大森林"和一个"大子午岭"，其虽地跨陕甘两省，但在这里不分陕甘。我的期许是，让大森林回归大森林，把子午岭还给子午岭。

此大事记，为我披阅手头《延安市志》《庆阳市林业志》《延安市桥山林业局志》《延安市桥北林业志》四部志书之后，择其"大事记"中相关内容辑录而成，虽不一定是大事中的大事，但皆与子午岭有着直接或间接的关系。辑录过程中，为了删繁就简，我做了一些必要的舍取整合，但未断章取义，更未添油加醋。只是没有铜川和咸阳的子午岭史志，甚是遗憾。

四部志书时间起止分别是：《延安市志》，始于1997年，止于2010年；《庆阳市林业志》，始于古代，止于2010年；《延安市桥山林业局志》，始于古代，止于2009年；《延安市桥北林业志》，始于1979年，止于2015年。断断续续50余件，皆深刻在这段时光之中，虽然不是全貌，却是连接起来的历史截图。

历代大事记犹如一条子午岭之路。

古　代

黄帝轩辕氏，由其出生地姬水（渭河支流漆水河）率族北上，活动于洛河、桥山一带并西至于崆峒（今六盘山东麓），"披山通道"，修宫室，制弓矢，"播百谷草木"，渐开森林利用之途。

《史记》载"黄帝崩，葬桥山"。

夏商代

夏朝末期，周人先祖不窋奔戎狄（今庆阳），开辟农耕，教民稼穑，果桑之术随同传播。夏后发时，周人首领公刘率族迁豳（今宁县正宁旬邑一带），垦荒耕种，伐木造屋。

秦　代

始皇帝二十七年（前220年），秦始皇下令修筑驰道。驰道以国都咸阳为中心，向四方辐射，通往全国。

始皇帝三十五年（前212年），蒙恬为秦始皇出巡开筑秦直道，南起陕西咸阳（淳化县凉武帝村），北至九原郡（今内蒙古包头市西南孟湾村），全长1800公里，是中国乃至世界历史上最早的高速公路。《汉书》载："道广五十丈，三丈而树，原筑其外，隐以金椎，树以青松。"中经子午岭主脊500余里，一路削山填谷，烧山伐木，损坏林木数量极多。

汉　代

汉文帝刘恒曾下诏书，劝民种树。汉景帝、昭帝、元帝均下过"劝民种树"的诏书。

宋　代

北宋嘉祐六年（1061年）正月二十八，仁宗皇帝赵祯听黄陵祭祖回京大臣禀桥山栽植松柏很多，但成活保存甚少后，令坊州（今黄陵）衙差人看护巡守。当年在桥山陵地种植柏树1415株。州衙差寇守文、王文政、杨迈三户乡民免其一切差役，专在桥山日夜巡守，即是最早的护林员，名刻石立碑于山上，现收藏在黄帝庙院内碑廊东侧。

清　代

清穆宗同治六年（1867年），回汉民族纠纷爆发战争，纵火焚林无数。

同治八年（1869年），陕甘总督左宗棠督军在各驿道植树，经五六年，已多成荫。因柳树居多，后人将其称为"左公柳"。

中华民国

民国二十一年（1932年），国民政府公布《森林法》。

1933年6月22日，甘肃宁县平子镇一带狂风骤起，雨雹交加，摧毁树木百余株，中者可做屋梁，大者可做油楸。

1944年秋，国民党胡宗南部两个师驻扎正宁山河镇，为修筑掩体，将方圆10华里的树木全部烧光，上千亩大秋作物被践踏殆尽。

1945年3月11日，国民政府农林部公布修订后的《森林法实施细则》。

1947年，国民党黄陵驻军寇左昆部在双龙一带清剿时，放火烧山，大火持续一月之余，大片林木毁于火灾。

陕甘宁边区

1940年6月14日至7月3日，陕甘宁边区政府抽调乐天宇等6人组成边区森林考察团，对陕甘交界等处森林进行调查，并形成考察报告书。

1941年，陇东解放区军民响应党中央"自己动手，丰衣足食"的号召，开展大生产运动，共计开荒35.9万亩。

1941年10月，陕甘宁边区政府开展难民安置工作。这些人口大部分安置在子午岭林区。

1943年2月，抗大七分校从华北地区迁至合水县，校部进驻城关镇。至年底，共开垦荒地6万余亩，产粮8600石，收蔬菜280万斤。

1943年3月2日，朱德总司令电令陕甘宁边区各部队开展生产竞赛活动。在陇东地区，三八五旅七七〇团每人每天开荒达4.5亩，全年平均每人开荒62亩。劳动英雄李发财创造每天开荒7.2亩的最高纪录。其时，七七〇团在营区栽树19300余株。

1944年4月4日，陕甘宁边区政府颁布《陕甘宁边区植树造林办法》和《陕甘宁边区森林保护办法》。毛泽东主席号召延安人民每户种100株树，并带头身体力行。

1945年4月，子午岭林区八卦寺一带发生森林大火。10日起火，17日熄灭，烧毁森林53567亩，烧毁成材树木500多万株。邻近军民发现火情，奔赴火场，奋力扑打，终将林火扑灭。

1946年农历十月，子午岭一带狼牙刺灌木繁花满树，人皆称奇。

中华人民共和国

1949年11月，陕甘宁边区政府、中国人民解放军西北军区司令部联合发布《关于保护森林办法的布告》。

1951年，中国林学会在北京成立。

1951年9月，政务院总理周恩来发出《关于发动群众继续开展防寒抗旱并大力推行水土保持工作的指示》，强调黄河流域的治理工作。庆阳专署被划入重点建设区内。

1953年10月20日，宁县人民政府致函合水、正宁县和陕西富县、黄陵县人民政府，提出进行护林联防工作的初步方案。次年，宁县、合水和陕西富县三县之间成立子午岭森林护林联防委员会。

1953年，政务院发布《关于发动群众开展造林、育林、护林工作的指示》。

1956年1月31日，陕甘两省子午岭护林联防委员会成立，在陕西富县召开首届会议。5月，华池县豹子川林区因人为熏驱野蜂引起森林火灾，燃烧60多小时，烧毁森林数千亩。

1958年11月3—11日，第一批河南支援西北建设的7653名青年（简称"支建青年"）到达子午岭垦区。

1958年，甘肃省宁县梁掌森林经营所，越界采伐子午岭五里墩脊后岭东黄陵境内林木，出现两省林界纠纷。

1960年1月25日，在子午岭芦邑庄召开陕甘省界问题商谈会，陕甘两省民政厅及有关地区领导参加,对甘肃省宁县、庆阳县(时含华池、合水县)与陕西省彬县、黄陵县、洛川县、志丹县的境界问题进行协商,产生《陕西甘肃境界问题会议纪要》。

1960年4月8日,第二批河南"支建青年"5906人、随迁干部22人、家属196人,抵达子午岭垦区。

1961年4月底,子午岭农牧场"支建青年"因生活困难外流6244人,占原安置总数13817人的45.2%。

1961年6月26日,中共中央颁布《关于确保林权、保护山林和发展林业的若干政策规定(试行草案)》。

1962年11月,甘肃省子午岭林业局成立。

1966年1月,林业部决定将陕西省双龙实验林场及桥山林业局划归中国人民解放军西北林业建设兵团第一师领导;5月,中国人民解放军西北林业建设兵团第一师派员接管了陕西省桥山林业局,更名为中国人民解放军西北林业建设兵团第一师桥山林业局。

1966年5月,中央同意批准将原"甘肃省水土保持建设师"正式命名为"中国人民解放军西北林业建设兵团第二师"(简称"林二师")。

1975年1月17日,农建一师、二师和林建师建制正式撤销。

1978年11月25日,国务院批准国家林业总局《关于在三北(西北华北东北)风沙危害和水土流失严重地区建设大型防护林带的规划》。

1979年2月,第五届全国人大常委会决定,以3月12日为中国的植树节。

1979年4月5日,万余名海内外中华儿女同聚黄帝陵,参加清明公祭。

1979年4月中旬,子午岭林区中段大面积山场林遭柳毒蛾严重危害。

1980年5月4日,国务院确定将位于黄土高原中部的子午岭、桥山、黄龙山、劳山林区划为水源涵养林区。

1982年2月28日,中央绿化委员会成立。

1984年1月13日，全国人大审议通过《中华人民共和国森林法（修改案）》。

1995年，国家林业局规定，每年4月5日为爱鸟日。

1998年3月10日，林业部改为国务院直属机构。第九届全国人民代表大会常务委员会第二次会议审议通过《全国人民代表大会常务委员会关于修改〈中华人民共和国森林法〉》的决定》，并公布新的《中华人民共和国森林法》。

2000年12月6日，国务院批准《天然林资源保护工程实施方案》，天然林资源保护工程全面启动。

2006年5月27日，全国中小城市生态环境建设试验区首次现场考察暨经验交流会在甘泉县召开。

2009年9月9日，全国退耕还林工程建设10周年总结大会在吴起县召开。

2010年5月22日，轩辕黄帝新塑像在黄帝陵轩辕殿落成。

……

子午岭的历史肯定比子午岭长。如果要再加一个的话，那就应该是某个人的子午岭采访之旅——在2021年6月14日至9月30日之间三个多月的时间里，一个自命不凡的人本着"大森林大子午岭"的精神，分三次跨越陕甘两省走完了子午岭的60个林场和4个国家级自然保护区，最后写成了这个可能是迄今唯一一篇完整的关于子午岭生态文明建设成果的报告文学——《绿子午》。19—20世纪，无疑是子午岭生态历史的一个分水岭。对于这样一片生生不息的森林，我给她的未来准备了两个掂量已久的词：青山常在，欣欣向荣。

煌煌兮，荒荒兮，又煌煌兮，这个大事记堪称一部坎坷曲折的子午岭森林简史，自然界的荣枯盛衰、人世间的天灾人祸，以及历朝历代国家和地方励精图治的万千气象，都在这些碎片似的历史镜像之中。不过，我接下来要呈现的却不是大事，而是侧重历史的细节——许多小事及小人物，以此来反映中华人民共和国成立以来子午岭的变迁。动笔之前，我曾经妄言要为这些小事和小人物树碑立传，但现在我突然发现自己有些不自量力，我的笔力不具备那种刻碑的深度。子午岭巍峨，子午岭人更是不凡，三代林业人为我们的福祉所付出的一切，可歌可泣，青史不可忘记。对于我这个子午岭的子民，如果能凭借一根拐杖似的秃笔走近他们，并恭请他们收下这本拙著，此生便无憾矣。

　　历史真的是一面镜子。这个大事记，既是序幕，也是尾声，穿越作品之后，不妨再回头看看。

子午岭上究竟有多少个岭

这一节里,有两件捅到了天上的大事,想知道事情的原委,必须耐着性子来读。

沿着子午岭之路,回到我们大森林里去。我从子午岭开始,《绿子午》从我开始。在这中间一个世纪的时空里,绵延着一片森林缓慢而苍茫的年轮,横亘着包括我在内的几代人根深叶茂的林海守望。

我出生在子午岭的腹地甘肃省合水县,虽然因为工作关系最后远离了这一郁郁葱葱的胎衣之乡,但我却一直没有忘记自己是一个子午岭人,我的精神之根永远留在了子午岭森林深处。已近花甲之年的我,像一枚飘零已久的树叶,不停地回望着身后的那一片森林。

我的子午岭之行从童年就已出发。在我童年的记忆里,最稀缺的生活物资,除了粮食,就是水和柴火。这三样东西,可谓人之命脉,互为勾连,缺一不可。不过,最大的粮食灾难被我躲过去了。20世纪60年代初以后出生的人,都是父母吃饱了肚子有了力气之后争相生下的孩子。我们幸运地飞越了父辈们曾经遭受的饥馑年月,号啕着降临人世并得以生存和长大。记忆中,家里粮食不多,但能吃饱,没有细粮,但有粗粮,开荒造田,土地面积不断增加,人们有了足够的口粮。小时候,"饿死鬼"已经只是一句骂一个人能吃的话,孤魂野鬼里已经没有饿死鬼。

饥饿免了，但干旱和严寒难免。因为天灾人祸，植被遭到程度很大的破坏，森林天天在后退，川道和沟涧的水资源几近枯竭。又因为住在塬上，家家的基本生活用水，都要靠人和牲口到往返二三公里远的深沟里去抬去驮。沟里的那眼泉水，站在塬上看去，就像是一面小镜子，忽闪忽闪地反射着日月微弱的光辉。泉子里经常没有水，一勺子舀下去都是泥浆和蝌蚪，只能等一会儿舀一勺，再等一会儿再舀一勺，直到把水桶一勺一勺舀满。即使是舀满的水桶，也是混浊的一桶水，抬回家还要澄一会儿再慢慢倒进水缸，倒进水缸还要再澄半天才能喝一口或者做饭。我们家没有牲口，只能靠人抬靠人挑了，而所谓的人就是我们几个未成年的孩子，大人们还有更重更苦的活儿要去做呢。那条吃水的黄土路，就是一条羊肠小道，无非是人走得多了，稍微宽了一点点而已，不要说是雨天，即使是晴天，也十分险要，上上下下，全凭心劲和胆儿，稍不小心，就会连人带桶滚到沟里去。我就滚过那么一次，好在沟里的坡不是很陡，人慢慢停了下来，被一棵树挡住，水桶则是一直滚到了泉水边。结实的水桶还会有那样的运气，被捡回去继续用；不结实的水桶就没有那么幸运了，滚到半山腰就会粉身碎骨。

沟里没有水了，就接雨水。看见天阴下来，快要下雨的时候，家家就把盆盆罐罐搬出来摆上一院子，还不停地敲敲打打，老老小小看着天的脸色等雨滴。时间长了，等不及下雨，就赶紧挖一口窖，慢慢蓄积雨水。但是，挖窖不是想挖就能挖的，那可是有劳力有余钱的人家才能实施的大工程。有时候水窖也靠不住，如果半年不下雨，那些枯窖就像一截揪断了的肠子，愁肠万般。我家也有一口窖，但那是与邻家合力挖的，没用几年就给我们来了一个底朝天。

柴火之苦比缺水更甚。吃水，幸亏沟里还有那么一个不死不活的泉子，烧柴就没有那么容易了。集市上也有卖的，但价格太贵，一般的人家买不起。在村子里，不要说沟沟洼洼，门前屋后长着几棵树的人家也不多。一年四季为了大量的柴火需求，比如烧水做饭，比如烧炕，一家子可以说是挖空心思"广进柴源"。扫树叶就是"柴源"之一。但是，因为树木所剩不多，落叶也是有限的，而且树叶不耐烧，身子太单薄了，一见火呼啦一下就灰飞烟灭，没有硬硬的火焰，当然就没有持久的热量。每一年秋天，一些心急的人看见树叶落得慢，还会爬上树去或在树下摇树使叶落。我家大门口就有一棵大杨树和一棵大核桃树。大杨树是父亲留给他和母亲百年后做棺木用的，而大核桃树则是为了解决我们嘴馋的问题。这两棵树在一家人眼里无比地稀罕呢。临近秋天，两棵树唯一能让我们利用的就是它们的枯枝枯叶，一夜秋风吹来，总是有一些枝枝叶叶纷纷落下来，我们便赶紧去拾去扫。大杨树上还有一窝喜鹊和一窝乌鸦，即使不见秋风，喜鹊和乌鸦平时也会怜惜似的给我们蹬下来一些树枝树叶。如果遇上大风端了喜鹊和乌鸦的巢，那可就是好大一筐柴火呢。这棵杨树给我家的贡献当然只是绵薄之力。其实，一些树叶绿的时候就被羊吃掉了，记得我就爬上过几棵柳树，给家里的一只羊折过树枝，致使家门口那个沟里仅有的几棵柳树的头，每年到了夏末都是秃秃的。大人们不论，我们小孩子欺负那些树好像成了一个传统。长大后有一年回乡，我还看见一个放羊的小孩把路边的一棵小树压倒让自己的奶羊吃树叶呢。当时，我真想喊一声，但没有喊出声。因为那一幕似乎是在再现我的童年。除了依靠树，斫柴可能是一个重要的"柴源"。所谓的柴，其实就是山野里的野草，牛羊不吃的野草或者因为地势偏僻牛羊吃不上的野草，得空就乘势疯长了起来，一到夏天家家都会抢着去割，有些野草被连根拔了，一捆捆背回家后，堆在院子里晒干，就是过秋天熬冬天的柴火。没有草木"柴源"的时候，我们就去刮地皮。每年小草枯去，地皮上就会积下一层薄薄的枯草茎叶，细细的，柔柔的，是烧炕的好柴火，我们便用铁耙耙去刮，甚至用手去刨，然后用扫帚扫起来。羊粪也能烧炕呢，也是"柴源"之一。所以，我们就常年挎着一个筐，跟在羊群后面或者寻着羊群走过的路去一粒一粒捡拾羊拉下的黑羊粪蛋蛋。羊吃的是草，羊粪当然也是草，即使是被羊吃到了肚子里，最后也得给我们拉出来。就是说，草怎么也逃不出被我们烧掉的命运。

为了柴火，办法都想尽了，只能向子午岭进军。我记忆中和大人们一起干的活儿，除了在地里经常干的一些轻微的农活而外，就是一次去子午岭林区拉柴的经历。小孩子的心都是野的。当听说要去子午岭，一想到大森林，我马上就兴奋起来，嚷嚷着非去不可。这样我就跟着大人们去了，像大人们的一个尾巴。在父亲带领下，一共三个人，一个堂哥和我，带着干粮和水，一辆架子车，由一头毛驴驾辕，像去行军打仗一样，"千里迢迢""奔袭"子午岭。说是"千里迢迢"，是因为对于我那个未成年人而言，那是第一次走远路，感觉就像新学到的成语"千里迢迢"一样；说是"奔袭"，是因为森林是禁止砍伐的，拉柴其实就是偷柴，只不过是花一点小钱把柴拉走而已。拉柴也不是拉柴，而是拉木头。我们装的都是晒干的木头，晒干的木头拉得多拉着轻。车装满后，在上面盖了一些可以做柴火的树梢伪装一番。

大人们知道我只是去看风景的，也没有指望把我当人用。去时路上走不动的时候，我还不害臊地坐过空着的架子车呢。这样，去时路上的辛苦没有记住，回来时路上的艰难也没有记住，只记得一条土路，只有架子车那么宽，坎坷而又泥泞；远处的森林黑黢黢的，偶尔会看见山顶上伐木者往下滑木头而留下来的一道失去植被的白土。

美好的事情都是难忘的，那一次拉柴的经历让我牢牢地记住了子午岭大森林的模样。

哇，大森林；哇，子午岭。天地间好像都是树，遮天蔽日，密密匝匝的，真的是一个不一样的世界。因为既惊奇又惊喜，我哇哇个不停，喳喳个不休，问这问那的，像一个从荒原上飞来的乌鸦或喜鹊。那些树我一个也不认识，只知道它们都是树，大树能做家具，小树能做柴火，更不知道什么是灌木什么是乔木。那些参天大树已经很老了，大人们说，它们比我爷爷的爷爷的爷爷还要老呢。

林子里的天不寻常，说变就变，明明头顶还有太阳，转身就下起雨来，大家虽然都被淋湿了，一个个像"落汤鸡"似的，但没有一个人丧气，那样的雨很少见到，大家高兴还来不及呢。雨水珠子好像是彩色的，在绿树叶上是绿色的，在黄树叶上是黄色的，在紫色树叶上是紫色的，在红树叶上就成了红色的，而落在大家头发上的就成了黑色的，所有的水珠都像童话里彩色的珍珠，一颗颗一串串，亮晶晶的，非常好看。听说树林里有许多动物，但我一个也没有见到，只看见几只红嘴乌鸦、几只花喜鹊和几只叫不出名字的小鸟。

这些碎片似的记忆，就是我心底最初的子午岭的底片。

比我大十岁的三哥在我出生之前就去拉柴了，他所经历的困苦家境和拉柴生活比我早了10年，正好是我的故事的前奏和补充。三哥说，那时候，生产队方圆最少30公里以内的树木和野草都被斫完了，人们只好去子午岭拉柴。每年到了腊月，人闲了，山里的柴干了，家家便去拉柴，为过年和来年准备柴火。情况往往是，四五家人合伙一起走，一伙就是七八个人，带着干粮，一人拉一辆架子车，天不亮就出发，天黑到子午岭就装柴，然后在社员家里住一宿，第二天天不亮又往回走，天黑才能回到家里。一架子车的柴是不够一家人烧的，拉一趟是不行的，所以一个腊月要跑五六趟。一架子车的柴，二三百公斤重，平路上一个人还能拉着走，上坡下坡一个人根本不行，必须把每一家的人力集中起来一辆一辆挪腾。到了上坡时，必须"盘车"，即五六个人甚至七八个人共同推拉一辆车，拉上坡之后再去拉下一辆；遇上下坡时，就叫"放车"了，情况会稍微好一点，只需两个人驾辕顺势而下即可。"放车"虽然轻快，却很危险，驾辕的人把握不好方向或压不住车辕，就会失控放到沟里去。三哥跟着父亲拉柴的目的地拓儿塬林场，与我那次跟着父亲拉柴的目的地蒿咀铺林场不在一个方向，我的路线是平坦的川道，而三哥的路线是崎岖的残塬。去拓儿塬林场的路可艰难了，那些沟沟岔岔不说，光是起伏险要的崾崄就有大大小小十几个。而且，那时候生产队还没有牲口，全凭人的苦力。三哥说，记得驾辕上坡时他的鼻子尖尖总是挨在地上的。

在拉柴的路上，三哥比我幸运，竟然见到了野猪。不过，三哥见到的野猪并不多，也不怎么凶野，他们那几个拉柴的人就能对付，最让他们害怕的是狗。三哥他们拉的柴，是从社员家里买的，而那些社员每一家都养着一两只看家护院的狗，几家子的狗一旦集合起来，就是一大群，大的群有十几只，小的群也有七八只呢，而且那些狗都比野猪高大，比野猪凶猛。再凶猛的动物与人相遇，只要人不惹它，它是绝对不会主动攻击人的，而那些经过了人豢养的狗就不一样了，见了陌生人一点也不客气，即使主人出来阻挡，也会不给面子，六亲不认。这一点也不难理解，因为那些狗都是社员们用来对付野猪、豹子等猛兽的，平日里守在家里，打猎时又会随猎人出征，当然要比野猪厉害。当时，因为农林混杂，林场职工都种着庄稼，所以不仅社员家家养狗，林场职工也家家养狗。拉柴途中遭遇狗群进攻是经常的事情，被恶狗撕咬在所难免。时至今日说起几十年前的那些狗，三哥的表情都显得有些紧张。

看来，大我十岁的三哥比我吃的苦多多了。我们兄弟姊妹一共8个，三哥十五六岁拉柴时，虽然已经出生了7个，但他前面的3个两男一女或上学或工作已经飞走了，他后面的3个两女一男，或不能干重活，或不能当作劳力，而母亲又是一个旧社会出生的"三寸金莲"，只有他和父亲在那一段风雨中支撑着一个家。

三哥还说清楚了门前那一棵杨树和那一棵核桃树的来历。那两棵树，是1951年父亲带着一家人挖出那个黄土院子之后亲手栽下的。怪不得，在我长大后它们就已经长那么大了。在那个柴火非常稀缺的年代，它们能存在十多年并等到我，也实属不易呀！到了我的少年时代，已经开始大力提倡植树造林。记得，父亲特别爱栽树，每到栽树时节，即使是生产队不组织集体栽树，父亲也会扛着锄头和铁锨，一个人一声不吭地在院子里外吭哧吭哧地挖树坑。不仅是父亲，村子里那些上了年纪的人都喜欢栽树。

人走到哪里，树跟到哪里，好像是一个传统。那时候，塬上的人住的都是窑洞，基本没有人住得起房子，即使有一两间厦子（半边房），也是和窑洞一样窝在塬下面，在塬上面很难看见。这样，在塬上识别哪里住人哪里没有住人，唯一的办法就是看树——哪里有树哪里肯定有人家。即使集体的树都被砍完了，自家的几棵树总是舍不得砍。

父辈们的默默示范，无疑为我们演绎了一个"前人栽树后人乘凉"的故事。不过，父辈们的栽树是源于一场生死攸关的生态危机，他们是在为后代栽树，也是在为自己栽树，毕竟离子午岭只有四五十公里最近的村庄已经是一片荒凉。我家在合水县城边上，也就是说这片巨大的荒凉已经笼罩了一个县城。在我的记忆里，那时候属于村集体的树最后好像只剩下一棵了，那就是村口的一棵大槐树。

小小的合水县突然震惊了全国！

子午岭留给我少年时代的最后一个记忆，是一起轰动全国的乱砍滥伐毁林事件。那时候因为年纪小还不太懂事，听见出了那么大的事还挺自豪的。

20世纪70年代末，农林矛盾日益突出，地处子午岭腹地的合水县向隶属于国家的子午岭打响了"往森林要粮的第一枪"，全县动员开荒种田，林子遭到大面积破坏。事发后，县委书记牛维汉被撤销了一切职务，其"光荣事迹"1979年还上了《人民日报》。当时，我正在上高一，与同学们在学校的阅报栏争相看了新闻。我之所以特别关心，是因为此前我见过一次牛维汉。那是一个暑假，正值夏收时节，我跟着父亲在地里割麦子，因为偷懒弯不下腰，留下的麦茬比较高，被父亲骂了一顿。我狡辩说，麦茬高了翻地后不是可以成为肥料吗，既省力气又省肥料。就在这时，县委书记牛维汉检查"三夏"，来到了麦地里，经过我和父亲时，吆喝着把麦茬留高一点，翻地后可以当作肥料。我听到后非常高兴，牛维汉走过去后，我冲着父亲说："看看，怎么样，我说的没有错吧，县委书记都说我做得对！"父亲当然也听见了牛维汉的话，但他默不作声，继续割自己的麦子，麦茬还是低低的。这件事，让我甚是自豪和骄傲。所以，看到牛维汉因为毁林而被撤职，我心里愤愤不平，暗自伤心过好长一段时间。再说，当时粮食还不是多么充足，我们学生吃一个白面馒头都很困难，因为认识上的局限性，不少人对牛维汉多少还有点同情心。毕竟，"民以食为天"嘛。

这次毁林事件闹得很大，不仅省里知道了，甚至惊动了中央。当时的具体情况，时任合水林业总场林科站负责人、今年已经77岁的高广惠老人心里有一本账。在这篇报告动笔之际，我偶然在"子午经纬"微信公众号看到他写的一篇《子午岭回忆录》，就通过合水林管分局书记祁越峰找来了他的手机号码，通过电话采访了他。声音洪亮的高广惠回忆说，那一年，他从北京出差回到林场，发现自己出门后林场好像发生了什么大事，人声乱哄哄的。他首先发现大门口的山东护林员不见了，一问才知道，这个护林员为了阻止乱砍滥伐朝天开了枪，虽然没有伤到人，但被合水县公安局抓走了。原来，庆阳地委、涉及子午岭的几个县的县委相继发了文件，为了建大寨村，开荒造田，决定向子午岭森林进军。一些人说，山上有"绿色银行"，子午岭是我们的，我们不砍谁砍？合水县行动早，汽车、拖拉机轰鸣地开进了子午岭林区，开始了大规模的砍伐。这还得了？意识到事情的严重性，他立即拿上照相机，跑到山上拍照，看见到处是零乱的树枝，成材的和没有成材的树木被砍掉不少，而且极具破坏性，性质非常严重，场面让人揪心。在合水林业总场场长贾吉泰的支持下，他连夜写了一篇文章，署上个人名字，投给了《甘肃日报》，并很快发了出来。紧接着，在甘肃省林业厅和合水林业总场的支持下，他又带着照片和那份《甘肃日报》，一个人去了北京，到国家林业局反映情况。见到他放在桌子上的照片和《甘肃日报》后，时任国家林业局张世军局长当场铿锵有力地答复了四个字："立即调查"。据说，国家林业局很快把情况反映给了中央，中央很快批复甘肃省革委会查办。这样，甘肃省革委会副主任王世泰亲自带队，奔赴合水县，上上下下查了一个多月，弄清楚了事情的前因后果，严肃处理了涉事的县委书记牛维汉，《人民日报》还刊发了处理结果，很快刹住了一场森林浩劫。

子午岭会记住高广惠这个功臣，他不仅是合水县毁林事件的"吹哨人"，还是落叶松在合水林区生根发芽的引种人。因为告了合水人的"御状"，害怕受到打击报复，1978年高广惠就调回了河北省，永远离开了合水，从此在子午岭销声匿迹。直到2017年国庆节，因为退休后思念合水林场，他才在女儿的陪伴下开车从石家庄回到了阔别40年的合水旧地。

其实，我一直没有走出子午岭。参加工作后，我去延安时，穿过了一次子午岭，经历记忆犹新，而在庆阳工作时究竟有多少次经过和抵达，已经记得不大清楚了。大约是1992年的5月，在《陇东报》工作时，我回合水采访初见成效的"绿色工程"，时任合水县委书记刘全保给我看了一张子午岭卫星地图，他告诉我，地图上那些最绿的地方，就是咱们合水县。深入乡镇采访后，我写了一篇人物通讯《陇东栽树人》，发在当年7月6日的《人民日报》副刊上。此时，距1976年的合水县毁林事件已经过去了16年。其间，从毁林者牛维汉到造林者刘全保，经过自然修复、植树造林和各个林场的管护，合水的森林面积、林相和林分，发生了深刻的变化。

十几年后的子午岭又发生了一件大事，又是在我们合水县。1999年12月1日，甘肃省合水县林业总场平定川林场与陕西省富县和尚塬林场发生地界纠纷。具体情况是，八卦寺属于合水县平定川林场的一大片原始油松林被富县和尚塬林场以界限不明为由突然砍伐，合水县借机抓走了富县和尚塬林场场长，以至于双方都动用了武警和公安，相关林区还实施了戒严。最后，中央派出了林业部一个工作组赶赴陕甘两省进行调解。这件事，高广惠也参与过，我上次采访他合水县毁林事件时，他说起了事情的原委经过。他说，八卦寺那一大片原始油松林，是周总理点名陕甘两省在葫芦河共同建立军马场时留下的财富。军马场后来撤了，但陕甘两省为了那一片林地所属却一直争执不下，以至于历史上留下来的界碑也被移来移去。其实，那一片原始油松林所依附的林地，在明清时期是属于合水县太白林场的，富县和尚塬林场为了将其据为己有，移动或破坏了一些界碑。八卦寺是陕甘两省林区的分水岭，以岭上的一条小路为界限，一边是甘肃的，一边是陕西的，界限分明。天公好像也在主持公道，天上下的雨水，一半流陕西，一半流甘肃。还有人说，富县和尚塬林场之所以捷足先登，只是因为在自己的一边修了公路，而合水县平定川林场一直没有修公路，交通不发达，车上不去。

这些都是一面之词，事情的来龙去脉、是非曲直，还得去问子午岭。

如今，陕甘子午岭成了一处真正的青山绿水。走进子午岭，人们都能看到整个林区，不论是甘肃子午岭，还是陕西子午岭，所属森林区域的各县县城都与子午岭绿成了一片。具体地说，从各县人口密集的县城到子午岭林区，每一条道路都是绿树掩映。

典籍上说，所谓岭，泛指山峰，确指岭脊、山脉、相连的山和顶上有路可以通行的山。

在祖国的山川形胜中，岭是一个普遍而独特的存在。在北面，有黑龙江的小兴安岭和位于内蒙古与黑龙江之间的大兴安岭；在南面，有位于湖南、广东、广西和江西之间的"五岭逶迤腾细浪"的五岭；在甘肃，有西出河西走廊的乌鞘岭；在陕西等省则有狭义和广义上的秦岭。说其独特，几乎所有的岭都是大大小小的分水岭。比如秦岭，不仅是长江流域和黄河流域的分水岭，还是南方和北方的分界线。

而在甘肃和陕西之间，则有这篇报告文学的主角——子午岭。其又名横山、桥山，因呈南北走向，沿袭古人"北子南午"之说而得名。子午岭也有广义和狭义之分。狭义的子午岭，包括斜梁，从合水县午亭子到正宁县刘家店，山势南北走向最为明显；广义的子午岭，泛指桥山山脉，介于泾河与洛河之间，跨越甘肃庆阳市和陕西延安市两省边界及陕西省的咸阳市东北部和铜川市北部地区。子午岭总面积2.3万平方公里，其中，位于陕西1.21平方公里，位于甘肃1.09平方公里。子午岭在黄土高原的腹地，子午岭森林为黄土高原中部地带重要的生态公益林，也是黄土高原保存比较完好的天然植被区，像一道绿色屏障，护佑着黄土高原的子民。

从自然界的法则看，子午岭不是属于陕西省或者甘肃省的，科学地表达应该是子午岭拥有陕西和甘肃，而不是甘肃和陕西占有子午岭。古老的子午岭不能被后世的行政区划分割，子午岭只能是一个浑然一体的自然存在。子午岭今天的省际行政界限，都是人类社会发展过程中无意间形成的。比如，今天甘肃涉及子午岭的几个县都曾几度属于陕西。在合水县博物馆，至今还展示着一块刻有"陕西省合水县"六个字的老界碑。其间的隶属区划，只是人类社会在变，大自然并没有什么变化。这种隶属变化，并不代表自然界的意志。在华池林场采访时，我们在陕甘交界的铁角城吃了一顿饭，巴掌大的一个古驿站小镇子，街道中间国务院2016年立了一块界碑，将其一分为二，饭后我们几个人走过界碑定边县一边时，蹲在界碑旁边谝闲传的几个老人中有人冲着我们说了一句"这是甘肃人"，我心里不由得觉出一种很不是滋味的生分感来，片刻之间犹如一脚踩到了异乡一般。不过，这样一个根连着根的古驿站，也正好证明一种难以分割的骨肉之情。

一直以来，陕西子午岭人与甘肃子午岭人，因为子午岭权属问题产生的利益之争，都是隶属于大自然的子午岭不希望看见的生态之殇。所以，陕甘两省应该共用一个绿色的肺，陕甘两省应该把各自的子午岭还给子午岭。动笔写作之前，为了便于沟通信息和疫情期间特殊的交流，我拉了一个拥有40多人的"子午岭"微信群，在发给所有人的公告中，我有一条声明："在这里，没有陕甘之分，没有领导和职工之别，只有一个伟大的子午岭。"这是我开通微信后第一次建群做群主，颇有一种成就感。

在"子午岭"微信群里，一个昵称"天道酬勤"的微友说："这个群建得好，这是子午岭友谊的纽带，虽然岭分东西，但一脉相承。"另一个昵称"浮生若梦几许痴"的微友马上补充道:"岭分东西,但共属于乔山;人分南北,却同源于黄陵。"

是呀,黄帝在此,陕西人,甘肃人,还有谁再有意思折腾什么我的你的呢?正如一个昵称"阿康"的微友所说:"子午岭是我们共同守护的瑰宝。"

"黄帝崩,葬桥山",《史记》里的这一笔记载,无疑是轩辕大帝归处的铁证,黄陵县因此而成为公认的黄帝陵所在地。但是,几十年来,因为历史太过于久远,黄帝活动轨迹十分复杂,许多文献残缺不全,包括地处子午岭桥山山脉的甘肃正宁县在内,许多地方也都在争这一"宝地"。此皆为学术问题,而且多带有功利性,这里就不置评了。在我的心目中,我们的轩辕黄帝就埋在桥山。在历时三个半月的采访中,我能感受到这位"人文初祖"的存在。而且,史籍中的"涿鹿之战""炎黄之争"以及历代帝王祭奠黄陵的记载,足以证明黄帝在此。

陕甘子午岭地界之争由来已久。在志丹县白沙川镇采访时,我听到一个有文字记载的传说。65岁的村民马玉江说,今天志丹县的白沙川镇白沙川村,历史上属于陕西保安县,紧挨甘肃省合水县太白镇平定川村。清道光同治年间,白沙川镇主干道与秦直道重合,周边陕西、甘肃、山西和宁夏的商人通往西安十分方便,白沙川镇因此成了一个交通要塞,市场繁荣,商贾云集。据说,镇子上一度汇聚了28个商号。商业昌盛,必伴有强盗,所以镇子上出现了一个威震四方的镖局。此镖局为当地一个外号叫"刘老虎"的人所开,此"老虎"武艺高强,名震一方。其时,陕甘争地纠纷又起,正当争执不下之时,陕西一方有人出了一个主意:在白沙川村与平定川村有争议的一个山坡上铺满荆棘,两个村各派一个人,谁能从铺满荆棘的山坡上滚下去,山坡那一边就属于谁。这个看似公平的竞争,其实一点也不公平,因为出主意的陕西人知道甘肃当地没有会武功的人,而陕西当地有一个"刘老虎"。甘肃人不知其中有诈,以为没有人敢去滚,当即就同意了这个办法。果不其然,当山坡上铺满荆棘、双方给自己的人各挖好一个墓坑之后,甘肃无人敢上,而"刘老虎"奋勇当先,运足了气,一个抱头就地长滚,只用了一袋烟的工夫,就从山顶一口气滚到了六七十米深的坡底。遍体鳞伤的刘老虎为陕西赢得了那一大片山地,在场的陕西人当然欢呼雀跃，甘肃人虽然是灰头土脸，但口服心服。其实，这不是陕西人与甘肃人之间的胜负，而是白沙川村人与平定川村人之间的一次较量。从此以后，这个比武的山坡被当地人叫作"好汉崾崄"。今天，好汉崾崄还有刘老虎的墓和碑。陕甘两省的当地人都知道这个故事。

清道光同治年间这次比武争地的地方——白沙川村和平定川村，就是中华人民共和国成立后陕甘两省因争地而闹到中央的地方。这一历史事件无疑证明了前者的真实性。

关于1999年岁末的陕甘林权之争，陕甘双方各执一词。在2016年出版的《延安市桥北林业志》（西北农林科技大学出版社）一书的"附录"中，我看到延安市人民政府1999年12月4日给国家林业局调查组的一份情况汇报这样表述："……12月1日凌晨2:40分，甘肃方面调用公安、林警越过陕甘边界，暴力非法绑架我市桥北林业局和尚塬林场场长徐前进。事情发生后引起了林场职工和附近群众的愤慨，给省市县联合调查组开展工作带来了不便，严重阻碍了国家林业局调查组的调查工作……"在这篇情况汇报中，延安市人民政府进而提出了申诉，简要引述如下："一、八卦寺地区历来都属于富县管辖，权属明确，界限分明，无可争议；二、和尚塬林场44、45林班采伐作业、审批程序合法，各项手续完备，属正常的生产经营活动；三、甘肃方面出动警力，越境绑架我和尚塬林场场长徐前进，是在人为制造事端，扩大事态。"这个情况汇报篇幅很长，共6页，8000余字。

但是，在2015年出版的《庆阳市林业志》（甘肃人民出版社）一书里，我发现前面的章节没有一笔记载，只在"附录"的"大事记"里看到1999年11月的大事里有一句话："陕西省富县和尚塬林场组织100多民工在八卦寺林区砍伐林木7389株，引发一次比较大的边界事件，在国家林业局的协调下，陕甘两省政府协商妥善处理这起事件。"字少事大，这是怎么回事呢，庆阳为什么没有留下更多的说辞？

出于好奇，我采访了甘肃方面的知情者李文锋。国家实施"天保工程"，甘肃方面随即加了一个"禁运"砝码。这个时候，陕西在八卦寺采伐了二三百方柏木，近千棵树呢，一个山坡都被砍完了，触目惊心，前所未有。李文锋时任庆阳市森林公安局刑侦大队主办侦查员，报卷、勘查现场都参与其中。事发后，森林公检法"三剑客"齐聚太白镇，将其定性为特大盗伐案件，且系单位犯罪，必须控制法人。陕西一方责任单位是和尚塬林场，场长是徐前进。第一天，庆阳地区森林公安局一分管副局长、预审股长和李文锋都去了，和尚塬林场一个副场长接见了他们，私下弄清楚徐前进办公室的位置和场部内外环境他们就走了。第二天晚上，人马在太白集结，准备了8辆车，有民用的，也有警车，由副局长毕可江带队指挥。这次，李文锋因为在单位做审讯报卷准备，没有参与行动，但听参与抓捕的人回来讲，他们是凌晨出发的，太白镇与和尚塬林场之间只有14公里，一会儿就到了。参与直接抓捕的只有几个人，其他人都提前部署在了外围。因为估计陕西方面早有准备，所以到了以后，抓捕的人没有进大门，而是把旁边的侧门撬开，"破门而入"进到院子。摸索到徐前进房间门口，害怕徐前进不开门，他们就用当地的陕西话叫"徐场长，我找你有点急事"。已经上床的徐前进，一听是自己人，而且有急事，就打开了门，没有想到一开门就被连被子一起卷走。陕西方面果然在前门部署了警力，听见动静立即围了过来，一个人还抓到了汽车手把，但已经来不及了。抓捕的人加大油门一口气开到西峰。害怕陕西为了报复抓甘肃人，平定川林场、太白林场和合水林业总场的负责人连夜都撤到了西峰。一个月以后，徐前进被批捕，事件惊动中央。在国家林业局调停下，延安市和庆阳地区举行了边界谈判，一条犬牙交错的边界线被拉直了，延安市政府给庆阳林业局赔了17万元。其实问题出在双方模糊不清的边界线和新出台的"天保工程"政策上，陕西方面认为，八卦寺属于争议地带，而甘肃方面认为，按照《森林法》规定，争议地带的树不能砍伐；徐前进认为，他执行的是陕西省的政策，而甘肃方面认为自己执行的"天保工程"是国务院的决定。谈判的时候，双方认为陕甘两省的行为都是地方政府行为，也就没有再追究徐前进的法律责任。经过这件事，徐前进的头发全白了。

李文锋说，他们以前和桥北森林警察都在一起培训、办案，都是同行、熟人，一些人还是朋友，事发后见了面很不好意思。不过，一笑泯千仇了，都是为国家的事嘛。

陕西方面一直认为这是一次明目张胆的绑架。在桥北林场采访时，我很想采访一下被"绑架"的和尚塬林场场长徐前进，听他说说亲身经历的那惊心动魄的一幕，但通过陪同我采访的桥北林业局办公室副主任钟利兵传了几次话，得到的回复都是不愿意接受采访。看来，这位"老林"的确被伤得不轻。

时任连家砭林场场长的董百赟说："两省边境划界不彻底，存在模糊地带。地方利益催生了许多林权矛盾，乃至兵戈相见。自八卦寺争端之后，问题得以彻底解决。时至今日，林业人仍然记忆犹新。"

的确已经"彻底解决"。在已经属于陕西的八卦寺采访那天，我在回汉"战争"留下的"白骨塔"旁边的荒草丛里看见一个被遗弃且已被破坏的清代石碑，碑文里"甘肃省"三个字被挖掉的痕迹清晰可见。石头的记忆是长久的，原碑文是历史的见证，被损坏的碑文也是历史的见证。

表面上看去，"树大分权"是一个自然规律，但其只是事物的一个现象，"分权树大"才是事物的本质，其逻辑关系是，一棵树，不论大小，在其生长过程中只有不断分权才能长成一棵树。但是，"分权"却不能"分根"，必须同根而生方能长成一棵树。一棵独立的树必须如此，一片独立的森林也必须如此。不过，人类似乎只是向大自然学习了一些皮毛，当一家人被分成两家人，甚至分别被贴上不同的标签，从此不在一个锅里吃饭，就必然分出一个你我来。因为子午岭而分分合合的陕甘两省，似乎在遵循着一个普遍的自然规律，其实不然也。子午岭大森林是一个不可分割的整体，陕甘两省的分分合合不应该把自己的意志强加给属于大自然的子午岭。

好在人们在觉醒，人们开始敬畏自然，大森林在自我修复，而且政府加强了人力管护，陕甘两省与子午岭森林有关的内部和外部的一切大大小小矛盾正在逐一化解，而子午岭正在回归自然，恢复了其青山绿水的本来面目。这一历史进程虽然弯弯曲曲，但毕竟是走上了大道正途，此真乃子午岭之大幸、当地百姓之大幸也。

为了守住浑然一体的子午岭生态宝地，1955年5月，庆阳方面提出了一个与陕西省有关县市开展护林联防的建议，陕西省积极响应。后经陕甘两省人民政府同意，于1956年1月成立"陕甘两省子午岭护林联防委员会"。陕甘子午岭人终于联手了，这是一个历史性事件，不仅是子午岭人走到了一起，子午岭上的草木以及那些动物也走到了一起。有关资料显示，这个"联防委员会"，是陕西、甘肃两省人民政府领导下的常设护林组织，由13个委员县区组成，其中陕西省9个，分别为甘泉县、富县、铜川市印台区、黄陵县、铜川市耀州区、淳化县、旬邑县、志丹县和宜君县，甘肃省4个，都在庆阳地区，分别是正宁县、宁县、合水县和华池县。委员由13个县（区）分管林业的县（区）长或副县（区）长担任。这个组织出台之后，陕甘两省的子午岭森林界限和森林管护实现了无缝连接，极大地维护了子午岭的生态安全。

从此，"陕甘互相共管1公里，而在这之前我亲眼看着林子20年往后退了20里"。在槐树庄与罗山府林场相望的地方，岔口林场护林员谷传忠说。

这个联防机制成果很大。在志丹县林业局采访时，有人说，以前一些放羊的，陕西护林员一管就跑到了甘肃，甘肃护林员一管又跑到了陕西。联防之后，不仅有了防火机制，两省林场职工个人交往也多了，关系好的给娃娶媳妇、女儿出嫁也会发一个请帖。

其实，子午岭本来就应该是一个没有任何裂缝的自然体。在从宁县罗山府林场去午亭子的秦直道上，"林二代"雷建林一边开车一边与车前后座上的四个人开玩笑："你们二人在陕西路上，我们二人在甘肃路上。"一开始，我不知道是什么意思，经他一解释，我才恍然大悟。他的意思是，车下面窄窄的山路，如果顺路从中间平分的话，一半属于陕西，一半属于甘肃，他和坐在后面的我走在陕西的路上，我旁边的人和前面的人则走在甘肃的路上。雷师傅的这个比喻，让大家开心了一路。对于子午岭和子午岭人，这都是一个过时的笑话。

其实，历史早就有一些暗示。在这个甘肃午亭子林业站与旁边的陕西槐树庄保护站之间，有一个叫"三县柳"的人文景观。一个大涝池的内侧边上，在背靠陕西富县、甘肃宁县和合水县的三边，分别临池站着一棵同样古老的柳树，三棵柳树的枝梢已经聚集在一起而且抱作一团，因为分别代表着三县，子午岭人将其称作"三县柳"。一开始，其历史形成过程谁也不知道，有人说是人为的，可能是过去三个县的人一起植树，或者争地盘，为了标注自己的地界，最后同时各栽了一棵柳树；有人说是自然生成，一大片原始森林到今天只剩下了三棵柳树；还有人说……

不管是什么成因，陕甘两省三县的三棵柳树一直守在一起，总是摆在大家眼前的一个事实吧。

一些当地的子午岭人好像忘记了什么。

为此，我同时翻阅了《庆阳市林业志》和《延安市桥山林业局志》，结果在《庆阳市林业志》第21页的1962年"大事记"中发现这样一段记载：

> 5月22—25日，陕西省延安专区、甘肃省庆阳专区在宁县召开子午岭境界划分会议，达成协议如下："子午岭北自午亭子，南至艾蒿店一段，以分水岭作为陕甘两省分界线，位于岭东的尹家庄、东南桂花塬等15个村庄，由陕西管辖；位于子午岭西的午亭子、何家庄等24个村庄，由甘肃管辖。"该协议经国务院1963年11月4日批准。

《延安市桥山林业局志》的"大事记"中没有记载，但在第326页的"附录"中却有一个《关于陕西省与甘肃省在子午岭之间境界划分的协议书》，该协议陈述是：

> 陕西省与甘肃省在子午岭之间境界的问题，发生于1958年，迄今已三年多，先后经两省有关专、县商谈四次，没有达成协议。为了彻底划清子午岭境界，根据两省委批示精神，双方各派代表于1962年5月22—25日，在甘肃宁县召开了子午岭境界划分会议，参加会议的陕西省方面：陕西省民政厅厅长杨伯伦、延安地区专员曹志谦、中共黄陵县委书记邱振孝，富县副县长韩海旺等11人。甘肃省方面：甘肃省民政厅副厅长王子庄、中共庆阳地委书记处书记兼专员崔世俊、中共宁县县委书记处书记崔永贵、宁县县长罗世民、合水县副县长邓生福、正宁县副县长张文等17人。

这个协议书，无疑更为详细，不但交代了境界纠纷的时间，还说清楚了一些具体的地点和人物。协议的条款一共6条，第六条是"本协议经报请陕西省、甘肃省人民委员会批准后生效。本协议一式两份，分别由两省民政厅保存，以备查考"。签字者，陕西省代表是杨伯伦，甘肃省代表是王子庄。时间为1962年5月25日。事情可能并不简单，协议签订后还报到了国务院，第二年的11月4日国务院才批准。

在这份协议中，有一处就说到了"三县柳"："午亭子村南的涝池位于甘肃省宁县、合水县和陕西省富县三交界点，由这三个县共管用……"这里提到的涝池，就是三棵柳树共同守护的那个大涝池。虽然没有提到三棵柳树，但从三棵柳树现在的年龄看，应该都是那次划界之后栽的。当时的情景不难想象：当天，因为境界分得公平，没有撕破脸皮，心里都舒坦着，像亲兄弟分家一样。双方在宁县县城签字以后，又一起来到了涝池旁边，正北面的一伙合水人，瞄准一个地方，几锹挖了一个坑，栽下一棵小柳树，吆喝了一声"这棵树就叫合水柳了"；西南边的几个宁县人，瞄准一个地方，几锹挖了一个坑，栽下一棵小柳树，吆喝了一声"这棵树就叫宁县柳了"；东南边的一帮富县人，瞄准一个地方，几锹挖了一个坑，吆喝了一声"这棵树就叫富县柳了"。至于各自栽的那一棵小柳树，恐怕也是从哪一棵大柳树上砍下的三根树枝，柳树爱活，随便插一根就能长出来；也不用浇水，脚下就是一个涝池，积攒的雨水够三棵柳树喝几十年的；涝池就不用分了，没有办法分，也不想分，分也没有意思，就分给三棵柳树吧。栽完柳树后，三个县的人都说说笑笑的，最后还握了握手。是否还照了一张合影，就不得而知，如果照了，也应该是一张珍贵的黑白照片。

在协议后面，细心的陕西人还附了一幅标注着"1962年5月25日"字样的手绘《子午岭梁界线示意略图》，沟沟岭岭，梁梁峁峁，一目了然。这幅地图上的子午岭梁，就是南北走向的子午岭东西分水岭，但这段岭只是狭义子午岭梁的部分，其整个广义的子午岭脊梁要从最北边的志丹县麻台林场到今天的咸阳旬邑呢。从两省的地图上看去，水被分开了，林被分开了，人被分开了，但在实地去看，岭却没有被分开，东西两半仍然肩并肩地勾搭在一起，同在一块天空下，共同挺起了子午岭的脊梁。

一个分水岭可能把人分出了"相思病"。看地图成了陕甘子午岭人的习惯，庆阳市林草局李步儒平时看地图还看出了神韵呢。陪我采访时，他一路上多次给我说自己的一个发现：在陕甘子午岭交界线上，甘肃这边的边界线是一个少女的头部侧影。他第一次说时，因为心不在焉，我没有看出个什么"少女"来。有一天，我仔细端详了一下，发现他说的那个地方真的有一个人的侧影，其额头、眼窝、鼻梁、嘴巴和下巴形状，很像一个少女的头部。我对他开玩笑说，如果甘肃这边是一个美少女，那么与她脸贴脸的陕西那边就应该是一个帅哥了吧。李步儒的发现，当然离不开其长期以来的心灵映象。

因为都在高高的岭上，子午岭人一直都在看着大秦岭。在子午岭采访途中，我听见有人认为秦岭所拥有的社会关注度体现出了国家对其的重视程度，言语之间充满了羡慕。其实不然也，秦岭之所以备受关注，是因为秦岭在生态上出了大事，问题捅到了中央，而子午岭没有出现这个问题，这应该是子午岭人的骄傲，而不应自惭形秽。子午岭不是曾经也有过秦岭这样的关注度吗？只不过那时候信息不发达，没有引起社会广泛关注罢了。子午岭就像目前这样多好，森林起伏，日月安详，静守自然，任其外界怎么折腾喧嚣，子午岭生机盎然而自在。其实，世界把子午岭忘了才好呢，子午岭大森林不必再接受任何觊觎。

每天乘车行驶在子午岭的公路上，我都在想一种可能：让外界人来看，子午岭只是一片随着四季不断变换着色彩的大森林，而被森林遮蔽在其中的子午岭人却很少被人看见甚至想起，子午岭人可能是一个被时代淡忘的森林部落。一路上我还发现，可以随处看见护路工人，就是看不见一个有着自己服饰的护林员。其实，护林员在属于他们自己的路上，他们在没有路的路上，甚至他们本身就是一种子午绿，已经与大森林融为了一体。

同甘共苦的陕甘子午岭人，真正是根连着根，筋连着筋，所受的苦都是一样多的。这是一群什么样的人呢？走访中我发现，林场老职工、"林二代"、退伍军人、大学生和上山下乡青年，形成了子午岭森林人口的基本结构，当然也有从别的单位半路调来的，但那都属于极其稀罕的个例。第一代子午岭人，全国各地的人都有，拼接起来看就是一幅中华人民共和国行政地图。其中，以河南人最多，20世纪五六十年代河南人曾经占去多一半，陕甘两省的当地人并不多。

一路上，我都在听大家诉说过去的苦。

经历了由牧场到农场又由农场而到林场的子午岭人，"林一代"把苦吃完了，把罪受完了。这是我在子午岭听到的最多的一句话。由此，我一路问得最多的一句话是："您最难忘的事是什么？"

清泉林场的高富财说得好："最难忘的事，就是吃的那些苦。究竟吃了多少苦，山上有多少棵树，就有多少个苦。"我让他讲一些故事，他竟然不愿说了，显得很为难。这我能理解，有些人的有些苦，再也不想提及。

子午岭人受的苦很重，但是说得却很轻松。林业人之所以苦，是因为生存艰难。采访过程中，我听到了许多"顺口溜"，颇为形象生动。比如，比较普遍的一个："通信靠吼，交通靠走，安全靠狗，娱乐靠酒。"对于一些人，意思当然一目了然，不用解释，但对于另外一些人，就不一定能理解了，尤其是文字后面的那些事物，所以我还是啰唆一下的好。所谓靠吼，就是隔着沟喊话，传递信息，那时候没有电话呀；所谓靠走，因为没有交通工具，翻山越岭必须用两条腿；所谓靠狗，因为林场和林户都是敞院子，没有院墙，有的甚至连门都没有，在野兽出没的林区，必须请那些忠实的狗朋友来看守，而且进山还要带一只去做伴，所以说安全问题只能靠狗了；至于靠酒，自然就是借酒消愁，否则孤苦寂寞的日子怎么打发？靠这靠那，归根结底靠的还是自己。北川林场李存林说得很形象："馒头山，溜溜天；羊肠道，陡又弯；住窑洞，梢林钻；吃沟水，很艰难。"这个一目了然，不用费舌。下面这个不知是谁说的："当场长，下林场；要享福，进苗圃；林调队，活受罪。"林场的场长，可别摆什么领导架子，跟着工人们一起干活去；苗圃是林场一个相对比较轻松的地方，但与其他行业相比也轻松不到哪里去；林业调查队是开路先锋，翻山越岭，披荆斩棘，当然最辛苦了。罗山府林场工会主席王正顺有一个顺口溜："杠豆子馍，洋火盒，马尿糊糊一小勺。"这句说的是林场最初的伙食。粮食不够，但杠树籽可以吃，磨成面粉可以蒸馍馍，可以熬稀饭，馍馍很小，只有一个火柴盒那么大，像马尿一样难喝的稀饭也不多，每个人只给你一小勺。合水林管分局书记祁越峰说:"黑木检查站,三个老汉把门看;三个水缸并排站,三堆柴火排一院;一个灯泡断了线,房顶能看见天,墙缝能看见山。"这是子午岭初期一个林业站的真实底片。说老实话,在很长一段时间里,林场职工不如农民。正如:"远看是个要饭的,近看是个烧炭的,原来是个护林站的。"这些生动活泼的顺口溜,"溜"出了林区的方方面面。

即使是在林场一个小孩子眼里,大人们是干什么的,心里都清清楚楚。我在太白林场采访58岁的"林二代"侯卫东时,他带着四五岁的孙女。小女孩叫侯欣雨,看她一副可爱的样子,我试探地随意问了几个问题:

"知道爷爷是干什么的吗?"

"上山护林!"

"在什么地方?"

"在太白。"

"知道爸爸是干什么的吗?"

"上山护林!"

"在什么地方?"

"在蒿咀铺。"

"见过爷爷上山护林吗?"

她点了点头。

"见过爸爸山上护林吗?"

她又点了点头。

小女孩的回答,当然令爷爷很满意很骄傲。老侯的父亲18岁就从河南商丘来到了子午岭,母亲是家属,28岁得了克山病,常年卧床不起。父亲57岁时死于心脏病,母亲因为压力大,每天以泪洗面。他们弟兄三人,他是老大,老二在林场,老三在道班。他当时28岁,刚刚成家。俗话说,长兄如父,经过4年时间的努力,他跌撞着给两个弟弟成了家。

在子午岭,河南人最多,而河南人中又属商丘人最多,侯卫东应该是其中的一个代表。我问他,这一辈子最难忘的事是什么,他说的这件事很简单,但画面感很强。那是他10岁的时候,一天半夜里起来上厕所,忽然发现父亲坐在炕上一个人悄悄地流泪,他问父亲怎么了,父亲一把将他抱在怀里,哽咽着对他说,娃,快点长大吧,早点挑起家里的担子。他使劲地点了点头。之前,母亲是睡着的,但他听见母亲也在抽泣。这样,他16岁就成了林场的正式职工,跟着父亲上山栽树。每天,每人平均栽1.5亩,成活率达到85%每亩就是2元,每提高一个百分点,另外再加2毛钱。如今,看到自己栽过的山山岭岭都绿了,他心里很有成就感。

在子午岭林区,儿子小时候不认识父亲是一个非常普遍的情况。也许对儿子亏欠太多,侯卫东才以天天带孙女来补偿一种亲子之爱。但这种天伦之乐恐怕只限于今天的林业人,"林一代"那个时候是没有这个福分的。槐树庄林场冯泽阳说,因为造林,经常不回家,儿子出生10天他就去造林,为此老婆把家具都砸了,家庭出现了危机。不难想象,老冯后来给儿子爱的机会恐怕也多不到哪里去。

采访中,我不止一次听林业人的一句感慨:"献了青春献子孙。"这句话,以前我创作《战石油》时,在长庆油田采访时曾经听石油人说过,所以一直铭记于心。听子午岭林业人一说后,我说原来你们也是这样啊,这是油田人说的,他们说不是,是他们林业人的,石油人拿了他们的。不过可以肯定的是,石油人和林业人都是这样在献青春和子孙。的确如此,我算了一下,中华人民共和国成立后,林业人20世纪60年代末就来子午岭了,而按照长庆油田"跑步上陇东"的时间推算,石油人70年代初才来子午岭,林业人最少要早一年哩。

哦,我们的子午岭。

其实,子午岭不是只有一个岭,而是有一大群岭。那么,子午岭究竟有多少个岭?这个问题,恐怕连陕甘两省的子午岭人也不知道,只有子午岭自己知道;陕甘两省的人可以丈量出子午岭一个准确的面积,但绝对弄不清子午岭有多少个岭,就像数不清子午岭上究竟有多少棵树一样。

我走过的陕甘60个林场和4个自然保护区,每一个都在岭上岭下,而且每一个都不止一个岭,它们成群结队,一个个岭脊高耸,背负着蓝天,头顶着白云,绵延起伏,郁郁葱葱,即使是站在那些瞭望塔上也望不到边际,也数不清数目。

几十年来，经过陕甘两省林业人艰苦卓绝的努力，子午岭森林已经基本实现全覆盖。只有47岁但已经有27年工龄的和尚塬林场场长白海生感慨万千。他说，高考报志愿时，老师说："咱们陕北光秃秃的，你就学林去，将来回来给咱绿化陕北。"于是，他就上了辽宁省林学院，1995年一毕业先到了直罗保护站，然后又是张村驿林场、槐树庄保护站，而到和尚塬林场时他已经工作6年了。这些年以来，用他自己的话说，就是在"给山顶戴帽子，给山腰盖被子，给山脚穿鞋子。见缝插针哪，哪里没有树，就给哪里把树栽上"。让他骄傲的是，他们的柴松自然保护区是世界上唯一的柴松林栖息之地，堪称子午岭的一个生态高地。但是，白海生也有一个小小的遗憾，作为一个安塞人，他最爱打腰鼓，小时候在学校打，假期回家还打，但现在就打不上了，为什么呢，因为没有地方让他打了，到处都栽上了树，安塞腰鼓要在黄土地上去打，小时候他就是在黄土地上打的，而今天没有一块开阔的黄土地了，随便找一块开阔的水泥地，打不出安塞腰鼓的威风和神韵。

的确如此，腰鼓我小时候也在陇东打过，深有同感。不过，关于安塞腰鼓，不打也好，安塞腰鼓毕竟展示的是人的威风，在大森林面前我们还是看看大自然的态度。历史上，安塞腰鼓也是一种战鼓，正是它所激起的战斗意志让无数森林毁于战火。前些年，有部叫《黄土地》的电影，里面一大群陕北人在黄土高坡上黄土飞扬地打安塞腰鼓的宏大场面，的确让人的心灵产生过很大的震撼，但被腰鼓震荡的那片黄土高坡又是怎样一块让人心酸的黄土地呢？赤贫贫地裸露着，展示出的是一片荒凉。

在甘肃兰州一带，有一种鼓叫太平鼓，今后打鼓就打太平鼓。

群岭逶迤，有容乃大，子午岭包罗万象。子午岭不仅是绿色的，神奇的子午岭有着丰富的文化内涵。比如，子午岭也是黄色的，轩辕黄帝在此，它所依附的黄土高原，积淀着深厚的历史文化；子午岭也是红色的，它曾经孕育的革命烽火，点燃了不息的红色文化；子午岭也是黑色的，蕴藏在其身下的那些"黑色黄金"煤和石油，创造着一个五彩斑斓的世界。

而且，子午岭还有蓝天和白云，以及敬畏大自然的人，古老的大森林丰富多彩。

"十大难+1"之长叹兮

陕甘林业人走的是一条筚路蓝缕的艰难之路。

从宁县林管分局到合水林管分局,朱晓东和祁越峰两个局领导给我提供并完善了一个极具概括性的资料。2003年,庆阳子午岭人曾经搞过一个子午岭林业职工困难情况调研,调查报告还发在了当年的一期《甘肃林情》杂志上。报告指出,子午岭林业职工有以下"十大难":吃水难、就医难、上学难、走路难、住房难、用电难、就业难、通信难、结婚难和收入难。这"十大难"很有代表性,这些难处在子午岭的另一半陕西林区同样普遍存在。

毫不夸张地说,这"十大难"是同时发难于子午岭的,曾经对于子午岭人是难上加难,困难重重。从前,"十大难"就是子午岭林业职工人生的十大难关。

一叹吃水难。这一难,既是在说水质,也是在说吃水的路途。水是生命之源。但是,子午岭的水源不安全,林区的泉水一度不能吃,吃了得"克山病",即"大骨节病"。人吃了这种水,时间一长,手脚骨节就会变形,人不但不长个子,还会变成"柳拐子"。发现病因后,林场就给泉水里投放硫黄和木炭,进行杀菌消毒,以净化水质。合水境内林场的情况尤其严重。有一年,上面来人调查"克山病",林场院子里一下集合了11个"柳拐子",让调查的人忍不住掉眼泪。不仅是"克山病",还有"影瓜瓜"病呢。我有一个从小长在林区的姑姑，自我见到她直到她老死，脖子上都长着一个小"肉袋"，人们都叫它"影瓜瓜"，其实就是"大脖子症"。这个病就是饮水水质所致。在林区，即使是去吃这样的水也很不方便，人都住在山上，山上又没有水，只能到沟里或河里去挑，路程远的往返一个来回最少需要一个小时，吃水难的情况不难想象。一开始，人畜都是在一起饮水的，一些人嫌不干净，就开始合伙打井，但打一口井需要不少钱，如果没有钱就别想了。也有一些地方吃涝池水，但那都是不得已呀。到了1996年吃水难的问题也没有解决，张军科到条件比较好的西坡林场时，吃水还要到河里去担，近1公里的羊肠小道，一路上没有一个歇脚的地方，必须保持平衡一口气担回来。待了40天，水担子就把他压怕压跑了，在外面打工混不下去，只好又回到林场，这里虽然吃水难，但毕竟有一口饭吃。

　　二叹就医难。"小病拖，大病熬，死到临头没辙了"是当时的一个顺口溜。人不可能不生病，而山里人的病似乎更多。小病可以扛一扛，急病大病就不能再扛了，而且也扛不住。今天的城里人，都说森林是"天然氧吧"，可以延年益寿，其实不然。在当年的林场，头疼脑热之类的小病，以及生产生活中的一些小伤暂且不说，自然环境中的水质问题、林子里的瘴气，以及一天之内早晚忽高忽低的温差，都是健康的杀手。职工中除了"克山病"、"柳拐子"、侏儒症和大脖子而外，心脏病、脑梗和风湿病的发病率要比其他人群的发病率高。但是，林区的医疗条件却一直落后于其他地方，以前所有的林场都没有像样的医疗，看个大病都要跑到几十公里以外的县城。所以，就医难与医疗条件、环境和交通有着直接关系。

　　白马林场贾生财说，林场过去有个刘某某，马上就要退休的时候，因为给老婆看病去砍一棵榆树而被砸成了一个残废。白马林场看病很难，路远不说，还缺医少药的，他老婆得了一个慢性病好不容易住进一家医院。一天，给他老婆看病的医生给他念叨了一下自家水井上打水的辘轳坏了，刘某某是个明白人，当场答应给医生弄一个。辘轳都是用大一点的榆树身子做成的，他在林场找了一圈，没有发现有现成的榆树疙瘩，就决定去林子里偷偷砍一棵榆树。踩好一个僻背的点以后，他便伺机"作案"。那天，他看站上的几个人在打麻将，就一个人提了一把锯子去伐树，斧头他都没有敢拿，害怕声音大被人听见。虽然是夜晚，但因为刚刚下过一场雪，林子里还是很亮的，周围也很寂静，只听见几声野猪哼哼和几声鹿鸣。他费了好大的劲，树终于锯倒了，但那棵大榆树却像是报复他似的，树身子狠狠地砸在他的一条腿上，让他动弹不得。幸好意外发生后他人清醒着，吃力地挣脱压在腿上的树之后，他就赶紧往林子外面爬，他希望爬出砍伐现场，如果被人看见，不但丢人现眼，还要担责任呢。他爬呀爬呀，但只爬了40多米，就渐渐失去了知觉。人们找到他的时候，已经是第二天中午，只见他十根手指都是血糊糊的，其中两三根指头的骨头都露了出来，在身后的雪地上留下一路斑斑点点的血迹。念其可怜，而且事出有因，这事就被大家压住了，但一个苦涩的笑话却悄悄流传了下来："鹿哭哩，猪笑哩，刘某某偷料哩！"

这些年，因为职工们都住进了城里，就医也就不存在什么问题。

三叹上学难。学习要从娃娃抓起，但林场的娃娃们一度做不到。"学龄"这一概念，在林场职工们的意识里很模糊，大人们平时都要上山栽树，学龄前后的孩子都被用一条长绳子拴在了炕边；到了上学年龄的孩子，也就到了能帮助父母干一点轻活的时候，耽搁几年上学是很平常的事情；想起上学了也不方便，附近没有学校哇，必须让孩子跑很远的路。这当然都是以前的情况，但这耽误了一代林场人。林场的孩子都非常勤奋，我上中学的时候班上就有几个林场的学生，印象中我们下课玩耍的时候，他们都在看书写作业，后来他们都考上了大学，这次采访中我还遇到过几位呢。如今，情况已经大有改善，随着林区森林覆盖基本饱和，林场工作由植树造林转为单纯的护林工作，职工被从繁重的劳动中解放出来，为了生活方便，更为了孩子上学，许多职工都在县城或市区买了房子，孩子可以就近上学或择校上学。当然也有极少数职工留在林场，但孩子上学已经没有多少困难。在位于华池县林镇的东华池林场采访时，一天饭后，我们就便走进了林场附近的东华池小学。校园很大，校舍很新，树木郁郁葱葱，很像一个育人的苗圃。正值暑假，校园里还有两三个孩子在追逐着玩耍。看见大门口进来几个人，一个小男孩问，你们找谁，我随口称找你妈妈，结果小男孩就拔腿向一个开着门的宿舍跑去，随即就跟出来两个笑盈盈的年轻女人。一问，两个小孩是她们的，两个人都是教师，一个叫陈金凤，一个叫张超，张超是当地人，而陈金凤还是江苏淮安来的。我故意问陈金凤："江苏比甘肃那么好，你怎么跑到华池当教师？"原来，陈金凤在长沙上大学时谈下的对象是华池县的，他本来要跟她回江苏，但因为他是军人，责任感似乎要比其他职业的人更强一些，坚持要回家乡发展，同时好照顾他的父亲。对此，她毫不掩饰地说："所以因为爱情，我就跟着他来到了甘肃。"结婚后，她把户口迁了过来，随后报考了华池县的教师招考。从此，她就撇下了老家的父母和一个弟弟，顾了这边就顾不了那边哪。她毫不客气地说："华池的环境比江苏落后多了，不论是生活上还是教育条件。"东华池小学是六年制完全小学，今年有54个孩子，其中林场的有十几个，因为都离家很近，都不用住校的；全校一共6个班、8个教师，每个教师每天最少上4节课。我问她林场的孩子与地方上的孩子有什么区别吗，她说："林场的孩子生活条件好得多，衣服总是干干净净的。"

　　看来，有了梧桐树，就会有金凤凰。陈金凤所爱的人是一棵梧桐树，而子午岭的青山绿水也配得上她这只"金凤"。

　　四叹走路难。山大沟深，翻山越岭，必然存在一个走路难的难题。"那时候，都是土路，走一趟下来，只有两只眼睛是发亮的。"柴松林业站护林员张延民如是说。天晴土路都是土，天雨土路又是泥。平定川林场高虎说，那时候没有路，下雨下雪人就被封住了。场里只有一辆东风车，伏金林结婚那天天下起了大雨，几十里的土路让大家一筹莫展，路上肯定是泥泞不堪，自行车走不成，毛驴走不成，咋办呢？有人突然想起了林场的七五链轨推土机，虽然是带链子的，而且太慢，但总比没有的强，先把媳妇娶回来再说，于是就用上了，后面挂了一个拖斗，挤满了娶亲的人，欢天喜地的，披红戴花的，吹吹打打的，威风凛凛的，一路轰鸣的声音不说，推土机的铁链子压了一路的辙印，一直压到人家新娘家门口，压坏了人家的路不说，还溅得人家大门口的人满身都是泥水，弄了一个大煞风景。回来的路上也是一样，虽然新媳已经坐在了高高的驾驶室里，但让人家一点也风光不起来，一路雨水，一路泥泞，太慢了。白沙川林场陈晓义说，进了林场，就像判了"无期徒刑"，只有退休才能"刑满释放"。尤其是冬天，大雪封山封路，困在山里谁也出不来。有一个护林员，困在山里两个月出来后，胡子长了一尺多长，熟人都不认识了。

子午岭的路，是子午岭人"带来"的，他们让没有路的地方有了路，从小路到大路，从坎坷曲折到宽阔平坦，它们一直跟着子午岭人的脚步。走路难走着走着就走成了交通难。在子午岭弯弯的山路上，独轮车有过，架子车有过，自行车有过，马车牛车有过，手扶拖拉机、四轮拖拉机、大拖拉机也有过，皮卡车、大卡车都有过，后来各种小轿车也有了，不仅单位有了，私家也有了不少，但在这些交通工具出现之前，子午岭人的所谓交通工具就是自己的两条"腿轱辘"。这些情况，从子午岭出来的人都记得，而今天走进子午岭的人不一定知道。当初，子午岭人脚下最宽的道路，是秦始皇留下的只能两个架子车同时通过的"高速公路"——秦直道；子午岭人脚下最窄的道路，是山里牧羊人留下的羊肠小道；而最需要子午岭人去的荒山荒沟，就没有一寸路了，只能扔下那些笨拙的交通工具，靠他们一步一步地走出来。一个忘记了名字的河南籍"林一代"说，当初他们那些从大平原上来的人，背着沉重的树苗爬上山以后，下来的时候许多人就不敢走了，因为脚下没有路，只能坐在地上往下滑，现在想起来都觉得非常可笑。即使后来有了路，交通工具与外面相比，也总是慢了一大截。比如，在林场还是自行车时代的时候，外面已经是摩托车时代了，一些盗木者作案后骑着一辆摩托车飞奔而去，而护林员却还是骑着一辆破旧的自行车在追赶。"不过，现在巡山又要靠走了，曾经靠自行车和摩托车走过，但现在植被长起来了，没有车能走的路了，一些地方必须又要靠人去走。"张村驿林场王金林如是说。这只是个别地方，摩托车还是巡山的主要交通工具。在午亭子护林站，我意外遇见7个骑着摩托巡山的护林员。当时，我站在沟边望对面的树木，本以为脚下再没有路了，但听到一阵摩托车的轰鸣声之后，7辆摩托竟然从草木掩盖的山路上一个个钻了出来，让我吃惊不小。我走近沟边朝下一看，那些陡峭的山路只有两三脚宽哪，他们是怎么骑上来的，真是一支骁勇的"轻骑兵"。7辆摩托车型号不一样，七个骑手也是青壮不一。出于敬佩，我随后记下了7个骑手的名字，他们是梁宏岳、韩克智、蒋继涛、马季将、梁峰、何军宁和尹铁岭。问起他们的坐骑，他们纷纷说，这些摩托车，每天喝的油都是他们自己掏腰包买的。我想，这是典型的私车公用，绝对不公平。

子午岭人今天还在修路，只不过不是在修植树走的路，而是在修护林防火大道。去年，东华池林场第一条防火柏油路在书记刘喜社手里修通了，18公里呢，像一条通往故乡的大路。"林二代"刘喜社的这一条柏油路是从40年前一颗糖开始的。8岁那年，爷爷从家里背着他，一路走哇走哇，整整走了两天，到了大凤川林场，把他过继给现在的父母。当天晚上，养母从箱子里拿出一块饼干和一颗糖。这是他第一次见到饼干和糖，饼干很香，糖很甜，他三下五除二就把饼干吞完了，糖却直接咽了下去，然后又眼巴巴地看着那个箱子和养母，养母再也不理他，箱子也被养母锁住。他又看看爷爷，爷爷又看看养父，养父就跟养母又要了一颗糖，认真地给他说："娃，今后吃糖，要把糖放在嘴里含一会儿，然后取出来放几天再吃。"他点点头，赶紧接过糖，按照养父说的，把糖放在嘴里含了一会儿，又取出来交给养母放回箱子，用一把锁锁住。几天之后，爷爷就回老家了，把他留了下来，他没有哭着跟爷爷走，因为他恨把自己送给别人的父母，再说他惦记着箱子里的那颗糖。从此以后，他就成了刘喜社，不知道自己的生身父母是谁，不知道故乡在何方，更不知道回家的路。幸好，养父养母家里有糖吃，他想吃糖的时候，就问养母要，在嘴里含一会儿之后，又交给养母放回箱子锁住。慢慢地，那个箱子里的糖越来越少，一年之中他只能吃到一颗糖。没有糖吃的日子里，他也想过故乡，但他不知道回去的道路。养父养母没有孩子，对他很好，把他当亲儿子一样对待。就这样，一颗糖日复一日诱惑着他，把他变成了别人的儿子，把他变成了一个"林二代"，当然也把他小小的梦想留了下来。

没有那颗糖，就没有刘喜社。从大凤川林场到东华池林场，大森林里留下了他弯弯曲曲、深深浅浅的脚印，人生的挫折，亲人的离去，该他经的他都经了，不该他经的他也经了。在林场50多年，他在走路也在修路，而当地这条史无前例的18公里长的防火柏油路，应该是这个没有故乡的人回家的大路。这当然只是他的梦想，他的事业和生活犹如一张糖纸，被他用来包裹那一颗糖的记忆。

五叹住房难。人道是"安居乐业",但子午岭人没有安居就开始创业了。住房难,难在一个大时机,难在一个小环境。子午岭林业建设,始于中华人民共和国成立不久,又经抗美援朝战争,国家百废待兴,又在西北秦陇荒山野岭,财力物力当然不济。当时,上面让先解决住宿,然后再开展生产,但许多地方都是急国家之所急,先开展生产后解决住宿。这样,就将就着地住了。拓儿塬林场王永学说,第一年栽树时,一个工队20多个人,没有地方住,就搭简易工棚,上面用塑料布一盖,一个工棚住一个工队,做饭、睡觉和办公都在里面。看着林业人所谓的房子,当地的农民都嘲笑林场人:"你们住的房子,还不如我们的厕所。"在农民眼里,林业人就是山里人。林场的住房,经过了工棚或窝棚、土窑洞、土木结构平房、砖木结构平房和楼房这样一个递进的历史过程。工棚、窝棚,有点像"地窝子",选一个地塄,在下面挖出一个两三米深的巷道,上面搭上木椽盖上草,最后再压一层土。不过,窝棚仅限于生产工地和护林员临时使用,并没有当作家居。

世世代代居住在窑洞里的农民兄弟为林业人提供了最初的居住样本。虽然栽树是第一重要的,但必须让人有个地方住,好的没有,就住差的,没有房子,就住窑洞。农民能住几百年,林业人也能住个几十年。在子午岭,陕北窑洞和陇东窑洞是不一样的,陕北窑洞是用石头砌起来的,叫石箍窑,而陇东窑洞是在黄土里挖出来的,叫黄土窑。山里的窑洞和塬上的窑洞也不一样,塬上的窑洞除了塬畔,其他地方都是挖一个地坑院再挖出窑洞,而山里的窑洞只能依山挖出或砌起来。子午岭人居住的当然是后者。不论陕北窑洞还是陇东窑洞,它们之间共同的特点就是冬暖夏凉,宜于居住。起初,"林一师"到达陕北与"林二师"到达陇东,住的都是这样的窑洞,或租住或新挖,概不例外。窑洞时代的居住条件最寒碜。我到达劳山林管局采访时,已经退休的冯志胜被单位派来陪同我采访。老冯堪称一个"子午岭通",其对子午岭的熟悉程度和林业方面的见识,令我甚为敬佩。而且,老冯是一个健谈的人,像一个打开了的"话匣子",一路上总是主动给我介绍林场的情况。到了桥镇林场,他就给我不厌其烦地说起了这个他待了5年的地方。刚来时,他才18岁,那已经是1982年7月,刚刚从延安林校毕业,看到眼前的情景有点惊异:只有五孔窑洞，都被雨水浸过了，每一孔窑顶上都不时地掉落着白色的碱土末，进窑洞时他只好撑一把雨伞；只有一张桌子，还缺了一条腿，用几块砖头支着；只有一个炕，几个人都挤在一起；每一孔窑里只有一盏用墨水瓶做的煤油灯，煤油只有半瓶，每月限量供应。他喜欢晚上看书，晚上就把煤油灯放在炕头，早上起来后两个鼻孔都是黑的，用手指一挖，就像蘸了墨汁一样。最让他难忘的是一条蛇。有一天，他栽树归来，正准备上炕躺一会儿，一揭开被子，竟然看见一条蛇躺在炕上，吓得他扔下被子就跑出门外。等了好大一会儿，估摸蛇走了，他才回到窑里，用一根棍子将被子挑到院子里抖了又抖，觉得没有蛇才把被子又放回床上。但是，他再也不敢一个人上炕休息，直到等大伙都回来了才提心吊胆地爬上炕。蛇究竟跑到哪里去了，谁也不知道，也许还在窑洞里的哪个老鼠窟窿里呢。林区老鼠很多，居住在窑洞里意味着与老鼠住在一起，一个大窑洞里有着一些小老鼠洞，蛇完全有可能钻进老鼠洞里去了。冯志胜讲起这条蛇时，仍然是惊魂不定。蛇，我也害怕。老冯说蛇的时候，我一阵头皮发麻、脊背冰凉。

甚至到了1989年，一些地方的林业人还住在窑洞里。东华池林场樊小琴说，她当时在罗家庄，就住在窑洞里。有一个月夜，正好只有她一个人，她突然听见窑门被撞得哐啷哐啷响，她立即从炕上跳下来，趴在门缝上借着月光往外一看，原来是一只狼，狼也看见了她，与她对视起来，她十分害怕，起身拿起一把菜刀，又返回炕上，不停地警告狼，也许是看见了她手中的菜刀，狼才没有了动静。在野兽出没的林区，居住安全问题一直困扰着林场。

随着天南地北"支边"的人越来越多，能够建窑洞的地方有限，窑洞住不下了，再说一些南方人住不惯窑洞，就出现了后面土木结构的平房和砖木结构的平房。

如今，林区的办公大都是楼房了，桂花塬的六层楼还带着电梯。楼房的改善主要体现在职工住宿上。随着乡村城市化的推进，林业人也和农民一样进城了。不过，住房难并没有彻底解决，尽管一些林场想尽了办法，为职工在林场或城区建了福利房，但一些经济情况不好的老职工还是"望楼兴叹"，买不起呀。在陕西，在甘肃，我看见都有一些老职工还住在林场原来的砖木结构的平房里，而那些房子和他们一样苍老，因为年久失修，已经岌岌可危。当然，其中有买不起楼房不能离开的，也有留恋林场不愿离开的。在宁县县城，我看见了宁县林管分局漂亮的"福林佳苑"，听说住的就不全是林场职工，原因是一些职工因为买不起，一分到房子就转手卖了，挣了个满意的差价，享受了林场的福利，自己还住在老地方。这个有着7栋楼的小区，属于宁县林管分局危房改造项目，本来想把大家都安置完，没有想到结果会是这样。

六叹用电难。这一难，与当时的电力资源有关，也与财力有关。林场生产用电需求并不大，不用晚上进山去栽树，但基本的生活和办公照明用电却必不可少。最初是煤油灯，然后是蜡烛，因为电力不够，加上财力薄弱，一根电线在很长时间就是拉不进林场，即使是最后拉进来也是经常闹停电。机关办公黑灯瞎火，护林站和家里就更不用说。那时候，林场人都害怕天黑，长夜难熬哇，要么点灯熬油，要么早早就睡，要么摸黑看星星。一盏煤油灯，一支蜡烛，也是省着来用，首先保证孩子写作业，然后才是别的，能不用尽量不用。柴松管护站的张延民回忆说："当时，家里已经拉上电灯，管护站点的还是煤油灯，两三个月不回家，回家看见电灯还不习惯了，嫌电灯太亮。"采访中，沿途路边那些电线杆是怎么走进林区的，山上那些电线杆又是怎么爬上山去的，而那些伸手不见五指的日子又是怎么被子午岭人点亮的，让我浮想联翩。因为拉电还死过人呢！东华池林场田富连1985年到林场时正赶上拉电，他们9个人栽电线杆，挖好了一个坑后，正准备把一根电线杆往坑里放时，因为一边是3个人一边是6个人，曹吾庆害怕3个人的一边力量单薄，就赶紧往3个人的一边跑，结果根部还支在一块木板上的水泥电线杆失去平衡，突然倒了下来，重重地砸在曹吾庆的腰上，拉到医院救治无效死亡。曹吾庆是宁县人，当时才50岁左右。庆阳老林业人张新兴记得："通电时，电杆自己扛，电线自己拉，干部和职工同吃同住。通电那天，许多老职工流出了泪水，年轻人还放了鞭炮呢。"

如今，林场用电当然就正常了。不仅是照明，用电已经普及林场办公、生产和生活的方方面面；不仅是人，林场附近的动物们也用上了电，它们借助林场夜晚的灯光看见了护林站和天地的轮廓。采访中，我住过的几个林场到了晚上，从职工宿舍到院子里外，都是灯火通明，灯光眩得人连天上的月亮都看不见。

七叹就业难。树挪死，人挪活，子午岭人从来没有挪过。这是因为，为森林而生的林业人，走不了也不能走，林业人必须像树一样落地生根，和树生死与共。但时代在变，外面的世界太精彩，怎么让年青的一代把根留住，甚或把外面优良的"树种"引进来，至今都是桎梏子午岭生态保护的一个难题。因为有限的招考机会和有限的招考名额，导致相当一部分林业子弟无法进入正式职工序列，许多年轻人漂泊在外，或打工或创业，而现有的职工队伍严重老化，已经出现一个青黄不接的局面；即使有了招考机会，一些人嫌林场艰苦不愿意待，就把林场当作跳板，拿到一个事业单位的身份就跳走了。在连家砭林场，77岁的"林一代"杜玉芳说，她最近最担心的事情是孙子参加林场招工，如果孙子考不上，一大家子与林场的根就断了。

有些人的就业是用命换来的。槐树庄管护站党占军的就业就让人同情。一见面，看他缺了一只胳膊，我问是怎么回事，他笑着说进林场之前被一只老虎咬了一口，令我非常吃惊。原来，他说的"老虎"是一台机器。就业之前，小党在黄龙林业局下属的一个纤维板厂当临时工。刚刚干了一个月，一天操作一个预制机时，右胳膊不小心被机子压断，差点丧命，在西安截肢后成为一个"独臂人"。手术前，医生要给他说，父亲没有让说。手术后他发现自己少了一只胳膊，非常绝望，和正常人不一样了，走路失去了平衡。出院后，在家里待了一年多，亲戚朋友来看，他谁也不想见。出事以后，黄龙林业局很负责任，不仅负担了所有的医疗费，还主动提出了两个方案：一个是一次性赔付30万元，一个是招工。小党当然选择了后者，前者只有一次，而招工能解决一辈子的事。这样，小党就用一只胳膊换来了一次难得的招工机会。因为有了一个正式而稳定的工作，他很快就结婚生子。妻子是自己谈的，没有嫌弃他。最让他伤心的是，别人结婚时是抱着妻子进洞房的，他只是用一只手拉着。他当然也抱过妻子，但只能用一只胳膊。他曾经愧疚而惆怅地对妻子说："我这一辈子不能给你一个完整的拥抱了。"儿子出生后，他也没有办法抱，只能在一边看着。儿子4岁时，好像才反应过来，一天突然拽着他的空袖子问："爸，你的这只胳膊哪里去了？"他想了想，搪塞调皮的儿子说："小时候爸爸不听话，被狗咬掉了。"他之所以这样说，是不想告诉孩子自己曾经的苦难。小党是富县人，2017年受到延安市林业局照顾，来到了槐树庄管护站。他平时三地跑，房子在富县，父母在张村驿，妻子带儿子在西安打工。工作中，大家都照顾着他，而他也主动干一些力所能及的事。他的工资和大家一样，每月拿到手的4000元，成了一家人的基本保障。

"独臂人"党占军也不想让大家一直照顾，他觉得只有不懈努力才能对得起自己那只失去的胳膊。同时，党占军的不幸之幸也不应该成为林场就业的一个途径。说白了，就业只解决吃饭，而不一定解决生产和发展。其实，党占军也是一个顶替者，只不过他顶替的是自己的一只胳膊而已。和地方上一样，林场也经历过一个"子承父业"的顶替就业之路，但这种"顶替"弊大于利，利于就业而不利于林业，犹如动植物界的"近亲繁殖"，长此以往会造成林业队伍的退化。不难看出，已经进入林木繁荣期的子午岭，一个不断发育成长的大森林在呼唤一群新型的知识型守护者。远程监控、无人机等高科技的介入势必对就业形成一个新的挑战。

令人欣慰的是，一些研究生、大学生级别的专业人才已经来到子午岭，为林业队伍注入了新鲜的血液。府村林场卢王帅真的有点帅。他从杨凌职业技校毕业到府村林场后，两个月就走遍了林区，他可能是子午岭林区到林场两年之内唯一走完所在林场的大学生。他说，来两年了，一直想看一看山洪呢，但至今没有看到。府村林场的植被是劳山林管局最好的，森林覆盖率高达93%，卢王帅不可能看到山洪了。在张家湾林场，我一下遇到了蔡芳芳和马文两个去年刚刚招考来的大学生。他们一起招工进来的6个人，使林场职工的平均年龄降低到48岁。一年来，马文最大的收获是体质好了，以前爬山气喘，现在不喘了；林子里的树种并不多，他基本都认识了；前辈们吃苦耐劳的精神和细心严谨的工作态度，让他很钦佩。

八叹通信难。林区本身就很闭塞，通信跟不上，就更是封闭了。早期，林区与外界联系困难，林区内部联系更为不易。前面的顺口溜"通信靠吼"说得非常形象。在深深的山沟里，过一条河都要绕几里路，不论公事私事传个什么话，抑或是谝一个"闲传"，因为没有电话，就只能站在山上或河边高喉咙大嗓子喊了，而且必须"开门见山"，不能拐弯抹角。最初，接受山外的信息，只能靠收音机。平定川林场黄太福说，2002年有了对讲机，直线距离三四公里，遇见山就挡住了。2006年才用上手机，之前的小灵通、BB机都没有见过。劳山林管局的潘晓东至今还记得，刚参加工作那一年，就是1995年世乒赛的时候，在桥镇林场的一孔窑洞里，他和几个职工用收音机听世乒赛实况转播，窑洞突然塌了，中断了收听。

有了电话以后，情况当然好多了，而有了手机之后，通信更方便了许多。在一次座谈中，我听到这样一个让人温暖的小故事：有一个林场的两个职工，第一天拿上手机后，觉得非常新鲜，本来能面对面说话也不说了，改用手机说，两个人分别站在公路一边，只隔着一条马路，却好像在千里之外，用手机说了很长时间的话，高一声低一声，装腔作势的，嘻嘻哈哈的，让旁边看的人也无比开心。那一幕，就像两个演员在舞台上表演了一场精彩的独幕话剧。

车子一路在林区穿梭，不时可以看到移动或联通的信号塔，而随时接听、打出电话声音也很清楚，没有遇到信号不好的情况。

九叹结婚难。结婚难，难在找对象。在最初的林场，女孩是"飞鸽牌"的，男孩是"永久牌"，林场的姑娘都不找林场的，把男孩都剩下了。当时，林场的男女职工结婚时大都过了30岁，这在那个年代可是不能再晚的晚婚。下寺湾林场强永峰说，一些林场的女工，都跟上四川放蜂人跑了，大部分男职工只能找当地农民。在林镇林场采访时，书记徐等平说了这样一个笑话：子午岭地区有一个习俗，谁个找不上对象，让狗舔一下饭碗就能找上对象。他们林场有个潘文革，30岁了还没有对象。大灶师傅很关心他，有一天开饭前就给潘文革的碗里盛了一勺饭，端给林场看门的一只狗吃了，狗不但吃了饭，还把碗舔得干干净净。随后，在潘文革进来吃饭前，大灶师傅又用那只碗给潘文革满满盛了一碗饭，潘文革当然不知道他的碗被狗舔过，端起自己的碗呼噜噜就吃完了。第二年，潘文革真的找到了对象，然后很快就结婚了。老徐讲这个故事的时候，潘文革的大儿子就在旁边坐着。

南梁林场的吴宝鹏，如今已经是三个孩子的父亲。但是，他结婚前找对象却非常艰难。他说，光在1995—1996年之间，不包括现在的妻子，他一共见过9个相亲对象。第一个，是一个林场的，姓康，第一眼就没有看上他，嫌他胡子长，比她父亲还老；第二个，杨川沟人，姓王，这次他已经刮掉了胡子，但对方嫌他是林场的；第三个，连家砭林场人，姓曹，见了一面就没有音讯了；第四个，是林镇农村人，姓黄，这次是他没有看上人家；第五个，是马莲岔人，姓刘，一个同学介绍的，第二次见面就直接要彩礼，说没有8000元就没有"生意"；第六个，紫坊乡人，嫌他个子低，那天他们牵着一头毛驴去沟里驮水，当时天已经黑了，嫌他把水桶放不到驴背上，他还没有看清人家啥样子，人就不见了；第七个，哪里的，姓啥，想不起来了，只记得人家嫌林场的人穷；第八个、第九个，没有啥印象，都想不起来了。第十个对象就完美了，就是现在的妻子，一个裁缝，只让他买一个大床和一个电视机，但大床买了，电视机没有买，他买不起。

  吴宝鹏的三个孩子是二女一男，大女儿毕业于上海财贸大学，已经就业；二女儿毕业于西北师范大学，现正在读研；儿子还在列宁小学上初一。从这个结果看，吴宝鹏的前九次找对象，的确是难了一点，但难得值得，不但是值得，而且是非常值得。

  好事多磨是林场职工找对象的经验之谈。山庄林场职工高成和田芬梅的婚姻干脆就是高成硬缠软磨而成的。高成不会谈对象，就下苦功找对象。原来，田芬梅和高成每天都在一起栽树。有一天，高成突然看见田芬梅把自己水壶里装了几天的水倒掉了，他猛地一把将田芬梅推倒在地，摔得很重。倒地的田芬梅开口就骂："你个牲口，为你好哩，害怕你喝了拉肚子，你打我干啥？"原来如此，在场的人都劝高成赶紧把田芬梅背回去，但高成死爱面子，就是没有背。这样，高成和田芬梅三天不说话。到了第四天，一个职工又劝高成去说一声对不起，他就去找到田芬梅，说了一声："对不起，我不知道你为我好，我不该打你！"田芬梅当即就笑着接受了他的道歉。真是不打不成交，从此以后高成竟然悄悄喜欢上了田芬梅，动了娶她为妻的念头，而他唯一的办法就是帮田芬梅干活，背树苗哇，挖树坑啊，可谓献尽了殷勤。那时候，林业职工很苦，天天干的活都是体力活，上山爬洼的，男职工都受不住，女职工更不用说。经过了三年的苦力奉献，高成觉得时机已经成熟，就去向田芬梅求婚，结果碰了一鼻子灰。田芬梅明确告诉他，自己是西峰城里人，最后是要回西峰的，不会一辈子待在山里。但是，痴心不改的高成就是不死心，继续给田芬梅献殷勤，春天帮她栽树，秋天帮她打老鼠。不久，他用28元的重金买了一双皮鞋，第二次去求婚，还是被田芬梅以父母不同意为由而拒绝，皮鞋也被扔了出来。过了几天，高成又求人带着他去田芬梅家里提亲，结果又被田芬梅的父母当面婉拒。高成当场就被激怒，他二话不说，拿起桌子上自己提来的一瓶高度白酒，当着大家的面咕噜咕噜一饮而尽，说了一句"那我就打光棍了"，便拂袖而去。高成吹的一瓶英雄酒，唬得一家人都愣住了。但是，三年之后，高成却如愿以偿把田芬梅娶到了家里。林场的人都知道，高成用的还是老办法：软缠硬磨，生米做成了熟饭。田芬梅可是当时山庄林场的第一美人，高成的付出当然也非常值得。

　　命运似乎存在着一个厚此薄彼的情况。对于另外一些人，不仅找对象不难，结婚也很容易，10元钱就能办一个婚礼。从庆阳地区林业处副处长的位置上退休的澹台安说："我的妻子叫李书琴，是我大学同学，1968年与我牵手一起来到子午岭。1970年，我28岁，她26岁，都超过了晚婚年龄。同来的许多同学都结婚了，有的甚至生了孩子。所以，那一年一过五一节我俩就商定了结婚大事。我们向林场写了结婚申请，经领导同意，持着林场的介绍信到城关公社领取了结婚证书。新房是我住的窑洞，其他人员搬出去，打扫干净便好；家具没有沙发更没电器，只有在林场做的两只木箱；炕上铺着我们两人原来的被褥。婚礼是在一个上午举行的。同事们把我们窑前打扫得干干净净，搬来两张桌子，周围放了一些条凳。一张桌子上放着招待大家的茶叶、香烟、瓜子、水果糖。另一张桌子上放着单位和职工送给我们的结婚礼物：一套《毛泽东选集》、一对搪瓷圆茶盘、两个5磅的暖水瓶和一个脸盆。9点多，人来齐了，党支部书记主持，我们向毛主席像三鞠躬，向来宾三鞠躬。然后，就是大家吃瓜子、喝茶、抽烟、说点祝贺鼓励的话。这次婚礼我们花了不到10元钱，这似乎不可思议，但这是真实的，我们的婚姻是神圣的、庄严的、幸福的。我有两个同班同学，他们在另一个林场。他们的婚事办得更为简单、奇特。一天，女同学在劳动中和职工闲谈时说，她一个人住一间房子晚上还真有点害怕。职工们便说，那你们结婚吧！于是，几个职工帮他俩打扫了房子，买了香烟、瓜子、水果糖。两个职工到公社替他们办了结婚证书。下午,男同学从山上回来,在大灶上匆匆吃过晚饭,衣服也没来得及换,只穿着打补丁的帆布裤和一双脏兮兮的翻毛皮鞋,大伙便给他们举行了婚礼。"

过去如此,现在也是如此。找对象难,在刚刚来林场的年轻人中同样存在。在劳山林业局,毕业于西北农林科技大学的白杨有点困惑。白杨是一个小帅哥,已经27岁了,还没有找到对象。他觉得林场圈子太小,不好找对象,他不知道自己所学专业将来能干什么,不知道自己在林场能待多久。

林业人找对象难,子午岭林区的农民娶媳妇也不容易。西坡林场郭宝林说,他来林场6年了,还没有听见村子里的唢呐声。

十叹收入难。收入低问题不仅关系到林业人的生存,还关乎森林本身的存亡。这个"老大难"问题,曾经让子午岭各个林场的生计都难以维系。为了职工和森林的生存,甘肃子午岭还因此而出现过"八大上访户"呢,他们是任志虎、田玉堂、李继明、燕克忠、代志谣、杜小平、袁有胜和安郭林。罗山府林场王正顺说,从1980年退耕还林到1998年,林场的工资一直没有变过,职工完成任务才有工资。比如你的任务是造林40亩,每亩栽330棵树,挖好树窝,把树栽上,成活率达到85%以上,每亩才能拿11.8元;如果任务完不成还要倒扣,如果林场没有钱,就给你打一个白条子先欠着。直到1998年长江发大水之后,国家对林业加大了投入,林场职工的工资才有所增加。这只是罗山府林场的情况,但这一情况当时在整个子午岭十分普遍。大凤川林场谢三坡说:1997年,没有钱发工资,根据财政给的人头工资分配,每人全年3000元,每月才250元,所以场长们都被职工们叫作"二百五场长"。后来,"八大上访户"开会商量事情也被叫作"二百五会议"。职工们收入的提高,长江的那一次洪水只是大自然赐予的一个机缘,真正的原因还是职工们自觉地维护了自己的利益。比如,"八大上访户"引发的群体上访,就引起了社会的关注。其时,《陇东报》记者李星元、张新合十分敏感,及时采写了一篇《子午岭国有林场陷入困境》的报道,被新华社甘肃分社2000年6月26日发在了《甘肃内参》,同时还编发了《动态详情》,直接送到了省委领导手里。这份重磅"内参",对当时子午岭职工的收入做了更为详细的报道:"1998年10月1日起国家实施天然林保护工程,生产性采伐全面停止了,林场便断了主要财路,国家对林场的补偿政策到现在也没有落实,林场已陷入极度的困难之中。生产工人每月只发全国职工增资时增发的72元,没有林业生产任务,他们靠林场分给的几亩薄地种粮为生;退休职工每人每月只发150元,林场职工医院职工人均只有170元;职工子弟学校教职工人均只有330元,管理人员人均500元……"此番落魄境况,真是山穷水尽了。"内参"很快引起了重视,职工们的待遇问题随后得到了彻底解决,林场职工欢天喜地。这一难题,甘肃化解在先,陕西随后闻风跟进。

其实,除了这"十难",还有一难,这就是"娱乐难",只因为娱乐是一个"耍耍事",子午岭人没有往桌面上摆罢了。不过,从前面的顺口溜"娱乐靠酒"不难看出,娱乐在林业职工生活中还是占有重要位置的。娱乐难难于苦中作乐。当年,几乎每一个林场都有宣传队,自编自演一些配合形势的宣传节目,却是时有时无,而且只是少数人在娱乐,未能解决大多数职工的文化生活需求。尤其是对于占据绝大多数的男职工来说,务农务林的闲暇时间就没有办法打发了,要么睡觉,要么喝酒,特别是未婚的青年们,因为离城离家远,即使是有点娱乐也都是自娱自乐。那时候,除了喝酒,就是打架,喝多了打架,不喝酒也打架,当时兰州知识青年打架在当地是出了名的。已经退休9年的郭仲良就是一个兰州知青。在宁县县城福林家园我采访了这位老"兰州砂锅子"。郭仲良16岁前还是兰州七中学生,16岁后就成了罗山府农场的知青。他们那一批来了120人,年龄和他不相上下。到农场之后,他接受了三个月的兽医培训,就成了一个独当一面的兽医,主要是看着牛羊下崽,每天接生四五十只羊羔。郭仲良说,知青都是血气方刚的年轻人,因为日子寂寞,生活环境所限,娱乐都是自己找的,比如打架、摔跤、打篮球、打乒乓球、弹琴、下象棋和吹管。农场的人来自五湖四海,各种各样的人都有。其中还有高人呢,有一个兰州知青,叫杨晓峰,曾经获得过兰州象棋第三名。有一次,他与当地一个号称象棋高手的石匠老汉对弈,下了三盘明棋石匠老汉皆输,下了三盘盲棋石匠老汉又输,最后石匠老汉拱拱手甘拜下风。不过,残疾人玩自行车就不仅仅是娱乐了。连家砭护林员张贵龙因为炸鱼失去了一只胳膊,人残志不残,成为独臂之后，2003年竟然获得了全国残疾人自行车竞赛金奖，这是庆阳林业职工获得的最高体育竞赛荣誉。"独臂英雄"张贵龙当然是被"娱乐难"逼出来的。

其实，林业人的主要娱乐是走路。巡山的时候，不巡山的时候，走路都能走掉许多时光呢。

"十大难＋1难"的确是一言难尽，子午岭人的艰难何止这些，说千难万苦也不为过。一言难尽的十一大难题，都是人与林生存方面的困难，困扰了陕甘两省子午岭人30多年，但如今基本都解决了。

不过，职工困难少了，林场的困难却有不少。劳山林业局局长田向东提了"一揽子"问题：一是人少，5000亩林平均1个人，但实际人数只有366个人，剩下的没有编制；二是"天保工程"经费紧缺，延安市林业系统每年上缴市财政3个亿，基本没有反馈；三是正常的经费紧缺，制约了林业保护……

这些问题在整个子午岭林业局普遍存在。这是正常的，要保护要发展必然存在困难，没有别的办法，只能迎难而上。

有人说得好，林场穷，是因为国家穷；职工难，是因为林场难。

子午岭各个林场在解决自身困难的同时，也为当地农民兄弟解决了不少的困难。比如修路、通电和吃水，都是困扰当地群众几十年的老大难问题。不仅如此，林业事业的发展也给当地群众创造了不少赚钱的机会。在华池林管分局，我了解到他们每年的社会劳务支出达2000多万元，这些钱都被当地群众参与造林、育苗劳动挣去了。不仅是挣钱的机会，林场传授的技术，也让当地群众受益不浅。合水林管分局副场长贾随太说，栽树并不是挖一个坑把树苗埋下去那么简单。老年农民还会栽树，年轻的农民一点也不会，而一些"老把式"也缺少技术含量，对一些新树种，比如油松等树苗的个性并不完全了解。林场在造林护林的同时，都会给周边老百姓传授植树技术。他在罗川府林场时，每季节安排农民工200多人，既传授栽树技术，还引导农民到附近的苗圃育苗，同时掌握苗木市场销售行情。到2014年年底，22个行政村培育苗木18300亩，苗木纯收入6700元，占人均收入的60%以上。

对于林区的农民来说，林场的存在和发展是一个不小的福祉。

护林员都是一样的

有人说,"林一代"是栽树的,"林二代"是育苗的,"林三代"是护林的。其实并不尽然,三代林业人都是护林的,"林一代"既栽树又护林,"林二代"既育苗又护林,现在的"林三代"之所以只护林不栽树不育苗,是因为职责都集中在护林上,树栽满了苗育够了,即使是需要栽少量的树育少量的苗,也是掏钱雇人去干,曾经的护林员已经被从苦役之下解放了出来。大家都说,现在子午岭最重要的工作就是把林子管护好。

在子午岭,护林员都说"护林员都是一样的",意思是护林员干的事是一样的,干事的环境是一样的,所受的苦是一样的。但是,"一棵树上没有两片相同的树叶",一片森林里也没有两棵相同的树。以此类推,一个大森林里也没有两个相同的护林员。在子午岭上,每一个围着林子转的人都是护林员,如果再从"护林防火,人人有责"理念上说,那我们大家都是护林员。

前面的"大事记"记载,中国最早的护林员诞生于宋代的黄帝陵。那么,今天黄陵县宋朝护林碑上记载的寇守文、王文政和杨迈三户乡民就是中国最早的护林员。如斯,自此以后的子午岭森林史无疑也是一部中国护林员史。我的这部《绿子午》虽然记录的只是新中国三代护林员的一个群落,但他们却承继着炎黄的精神血脉。

我认识最早的一个护林员,是少年时代我们生产队的一位姓黎的老人,叫啥名字已经不记得了，其实那时候也不知道他确切叫什么名字，生产队里的人平时都叫他"黏糜子"，我也只记得他的这个绰号。在庆阳方言中，黏字不读黏而读"然"，但意思和黏字的意思一样，说一个人办事太认真，像糜子做的黏糕一样黏糊。黎老汉的绰号"黏糜子"就是因为护林太认真而来的。在一个年年栽树不见树的村子，他一个人管着生产队塬上新栽的行道树和沟里的一片林子。生产队凡是与毁林有关的事，一旦被他发现乃至管上，那你就别想脱个利索，非絮絮叨叨黏你半天不可。一些人虽然很烦他，但心里却很佩服：选"黏糜子"当护林员大家放心。记得"黏糜子"喜欢孩子，一碰见我们就会逗我们玩，我们那些孩子也调皮，经常玩不过他，就叫他的绰号："黏糜子，黏糜子"。"黏糜子"发威的时候，最让人害怕，我们上树折树枝喂羊，或者摇路边的小树玩，他远远看见就会吼叫着撵过来，而我们就会喊着"黏糜子来了，黏糜子来了"逃之夭夭。一旦被他逮住，打一顿屁股不说，还要被押去见父母。

说林业职工有"十大难+1难"，其实什么难都难不过护林难。在这次的子午岭采访中，我听到了许多护林员的故事，也听到了一些经常与护林员打交道的人的故事。20世纪七八十年代初，陕甘子午岭接壤的林区农民都同时有两省户口，在利益面前，他们一会儿是陕西人，一会儿是甘肃人，身份很难区别；一些牧羊人，陕西护林员一管，就跑到了甘肃境内；甘肃护林员一管又跑到了陕西境内，与护林员做着猫捉老鼠的游戏。白沙川护林员陈晓义说：一个牧羊人，因为护林员没收了他的羊，居然跑到护林站上吊，当然没有吊死，这是在威胁；一个牧羊人，为了阻止护林员赶走自己的羊，居然当场砍下一只活羊的头，这是在威胁；一个女牧羊人，为了让护林员放她一马，竟然在光天化日之下脱光衣服，这是色诱，当然也是威胁。"有一次，蒋振肃晚上赶回来一群羊，放羊老汉听说要罚款，突然跪下抱住蒋振肃的腿，看软的不行，又赖在房子里不走，还硬说蒋振肃伤了他。"白马林场场长刘剑锋说。

护林员的每一天都是一样的。桥川林场护林员李军和李德新每一天的工作是这样的：5点多都起床，各自吃完早餐，各自带两个馒头当午餐，晚上10点多回来晚饭，每人一天走10~20里山路。护林护林，人就要贴着林子走，护林员没有大路，脚下大都是羊肠小道。巡山中，李军曾经两次滚沟。第一次，是2012年那次下大雪，走到寺沟岔的一个背洼里，脚底一滑，抓住一个树梢，树梢断了，滚了3米多远，一丛灌木挡住了他，往下一看，竟然是一个40几米深的悬崖，幸亏李德新及时赶来把他拉了上去。巡山多是一个人，这次幸亏是他们两个人。第二次，严格地说不是滚沟，而是坠入深窟，前年夏天在许家河，他经过一块农田里的草丛，走着走着，突然一脚踏空，人扑通一声跌了下去。那可能是一个水洞，幸亏没有水，也只有三四米深，他知道附近没有人，喊也是白喊，硬是脚蹬手撑着洞壁爬到洞口，最后是一把冰草把他拉了上来。放羊人与护林员之间一直打着"游击战"。护林员白天管得紧了，放羊人就打时间差，晚上10点或者凌晨3点出来"夜袭"，等护林员出来巡山他们就"收兵回营"。这样，他们护林员就得不断根据"敌情"调整自己的巡山时间。即使是赶在同一个时间，也经常是赶走了这边山上的羊群，对面山上又冒出来一群羊。以前，每家都有羊，最多的家户达200多只，现在养羊的少了，最多的只有四五十只，最少的也有一二十只。夏天，因为青草茂盛，羊对树木危害小一点，到了春秋时节，羊对树木危害最大。林业人最害怕羊吃刚刚栽下的树苗子，一嘴一个树头，特别是油松，树头一旦被羊吃掉，就不长个子，活是能活着，但永远是一个"侏儒树"。这个道理，放羊人都知道，但就是听不进去。在林区，一个太认真的护林员挨骂挨打可能是家常便饭，轻的被骂个"啥球东西"，重的就骂得更难听了。有一次，他罚了一个放羊人200元钱，第二天在街上遇上后这家伙二话不说就捅了他两拳头。他当然只能忍了，心酸自己留着。职责是干啥的就干啥，啥职责就有啥待遇，被骂被打自己就挨着吧。

在子午岭，有些人一个人就是一座岭，有些人一个人就是一个沟，一座岭和一个沟都是绿绿的，一个人也是绿绿的。这里，让我们先从王元岭与姜老汉沟说起，随后是苏黑狗和黑狗崾岘。他们都是名字被作为一个地名使用或者已经被标上当地地图的护林员。

合水林管分局连家砭林场有一座岭，叫王元岭，它就是以一个人的名字命名的，一个老护林员。曾经在连家砭林场工作过的董百赟说，王元岭气候湿润，群山环抱。老职工王西元一直住在那里，修了三孔窑洞，护林防火。王西元人很诚实，能守得住寂寞，只是性格比较孤僻。那里原来没有名字，1998

年实施"天保工程",为了加强森林管护,成立了庆阳唯一的窑洞式管护站,大家就将其命名为王西元岭。但为了叫上顺口,就叫成了王元岭。不但是嘴上叫,王元岭还被标上了合水县地图。后来,因为习惯了叫这座岭王元岭,生活中把王西元的名字也干脆简化成了王元。王西元就是王元,王元就是王西元,他们是一个人,而他们都是王元岭。

不过,人活着时既是一个人又是一座岭,而人死了以后就只是一座岭了。我走到王元岭的时候,王西元刚刚去世半年,但王元岭还活着,与它周围其他的岭没有什么区别,寂静地展示着自己的绿色。几经周折,合水林管分局副局长贾随太带我在合水县城找到了王西元的继女王会梅和继外孙女鲁芳。名字被命名为一座岭的人,究竟有着怎样不凡的人生呢?王西元的简介显示:"王西元,生于1928年3月,2020年11月22日晚21时在家中去世,享年92岁。甘肃省西和县人,1958年8月在兰州参加工作,1960年5月调至天水西河湾水库工作,1964年8月调至蒲河马山林场工作,1965年10月调至连家砭林场工作,1988年5月光荣退休。"

王西元是一个平凡得不能再平凡的林业工人,而他的不平凡就是守住了自己的岗位,这是所有子午岭林业工人的写照。耄耋寿星王西元,给子午岭贡献的财富,就是把自己的名字留给了一座无名岭,而绿绿的王元岭给后人留下的除了一个林业工人,还有一个和善可亲的亲人。1982年出生的鲁芳,说起外公的故事,就像在讲自己的童年往事,不但记忆犹新,而且一往情深。鲁芳记得,差不多7岁的时候,外公经常给她们几个孩子打野鸡吃呢,外公的枪法非常准,啪的一声枪响,就会有一只野鸡噗噜噜落下来。捡拾那些被外公打落的野鸡,是她们最快乐的事情,大呼小叫的,一股风似的冲向落地的野鸡,一个个像外公打猎时带的小猎犬似的。不过,外公只把那些近处的留给他们,那些远处的必须是他亲自去捡拾。那个时候,野鸡还不受保护,外公给他们打野鸡吃不犯法。到了自己12岁的时候,外公给她买了一双真皮皮鞋,那时候在林场能穿上真皮鞋的大人都很少,更不用说一个小姑娘了,穿上那双皮鞋之后,她噔噔地跑欢了,骄傲得像一个小公主。自己是外公看着长大的,而外公是她看着变老的。但是,因为她是静宁县人,后来又嫁到了银川市,加上外公对自己工作上的事一直守口如瓶，直到2014年她从银川市回到合水，才知道连家砭林场有一个岭用了外公的名字。遗憾的是，她至今没有去过王元岭，对此她非常内疚，她很想去看看，然后叫王元岭一声"外公"。

外公是一个"倒插门"的上门女婿，因为生计而从天水地区西和县（今属陇南市）跨区"远嫁"庆阳合水县，一生都心牵合水林场和外婆的5个孩子，长大后几乎没有在父亲身边尽过孝心。这是外公一生的疼痛。曾经听外公的姐姐说，她父亲想儿子的时候，常常拿出弟弟小时候穿的衣服，一个人反复地看哪看哪，老泪纵横甚是恓惶。

外公和外婆本来有过一个孩子。当年，因林场道路颠簸难走，怀孕在身的外婆在从林场返回合水的路上因颠簸而流产引起大出血，没有保住那个孩子，后来也没有再生育。外公非常爱外婆，而且为所爱的人一直远离自己的亲人。很多次，外公想叫外婆去天水，但因为5个子女牵绊着外婆，外公都没有走成。爱情高于一切，外公最让人感动的是照顾瘫痪的外婆那5年，他那么想念亲人，就因照应瘫痪的妻子，最后五六年都没有回老家。外公是一个很称职的好丈夫，平时自己做饭，不放心把外婆交给外婆的那些亲生孩子照顾。外公对同事对乡里邻居对每个人都好得很。至于对工作，那就更不用说了。人生本来就苦，好人就更苦。

外婆去世后，外公经常因思念而偷偷流泪，直至抑郁成疾。外婆故去三年以后，已至晚年的外公更加想念老家天水，想回去和亲人团聚，以至于80岁过后，一个人悄悄背起行囊执意走了很多次，但都没有走成，最后要么是自己回来了，要么是被家里人拦住。外公是兄弟姊妹中最小的，天水的兄弟姊妹相继去世后，外公就死了心。

鲁芳能够感受到，在人生最后一段时光里，外公每每回忆自己当初的选择，就对父母和兄弟姊妹充满了无限的歉意和自责，这里毕竟没有与他血脉相连的人哪！因为心里孤苦无助，外公偶尔精神失常，不分白天黑夜地在家里胡唱乱吆喝。

对于当年自己因为力量单薄而没有陪外公回老家转转，鲁芳更是深感遗憾。

鲁芳的母亲王会梅已经59岁，兄弟姊妹5个，上有两个哥哥，下有两个妹妹，她是最中间的那个，排行老三。王会梅的亲生父亲死得早，那时她才11岁，而继父"嫁给"母亲时，她已经12岁，刚刚初中毕业。这样，和女儿鲁芳一样，王会梅的童年几乎也是从王西元开始的，只不过自己童年时的继父还没有老。王会梅记得，每到暑假，她就跟着母亲去子午岭看继父。那时候林场条件非常艰苦，继父住在一个破破的窑洞里，每天通过一条羊肠小道，去育苗、拔草和担水。到了晚上，一有空闲，继父就会给她和母亲唱歌。继父最爱唱一支货郎歌，可惜她已经不记得词儿了。恐怕是因为自己没有孩子的缘故，继父平时特别喜欢孩子，一旦发了工资，首先给孩子们买好吃的，给自己的孩子，也给林场的孩子。所以，林场的大人和孩子都喜欢继父。姊妹几个更不用说，都喜欢他老人家。继父退休之后，姊妹几个还抢不上伺候他呢。王会梅称继父时，不叫继父，也不叫父亲，而是叫爸爸，其父女之情由此可见。

王会梅自从知道连家砭林场有一座"父亲山"之后，每次见到太白那边进城的人，都感到像见到娘家人一样亲切。不过，王会梅也从来没有去过王元岭，和女儿一样，她也很想去看看，很想去悄悄喊一声"爸爸"。

子午岭不论有多少个岭，恐怕都少不了一座王元岭。作为一个慈祥的父亲，王西元一生的功德恐怕都是在一座没有名字的孤岭上独居的那20多年的护林员修行。也许是与树林有关，王西元退休以后，除了爱好武术，最喜欢的是收集各种根雕，尤其是子午岭的。其实，离开了子午岭的王西元，就是一个活的根雕。

子午岭有多少个岭，就会有多少个沟。谁不知道子午岭有多少岭，肯定也不知道子午岭有多少沟。子午岭究竟有多少沟，也是一个无解的谜题。在连家砭林场，还有一个护林员也在青山绿水之中留下了自己的名字，他就是甘肃省劳动模范姜全仁。不过，姜全仁的名字没有留在岭上，而是留在了一个沟里。这个沟就叫"姜老汉沟"，或者"老汉沟"。

连家砭林场护林队队长姜立新是姜全仁的儿子。他说，父亲2000年就已经退休，已经80多岁了，和自己一起生活。姜立新现在已经是三个孩子的父亲。

其实，姜立新小时候不知道父亲是干什么的。从记事起，他一年见不上父亲几次，父亲只在年头岁末回来一次，放下一点麦子就走了。也因为这一原因，自从会说话开始，他就不会叫"爸爸"，一开始是不会叫，后来是不愿叫，尤其是当着父亲的面，他一直叫不出口。唯一叫父亲的机会，就是给父亲回信，每当父亲来了信，总是他给不识字的母亲念，然后又是他给父亲写回信，而这时候他就有机会在抬头写上"父亲大人"几个字，写好之后读给母亲听时他就能叫一声"父亲大人"。上小学时，他一直这样糊涂着，一点也不理解，甚至觉得父亲很神秘。直到上初中后，他才知道父亲是一个常年不能回家的护林员。第一次当面叫"爸爸"，已经是在林场上班很长一段时间之后，熟悉了林场职能，了解了前辈们的不平凡，他开始心疼父亲，就忍不住脱口叫了一声"爸爸"。记得，当时他叫得不好意思，爸爸也被叫得不好意思了。但是，他第一天到林场见到父亲时却不是这样的。那是1984年，他因为林场招工考了第二名，10月的一天兴奋地到连家砭林场报到，但父亲白天在山里施工，他只好捎话让父亲把钥匙先带回来。低头走进父亲住的破窑洞，他的心里很不是滋味，原来父亲多少年来就是在这个山洞里"躲着"自己呀。直到晚上11点多，父亲才回来，父子相见居然没有多说一句话，而他一路都在想的一声"爸爸"，也突然噎在了喉咙里。从这天起，他开始主动地亲近父亲，希望真正走进父亲的大森林。

环境改变了姜立新，也改变了姜立新对父亲的认识。环境十分恶劣，而人非常坚强。别的不说，就说吃水吧，就让他"翻江倒海"地过了一大关。水是泉水，但也是泥浆水，羊吃牛吃人也吃，泉子里经常都会漂着牛粪片片羊粪蛋蛋什么的。后来，终于打了一口井，但吃了一个多月，又发生了更为恐怖而恶心的事情。一连几天，大家都在吃饭的碗里发现了蛆，一开始都以为是食物的问题，排除了食物之后，大家便到那口井里去看。结果，不看不知道，一看吓一跳，打上来一桶水，都是老鼠的皮、毛和骨头，再仔细一看井里，井水里也是，而井壁上还布满了老鼠洞。原来，因为当地水质不能直接饮用，打井时为了饮水安全，他们给井里投放了消毒剂，而老鼠闻见消毒剂就会前往，结果那些打洞而来的老鼠都被淹死在井里，时间一久就腐化生蛆进而化掉，而蛆则生生不息。目睹眼前的恶心状况，几个工人自然是"翻江倒海"了一番。

姜立新就在这样的环境里坚守了下来。他觉得，父亲能适应，自己也应该适应。不坚守，又能干什么去呢，林业职工都离不开森林哪。

姜全仁的徒弟靳兰锡似乎比姜立新还了解姜全仁。靳兰锡12岁就跟着父亲靳纪华进林场了。父亲是个老兵，1973年从部队复员到林场，如今已经84岁了。靳兰锡和姜立新一样，小时候也很少见到父亲。似乎所有做护林员的父亲都曾经这样远离过自己的孩子。进林场后，因为护林员一人管护一个沟，山大沟深，翻一架岭需要大半天，彼此不可能天天见面，靳兰锡仍然是一两个月见不上父亲一面。父亲和师傅对自己影响很大，而靳兰锡对林业工人的真正了解，也是进入林场后从师傅姜全仁开始的。师傅是他进林场后的第一个启蒙师傅，教会了他不少知识。师傅不止一次说过，他成家前是一个要饭的，情况好的话能打工挣个馍馍，攒下来晒干又磨成面背回家，给家里放下，第二天又出门要饭。后来，他有一段时间在天水小陇山林场伐木头，因为表现好，合水这边招人，他就被推荐来了。很长时间，住的是敞风的窑洞，睡的也是土疙瘩垒起来的火炕。老婆来了，生姜立新的时候，就生在熊家岭那个破窑里，老婆生完不久就抱着孩子走了。他这一辈子最大的遗憾就是把家撂下了，对不起老婆和孩子。所以，儿子姜立新不叫他"爸爸"是有原因的。

靳兰锡说，师傅一辈子都在深山里钻，郭家川、马家岔都待过。因为长期孤单寂寞，性格和脾气有些古怪。后来，他待的熊家岭下面那个沟没有名字，因为他待得久了，大家就把那个沟亲切地叫成了"姜老汉沟"或者"老汉沟"。连家砭林场最后在山里留下名字的人就只有两个人：一个是在岭上留名的王西元，一个是在沟里留名的姜全仁。两个都是省劳模。

一日为师，终身为父。在林场，因为传帮带，师徒之间更是有着亲情一样的关系。子午岭"老林"景政德说过这样一个师徒故事：在大山门农场机耕队，有一对师徒，师傅叫李左新，徒弟叫闫小琴，是个女的。闫小琴刚来不久，对生产环境还不是很熟悉。当时，正值伏耕，他们正在田间开着拖拉机耕地，突然下起了倾盆大雨，地头上一口井灌满了水，闫小琴不慎掉入井里。一边的李左新见状，毫不犹豫下到井里救徒弟，结果徒弟被救上来了，他却被淹死在井里。

没有沟就没有岭，沟没有岭高，但沟比岭深。在子午岭，岭的下面就是沟，沟的上面才是岭，一起一伏，共同绵延，彼此依存。

人世间，雁过留声，人过留名。但是，谁都知道，不是谁想留名就能留下名的，不论是"王元岭"，还是"姜老汉沟"，它们凭借的可都是王西元和姜全仁良好而长久的口碑。也就是说，在子午岭，他们二人必须与自己对应的岭或沟相匹配，他们各自必须是大森林一处绿绿的存在。其实，几乎所有的林业人都在子午岭留下了自己的绿色，就像子午岭那些有名或无名的草木。

在大岔林场的小岔沟，有一个地名叫"王占魁"，有名有姓的，还上了黄陵县的地图，我认为是以一个人名字所命名，大岔林场书记、场长谢康也认为如此，但谢康打听了一下，无人知道王占魁是何许人也，令人深感遗憾。谢康是林业系统的作家，且在大岔林场待了十多年，对林区的地理风物颇为熟悉，他的观点应该具有权威性。不过，能被标上黄陵县地图的人，肯定不是一个等闲之辈。起码，其人肯定与森林有关，名字才没有被森林遗忘。

黑狗崾岘是正宁林管分局中湾林场的一个小地名，因护林员苏黑狗而得名。苏黑狗与黑狗崾岘的故事很有传奇色彩。苏黑狗是一个堂堂正正的人名，绝对不是绰号，是自小父母起的名字，而且后来还上了中华人民共和国居民身份证。

苏黑狗已经在他83岁那年去世，三年之后妻子又随他而去，留下来一女一儿。在刘家店林场机关，我采访了他的儿子——被大家私下亲切地称为"苏小狗"的苏小锁。因为见我疑惑他父亲苏黑狗的名字，一见面"苏小狗"就掏出父亲的身份证给我看。的确，他父亲就叫苏黑狗，一个中华人民共和国公民。仔细看照片，苍老的苏黑狗与眼前年轻的"苏小狗"长得很像，都瘦瘦的，长着一副长脸。所不同的是，黑狗留着胡子，"小狗"没有留胡子；黑狗戴着帽子，"小狗"没有戴。"苏小狗"记恩情，苏黑狗去世后，他就一直把父亲的身份证带在身上。

对于父亲的名字，苏小锁小时候就很疑惑，无法接受一个对父亲具有侮辱性的名字，以为是别人给父亲起的绰号，但他不敢直接去问父亲，悄悄地反复问了几次母亲，证实了那是爷爷奶奶给父亲起的大名之后，才在感情上接受了一个"黑狗"做自己的父亲。那时候，因为父亲的这个不雅的名字，苏小锁经常被伙伴们讥笑和欺负，直至后来自己也获得了一个"苏小狗"的绰号。知道了父亲的身世和事迹之后，对此他不但不觉得丢人，反倒感到非常光荣，而且是自己沾了父亲的光呢。到林场工作以后，他觉得父亲的名字"黑狗"与父亲的"黑脸"挺像的，脸黑怎么了，一身正气的包公不就是一个黑脸吗？黑色代表正直、无私和刚直不阿。

"苏小狗"当然也留在了森林里，继承了父亲苏黑狗的事业。现在，苏小锁是刘家店崔家堡资源管护站护林员，工作的地方离中湾林场的黑狗崾岘只有20公里，每次路过他都能看见父亲住过的那几个窑洞。这几个窑洞我也去看了，就在路边，已经坍塌，而且被野草和林子遮盖。

苏小锁又说到经常见不上面的父亲的另一个身份。苏黑狗也是一个老兵，在青海剿匪受伤后复员到林场，到死身上还留着一块弹片。这块弹片，是苏黑狗身上最硬的骨头，也可能是他们家最大的财富。和许多的林场孩子一样，苏小锁念书时好像是一个没有父亲的孩子。不要说平时，周末也很难见上父亲一面。每一年过年，从大年三十早上一直等到深夜，才能把父亲等回来，但初一早上自己还没有醒来，父亲又走了。只有到了假期，母亲给父亲拆洗被子和换洗衣服，他才能跟着母亲去林场见父亲一面。而到了林场，最怕的事情是人们当着父亲和他的面叫他"狗儿子"，父亲总是嘿嘿笑着，而他却非常不好意思。

在林场，苏黑狗是出了名的"老倔头"。这可能都是当兵养下的性格。有一次，在回家的路上，他把给家里买的一些猪肉和自己的一副眼镜放在路边去上厕所，他以为没有人拿，但出来后发现东西被人拿走了，他很是生气，一点也想不通。很长时间，他都让人评理：我们在部队的时候，都不会拿群众一针一线，现在怎么会有人随便拿走别人的东西，而且还不是"一针一线"的小东西？苏黑狗一生很简朴，穿衣常年是"老虎下山一张皮"，家里给他买的新衣服从来不穿。

黑狗崾岘原来叫野狐崾岘，苏黑狗出现以后，就改为黑狗崾岘。当时，作为一个护林员，在拉柴拉木头上，手里有一些可松可紧的权力。但是，苏黑狗没有私心，从来不徇私情，谁的手续不合适，或者谁想多拉一些柴，或者谁个想把木头当作柴往出拉，那是绝对没有门的事。

有人说，苏黑狗很有个性，工作干得可以，但往别的单位调都没有人要。当然啦，肯定是"领导"不愿意要他，一般职工也没有那个权力。一次，一辆四轮拖拉机给一个领导家里拉了一车柴，被苏黑狗挡住了，苏黑狗要看"山价票"，司机拿不出来，还踩油门准备走，苏黑狗当即就给了四轮拖拉机一棍子。司机没有办法，只好把一车柴撂下，悻悻然而去。几天之后，司机拿来了"山价票"，苏黑狗才让他把柴拉走。

这一辆四轮拖拉机该打，苏黑狗打得好，那一棍子打出了正气。

五顷塬林业站的田玉堂对苏黑狗最了解。他说，自己和苏黑狗在一起时，没有站，也没有站长，只有他们两个护林员。苏黑狗给国民党当过兵，后来被整编直接参加了抗美援朝战争，但没有在一线作战。因为当过兵，苏黑狗腿脚很快，不吃不喝一次巡山能走二三十公里，他始终撑不上。苏黑狗非常直爽、耿直，人给发一支烟都不抽，身上一直带着一个旱烟锅，巡山的时候提提神。他从来不吃农民的饭，宁愿饿着肚子，坚持自己做饭。他爱吃面片子，做一顿能热着吃几天。让苏黑狗名声大振的是一次对付自己的亲舅舅。有一天，苏黑狗的舅舅从另外一个入口进山拉柴了，他当然不知道，一个护林员故意把消息告诉给他，想看看他是否铁面无私，会不会把他的舅舅也挡住。听了以后，他不相信，如果真的是自己的舅舅，舅舅会告诉自己的。他当即回答："放心吧，即使是我亲舅，我也不会放行。"结果，他等来的真的是他舅。正说着，只见一个人驾着满满的一架子车干柴，从山坡上直冲而下，根本没有打算停下来的意思。苏黑狗立马挡在路中央，大喊"站住站住"，而那个人直喊"我是你舅，我是你舅！"他也不迟疑，回答道"我挡的就是我舅！"舅舅看外甥不让路，只好在路边把车停了下来。理论了半天，苏黑狗没有给舅舅一点面子，按照规定让舅舅交了5毛钱的"山价"，才放走了舅舅。整个过程，都被那个护林员清清楚楚看在了眼里。不久，野狐崾崄就变成了黑狗崾崄，一只"黑狗"赶跑了一只"野狐"。

那些年，人们烧柴都靠山里，进山拉柴的人很多。一些人见苏黑狗软硬不吃，就谋算着来毒的。没有想到，苏黑狗也不吃。那一夜，差点要了苏黑狗的命。几个在苏黑狗手里没有占到便宜的人，为了报复苏黑狗，居然趁天黑把他绑架了。当时，他正准备睡觉，几个蒙面人破门而入，一声不吭地架着他就走，拉到离管护站不远的地方，把他绑在一棵树上，一番拳打脚踢之后，没有松绑丢下他就走了，致使他被在树上绑了整整一夜。第二天早晨，他才被人发现并从树上解了下来。

苏黑狗的这个故事，是几个人讲的，我听到有几个版本呢，但基本事实是一致的。

苏小锁记得很清楚，父亲是因为脑溢血殁的，当时一家人正在一起吃晚饭，父亲刚刚端起一碗饭，碗就从手里啪的一声掉到了地上，碗摔碎了，饭撒了一地。父亲自此再也没有苏醒过来。

曾经和苏黑狗在一起工作过的宁县林管分局副局长朱晓庆回忆，在苏黑狗手里，去偷一根木头是绝对不可能的。有一次，苏黑狗为了追赶一个偷木贼，路上不小心摔了一跤，伤得很重，在家里昏睡了好几天。苏黑狗病重时，他去医院看过，苏黑狗去世后他参加了追悼会。那天去的人很多，悼词还是他念的呢。其中有一句话，就是"他把野狐嶂崄变成了黑狗嶂崄"。自己念出这句话后，在场的家属、群众和职工还鼓了掌。那天，在场的领导亲自给苏黑狗抬棺材。

苏黑狗很牛，告别人世，领导们自发地给他抬棺。

在子午岭，像苏黑狗这样六亲不认的"老倔头"还真不少呢。桥北林业局柴松管护站曾经有一个护林员，名叫张增强，十几年前局里一个领导到站上检查工作，他见了不但不问一声好，还赶紧避开了，让局长很没面子。有人悄悄问他，你不认识咱们局长吗？你猜他是怎么回答的？他说："我不认识什么局长，我只认识这片林子。"多好的一句话。

牛，真是太牛了。他认识林子，林子当然也认识他。就是这个"老倔头"，因为护林有功，后来还获得延安市"五一劳动奖章"呢。

纯朴、直爽和刚正，可能是林业人普遍的一个美德。但是，社会上一些人对林业人充满了偏见。2020年，庆阳地方上有一个官员因为没有管住自己，和曾经在林业上工作过的老婆而双双锒铛入狱。进去之前，面对组织进行忏悔时，他竟然推卸自己的责任，大言不惭地怪起了自己的老婆，说"因为我老婆是林业上长大的，所以……"此言一出，舆论一片哗然，不要说林业人听了心里不舒服，地方上也是一片谴责之声。

林业人怎么了？一直长在子午岭山里的林业人都是绿绿的。

对于自己的绿色，老一辈林业人充满了自信。庆阳"老林"景政德老汉说了一个"我是领导"的故事。还是在农场的那个时候，有一年平田整地，正是寒冬腊月，天寒地冻的。劳动的地方离职工家很远，职工们每天必须住在附近农民的窑洞里，不仅职工们要住下了，职工们带来的孩子也要住下。那时候，因为生产任务重，女职工都带着孩子，白天劳动时放在地边，或用一条绳子拴在窑里，吃饭的时候喂一下，晚上才能搂着一起睡觉。第一天，因为人多，窑洞少热炕更少，就用麦草在窑洞里铺了地铺。按规定，带孩子来的大人和孩子都可以睡热炕。二连女排排长纪桂兰也带着刚刚一岁的孩子，但当她来时热炕上已经睡不下了，纪桂兰看着一炕的婆娘和娃娃，二话没说就抱着孩子睡在了地铺上。大家觉得她的孩子最小，应该睡在炕上，就硬是把她往热炕上让，纪桂兰干干脆脆地拒绝了，并说了一句："我是领导。"听她这么一说，已经睡在热炕上的职工才释然。就这样，纪桂兰每天搂着一岁的孩子，在只能靠自己身体暖热的地铺上睡了两个月之久。不要怀疑故事的真实性，那时候的领导都是如此。这样的领导，今天柴松管护站张增强那样的"老倔头"肯定会认识的。

清泉林场的一辆四轮拖拉机应该被李波一棍子打死。

山清水秀的清泉林场，曾经短暂地生长过一棵大树——中国农业大学。现在的中国农业大学是1995年9月由北京农业大学和北京农业工程大学合并而成。中华人民共和国成立后，作为一个农业大国，农业类大学自然受到重视。但是，中央当时的政策是农业大学必须建到农村去。这样，随着一场"京校外迁"的东风，中国农业大学的前身——北京农业大学就奉命于1969年10月从北京迁到了陕西省甘泉县清泉镇。农林不分家嘛，师生们随之也被下放到农村进行"劳动锻炼"。但是，好景不长，不到三年时间，因为甘泉县不具备办学条件，中国农业大学又被连根拔走了。不过，学校的三位老师因为参与一次森林救火而牺牲，永远留在了清泉林场，三个坟墓至今还在野草中静静地躺着。

李波是一个护林员，父亲李元峰也是一个护林员；李波现在是劳山国有林业局清泉林场清泉管护站站长，而父亲李元峰早已因公殉职；李波的护林员是父亲用命换来的，而父亲的冤屈是李波洗刷的。

密林深处的护林员无疑也是一个高危职业，他们不仅要面对凶猛的动物，还要对付那些失去人性比动物还要凶残的人。事情也是因一辆疯狂的四轮拖拉机而起。2000年元旦。清泉管护站牛圈窑子。凌晨5点多，熟睡中的李元峰隐隐约约听见一阵拖拉机的突突声，他本能地穿上衣服，赶紧跑到外面守候。只见灰蒙蒙的夜色中，一辆装满木材的四轮拖拉机由远而近，他立即站在挡杆边等着查看司机的手续。但是，四轮拖拉机根本不想减速，突突地直冲而来，到了挡杆跟前，司机看也不看他一眼就往前冲，挡杆立即被撞飞在地。他大喊一声："你冲卡了！给我站住！"在路边没有挡住，他又向行驶中的拖拉机冲去。赶上之后，他瞅准拖拉机车头与车厢之间的连接部分，一步就登了上去，结果一只手没有抓牢，"扑通"一声直接摔到了车下面，而拖拉机停也不停就从他身上碾了过去。狂奔了一截，司机发现碾了人，头也没有回丢下拖拉机就跑了。第一个发现李元峰的是村民根张，见护林员李元峰躺在公路下面，浑身都是血，人已经不行了。根张马上打电话报了警，然后又找来一块木板，和几个人把人抬到公路边。紧接着，根张又打电话告诉李元峰的妻子刘延荣，刘延荣又马上电话告诉身在延安的儿子李波。晚上9点多，李波和弟弟赶到现场后，看父亲已经死亡，就给林场领导打了电话，场长贾生平一个小时就赶到现场。很快，交警大队、防暴队和"三通办"的人都来了。警察通过留在现场的四轮拖拉机，很快就抓到了嫌疑人刘某某。但是，被拘留了15天之后，刘某某就取保候审了。后来开庭审判时，法院又把人放了，理由是刘某某患有先天性神经病。最让李波不能接受的是，法院竟然莫名其妙地指出，父亲因为拦阻拖拉机失当，也要"负次要责任"。这让李波不能接受，我父亲阻拦拖拉机是为了国家的森林财产，何罪之有？危急时刻我父亲没有抓牢，何责之有？

听见李波抗诉后，刘某某闻风而逃，既然有神经病，心里不清楚，为什么还知道跑呢？这更加让李波和弟弟觉得不公平，父亲死得太冤枉。这样，兄弟俩就开始暗中寻找刘某某，希望讨个说法，以慰父亲的在天之灵。但是，刘某某似乎从人间蒸发，下落不明。

父亲出事前，李波和媳妇在延安卖麻辣烫，父亲出事三个月后，他就顶替父亲成为一个"林二代"，麻辣烫生意由妻子一个人经营。"林二代"必须为"林一代"洗刷冤屈。上班之余，李波不忘追凶，一边照顾退休的母亲，一边到处打听刘某某的下落，一天又一天，一月又一月，刘某某一点踪影也没有，日子对于寻仇的李波越来越漫长。2002年年底的一天，他终于得到一个消息，一个朋友告诉他，刘某某在内蒙古鄂尔多斯五家塔一个小煤矿打工，为了掩人耳目，已经改了名换了姓。知道这个消息后，他立即报告给延安市刑警队。听到延安市刑警队决定派出甘泉县刑警队三个民警北上内蒙古抓人后，他主动要求搭车一起去。他对警察说："我必须亲自抓住害死父亲的人，再说只有我认识刘某某，你们警察可能用得上我。"一开始，警察硬是不让他去，一听他说得有道理，就让他上了车。甘泉县到内蒙古鄂尔多斯有2000多公里路，他们整整用了一天两夜才赶到，真是千里奔袭。到了五家塔煤矿，在当地公安部门的配合下，很快找到了刘某某打工的矿井。当时，刘某某在井下，他们就在井口守株待兔。下班时间到后，刘某某果然出来了，虽然脸上黑不溜秋的，只有两只眼睛露在外面，但李波一眼就认出来了，用手给警察一指，两个警察立即扑上去来了一个两面夹击，将"黑人"刘某某稳稳地钳在中间，一个警察用手在刘某某脸上抹了一把，刘某某就露出了本来面目。

仇人落网，李波别提有多高兴了。真是天意，这天正好是2003年元旦，正好是父亲遇害的三周年祭日。一回来，他就和弟弟一起，到父亲的坟上给父亲烧了一张纸，告慰了父亲的亡灵。

刘某某重新归案后，被判处七年零三个月有期徒刑，而父亲不再负任何责任，并被定为"因公殉职"，成为一个烈士。父亲埋在延安市仙鹤岭公墓，每年清明节和过年，因为正是林场的防火季节，任何人都是不能离开的，身为护林员的李波就让弟弟去给父亲上坟。对此，他深感愧疚不安。每到这个时候，他最想让弟弟捎给父亲的一句话是："儿子不会给您抹黑的，您能给林业付出生命，我也能付出生命。"

"林一代"是子午岭的开拓者。1950年出生的李元峰，2000年出事时刚刚50岁，应该是一个最年轻的"林一代"，正当壮年就命丧林场，实在令人痛惜。李波对来之不易的护林员工作非常珍惜。那天采访他时他说："干一件事，就要干好，我要把自己的一生献给林业。"李波的儿子已经24岁了，在西安外事学院学习，学的是园林专业。最近，已经报考延安市的林业招工，如果考上就是"林三代"。

护林员李元峰死得明白，死得光荣，但护林员郭泰的死，却死得不明不白，死得恓惶。

20世纪90年代初，农林矛盾日益突出，尤其在农林混杂的林区，因为毁林和护林，林场与生产队之间，护林员与农民之间，有着一种既对抗又融合的生存关系。一方面，靠山吃山，农民烧柴、打家具、盖房子和做棺材都需要木材，没有钱的人还想偷一点木头去换钱；另一方面，对于和林场站在一边的护林员，护林是其天职，必须管护好自己的根本。一方夺取，一方守护，首先是势不两立的矛与盾的关系，但护林又离不开农民，大的方面是森林防火，必须依靠农民防患于未然，小的方面则是护林员基本的生活保障，常年严重依赖于林区的农民。护林员每天的工作都在山里，每次巡山都要翻过几架岭，路途近的可以早出晚归，路途远的则会住在山里，护林员在途中的吃、喝、睡问题，就必须在农民家里解决。时间长了，彼此就结下了不错的友谊，你我不分，像一家人似的。在农民家喝水是不用掏钱的，吃饭是要付账的，一顿饭几两粮票几毛钱即可，关系好的当然不用付钱，吃毕抹嘴抬屁股走人就是。最尴尬的要数睡觉问题，农民都很穷，家家住的都是窑洞，睡的是土炕，也不宽裕，一家人不论男女都是"一炕滚"，护林员来了当然没有地方安排，也要与一家"一炕滚"。男女虽然睡在一个炕上，却不混乱，男的睡一边，女的睡一边，纪律非常严明。半夜里，磨牙声、放屁声、打呼噜声此起彼伏，以及拉屎、尿尿、开门、关门的声音，咯咯吱吱的，好不热闹。在"一炕滚"的炕上，条件不好的只铺着一张席子，光滑硬实，脱衣睡的话，脊背上都会烙满好看的席纹；条件好的就会铺一张黑羊毛毡或白羊毛毡，绵软舒坦，身上不会留下烙印。被子少，就将就着盖了，胡拉被子乱扯毡不可避免，当然也是男女分开。身下的那个土炕，睡前烧足了柴火，能把人热到天亮。那些年，凡是巡山的男护林员大都在农民家里住过，情况都一模一样，一宿两夜的。女护林员也有，但不多，即使去巡山，也只是在林场近处转。

"一炕滚"滚出了和谐，也滚出了是非。清泉林场护林员郭泰竟然在一次"一炕滚"中付出了生命。70岁的王文金讲了郭泰"一炕滚"的故事。大约是1990年，郭泰接到群众举报，一个叫周某的农民拉了两架子车柏木。这还了得，柏木属于珍贵树木，当时林场大的柏树已经生长二三百年，小的也有二三十年，是严禁任何人砍伐的。满满两架子车柏木材，最少是伐了10棵或大或小的柏树。当时，林场的经营与工资挂钩，如果抓住周某，自己的当月工资就有了保障，郭泰立即去找周某。他先是到沟底砍伐现场看了一下，详细数了一下留下的树墩，大大小小一共16棵，都是上百年的柏树。虽然不是集中在一片，但破坏十分严重，够上追究刑事责任了，如果罚款，也能罚2000元，这对于当时一个林区的农民，可是一个不小的数字。找到两架子车木材之后，郭泰先跑回林场汇报，然后又叫了十几个村民把木材从沟底拉到山顶。为了感谢十几个帮忙的村民，郭泰自己掏钱在一个小卖部买了两瓶酒和十几袋方便面，在生产队长家里喝了吃了。然后，郭泰就去了周某家"借宿"。其目的，一是和周某摊牌，让周某有个思想准备，二是守住周某，害怕周某跑了。到了周某家，郭泰一进门就发现门背后立着一根胳膊粗的柏树干，显然是刚刚砍下来的，就开玩笑地问周某："咋来的？"周某对砍伐柏树也供认不讳。二人闲聊了一会儿，郭泰因为困乏就脱衣睡了。随后，周某和老婆也睡了，三个人"一炕滚"，周某当然睡在中间。

但是，第二天早上郭泰被发现死了。周某和母亲住在一个院子，天亮后母亲发现出了人命，逼着儿子和儿媳说清了情况，拔腿就去了队长家汇报，队长又跑到乡政府汇报，乡政府马上又联系林场，林场最后给公安报了案。

周某给母亲和公安是这样说的：郭泰半夜里想睡他老婆，被他在头上打了一棍子，就是门背后的那根柏树干，没有想到出手太重，意外把郭泰打死了，他不是故意的；周某的老婆给婆婆和公安说，郭泰半夜里爬到她身上，自己推不下来，周某才用棍子打的。

公安的侦查结论是：周某身上有明显的撕打痕迹，头部致命伤为被嫌疑人用被子蒙住后击打所致。

最后的结局是，法院认定郭泰为故意伤害致死，但因致死原因存疑，根据周某夫妻的一面之词和公安的结论，只判处周某八年徒刑，周某的老婆未负任何刑事责任。因为时间过去长了，法院怎么审的，怎么判的，大家都忘了，大家只记得一个大概。

这起由"一炕滚"而引发的命案震惊了子午岭林区。虽然周某为此蹲了八年牢，但人们对案件疑虑重重，尤其对郭泰非常不理解。比如，郭泰当时不到30岁，已经是三个孩子的父亲，婆姨是米脂姑娘，人白白净净的，长得很乖，是县城出了名的一个大美人，而周某的老婆长得很丑，还是一个智障人，山里的女人常年洗不上澡，身上都是脏兮兮的，郭泰根本不可能看上周某的老婆；是郭泰酒后犯糊涂吗？绝对不可能，那天十几个人只喝了两瓶酒，而且大家都喝了，如果只按照10个人平均算，每人只喝了二两，这远远不及郭泰平时半斤多的酒量。

最重要的是，那一夜的"一炕滚"，周某还睡在中间呢，他可是一座不可能睡死而又无法翻越的大岭，即使是郭泰色胆包天，也不会越过他而爬到他老婆的身上。即使是偷偷越过去他老婆同时也积极配合，干那种事也会有响动的，难道郭泰不害怕把身边的他惊醒来？那么，难道是周某给郭泰设了什么套子不成？这种可能也是有的。当然，还有很多种可能，但真相只有一个，只能去问周某和周某老婆。

护林员郭泰死得很可惜。当时，他的"林一代"父亲已老，而三个"林三代"儿子还很小，没有人去给他追凶。

有人说过，每一个护林员都能写一本书。在一个饥馑的年代，一个"靠山吃山、靠水吃水"的地方，森林无疑就成了人们的救命草。森林内部有蚕食者，森林外部有掠夺者，森林可以说是内外交困。这样，那些身居各个林场管护岗位的普通护林员也就成了一个很重要的角色，从自己的职责上说，他们是森林卫士，但从人们的生存利益上说，他们就是不大不小的掌权者。那些年，天地之间的风雨雷电等的自然危害不说，来自动物部落豺狼虎豹等的威胁不说，甚至恶劣的生存环境和艰苦的生活条件也不说，一个护林员经常要直接面对的来自人群的威胁先后就有偷猎的、伐木的、盗墓的、逃荒的、放牧的、种毒的、纵火的、割漆的、放蜂的、采蜜的、采药的、采油的和旅游的，等等。这些人，有的早就走了，有的还在，而有的人只要森林不消失，就永远不会消失。而且，还有一些意想不到的人，比如流浪汉、智力有残缺的人，甚至死人。碰见前两者，护林员就得想办法送到民政收容站，发现被抛弃的凶案尸体或无名尸体，护林员不但要报警，还要配合着破案。

面对这样形形色色的人群，一些护林员在行使自己的职责时，不免会得罪不少人，甚至付出了生命，而另外一些护林员却成了一个"香饽饽"。在我的童年记忆里，我们兄弟跟着父亲进林场拉柴，为了多拉一点拉好一点，父亲都要给护林员一点好处，尽管那时候的好处就是一两包香烟什么的，却能反映出护林员在那个年代"吃香"的程度。在志丹县林场，我听到这样一个故事，在陕甘两省林场关系紧张那一年，当地有个护林员，因为会说一口庆阳话，还跑到甘肃那边的农民家里混吃混喝了一个多月。这个聪明的护林员，即使是在两省交恶之际，也能不分你我吃香的喝辣的，会说庆阳话只是掩护，但护林员身份才是其最重要原因。一个护林员有多"吃香"，由此可见一斑。

护林员付出了青春和生命，但他们的寂寞、孤独更巨大，必须要让每一个护林员去承受。在大岔林场听说，艾蒿店护林站是一个只有一个人的护林站，护林员赵学斌因为常年没有人说话，已经不会与人交流。我决定第二天去采访他，但当天晚上突然下了一场暴雨，山上道路一周之内都不会通行，我不能上去，他不能下来，只好临时取消了采访。因为之前已经告诉他我要上山，出于礼貌我给他打了一个电话表达了一番歉意，但我们加了微信。害怕永远采访不到他，我就让他把自己的《巡山日记》发给我看看。《巡山日记》是每一个护林员每天都必须完成的工作笔记，此前我看过几本，很新鲜，但都过于简单。

从10月2日起，我陆续收到了赵学斌的几篇日记和文章。我觉得，直接看一个爱好读书和写作的护林员用文字讲的故事，可能更有意思，其肯定都是"原生态"，原汁原味的，没有任何"添加剂"。也许是因为言语习惯，他的文字不怎么顺畅，有些地方只能感觉着品读。害怕损伤文字的本色，除个别明显的错误而外，我没有做任何改动。现摘录其中两篇，和读者分享。

下面这篇是他2019年5月29日的一篇日记体随笔：

我很奢侈我很奢侈，我这么说，你们可能在笑话我，一个老男人，一个林业工人，还要养几口人，又没有什么积蓄，有什么奢侈的呢。其实，我也不相信，我也不知道自己有什么奢侈的，可是，现在想一想，我还是真的很奢侈。那我就说说我是怎么奢侈的吧。

我很奢侈，我拥有在中国来说生活用的最贵的水。我的生活用水，一吨133.3元。我记得，一个城市的生活用水一吨2.5元，农村生活用水一吨3元，可是，我现在的用水却是一吨133.3元，是不是，我很奢侈。这么奢侈的用水却是常常要喝长毛的水，要吃基本有点别味的水。我所处的位置是一个海拔1300米的山顶（这个数据不是很正确，请勿介意），沟渠也是海拔高的沟渠，根本没有水。所以，生活用水是从28公里外拉过来的，一次能拉1.5吨，费用200元。这些水我大概能用20天左右，如果是冬天还基本可以，到了夏天要存放到20多天，存放的塑料桶里会生绿色的苔藓，有一些淡淡的臭味，就是这样，我还是比较节省，一般都是洗过菜的水留着刷锅刷碗，洗脸用过的水，留着一天洗手。一般我都是夜晚洗头，因为洗过头的水，用来洗脚。反正，是不舍得浪费一点水。因为，我的水很贵，很奢侈。

我很奢侈。因为我自己拥有超规划的院子和房子，我有一座别墅小院。有三室一厅的约100个平方的房子，像这样的房子，有四个入户门。有一个约200平方的院子，院外有菜地，有花园。到了春天，不，（因为这里早晚温差大，温度低）也只能说到了夏天，我会在菜地里种上辣椒、茄子、土豆、大葱、西红柿、菠菜、生菜等蔬菜，花园里、路旁开着许多好看的花，白色的、紫色的洋槐花，黄色的蒲公英，还有月季、桃花、杏花、连翘花、樱桃等许多五彩夺目的花朵。

说到这里，是不是特别美呀。这还不算，四周是绿树成荫、鸟语花香的森林，空气是那么的新鲜，有蔚蓝的天空，伸手可摘的白云，却没有什么PM2.5。这俨然就是一个高档别墅，想想都是那么美。这要是按现在的价格在北京大约价值2000万，在郑州约1200万，在商丘约800万，想想我都很幸福，我拥有这么多的财富，我是不是很富有，很奢侈。

我很奢侈，我拥有约24650.8公顷的森林，这些森林是沮河的源泉，是黄陵县人民用水的源头，所以，这片森林在水土涵养保护起到至关重要的作用。我就是负责这片森林的保护神，我每天都要站在瞭望塔上，环视这片茂密的森林，特别是防火季节，从早上的8点，到夜晚的10点，我都要坚持在那个最高的山顶上的四层小楼上，静静地眺望这片我引以为自豪的大地，这片壮丽巍峨的群山。小楼上的风很大，很刺骨，常常冻得我瑟瑟发抖，拿望远镜的手都僵了，可是，为了这片森林的安全，为了我的责任，我依旧坚持按时按点瞭望。这2万多公顷的山地都归我管，我是他们的守护神，我是不是很奢侈。

我很奢侈。我有一座建在山顶的四层小楼。它就是我的瞭望塔，这座瞭望塔是混凝土砖混结构的四层小楼，因为，建的时间久了，现在有几处破损，周边的栏杆摇摇欲坠，每次在那里瞭望，我都很担心。特别是春季风特别大，真的害怕被刮下去，小楼被刮倒。这座小楼对于我来说很有感情，冬天我在那里欣赏白雪皑皑的群山，夏天我浏览郁郁苍苍的绿色，消暑乘凉。每次站在小楼上眺望大好河山，我都心潮澎湃，激动不已。我有这么个小楼，是不是很奢侈。

我很奢侈。现在在我的领域里，能吃上新鲜的野菜。我说说吧，有洋槐花、蒲公英、荠菜、薄荷等新鲜的野菜，山里还有木耳、蘑菇等菌生品。这些东西如果在饭店里面吃，是不是很贵呀。就拿蒲公英来说吧，在饭店一盘估计在16元以上，像这些凉拌菜大约都是在这个价，一盘菌生菜估计要在60元以上，可是，在我这里只要自己勤快，都可以无偿品尝。特别是新鲜的野菜，不出远门大院外都有，可以随时挖出来，自己动手做，一会儿一盘色香味俱全的凉拌菜就可以吃了，再喝上二两"牛栏山"，哎呀，那个幸福、惬意就不用提了。我是不是很奢侈。

　　我很奢侈。我这里是天然的避暑佳地，有天然的氧吧。现在已经基本进入了盛夏，好多的地区最高温度都超过了35℃了，就拿我们商丘来说吧，现在的温度都已经超过35℃了，可，我这里最高温度在22℃，最低温度在5℃，是不是一个天然的避暑佳地。在我不远直线距离大约80公里（这个数字也不是太准）的地方，是有名的避暑胜地玉华宫，是唐代李世民避暑的地方，也是唐三藏翻译佛经的地方。那里已经成了夏季旅游的最佳景点。可想而知，我在的地方的温度，是最适合夏季避暑的地方，还不花一分钱，却享受着与皇帝一样的待遇。是不是很奢侈。

　　在这里，我可以静静看我喜欢的书，写我的心得，想我想的东西，读我喜欢的诗词，认真做我的工作，履行我的义务和责任。有人问我，你不寂寞、孤独，不向往繁华的都市吗？我用一句诗这样回答："我为什么眼里时常充满泪水，因为，我深爱着这片土地。"

赵学斌 2019年5月29日

　　如此"奢侈"的赵学斌，让人羡慕甚至嫉妒，看了他的这些文字，我很羡慕他的写作心境和环境。没有想到，他也是一个河南"支建青年"的后代。其最后所引诗人艾青的诗句显然错了，他只记了一个大意，原句应该是"为什么我的眼里常含泪水，因为我对这土地爱得深沉"。可其中的意思却是分毫不错的。

　　下面一篇是他2020年11月25日写的日记体随笔，赵学斌还加了一个标题《四天四夜》：

　　我听过一首歌叫《三天三夜》，非常好听，律动感很强，非常喜欢。看到题目是《四天四夜》，你是不是感到很好奇，为什么是四天四夜呢？

11月19日，子午岭艾蒿店上空阴云密布，一天也没有见太阳，20日的凌晨就开始飘起了雪花，雪越下越大，到了夜晚大雪封了进出山的道路，折断了树枝，压弯了青松，整个子午岭好像是被一块白布覆盖着，四周寂静无声，静得可怕。最糟糕的是见不到太阳太阳能就不发电了，也不知道是不是电瓶时间久的问题，到了20日的夜晚库存的电也用完了。

这几天来一直处在没有电的日子。原始森林，方圆约25公里没有住户，泥泞的防火通道，唯一一条通往甘肃正宁县被大雪覆盖的弯曲陡峭起伏的山路，孤独大山里的一座院，院里唯一一位有生命的护林人，陪伴他的只有院外那棵古老的小叶杨和横亘在子午岭巅的逶迤绵延的秦直道。看到这些，你的脑海里是不是会闪现出一幅画面，反正，我是有那么一幅，"古道西风瘦马，夕阳西下，断肠人在天涯"的画面，好像穿越到了两千多年前。

像这种几天没有电的日子很少，基本没有过。在这四天四夜没有电的日子，你可能有疑问，你一个人怎么过来的？是呀，我一个人怎么过来的。说大了是责任，是担当，拿着林业这份工资，就要坚守岗位，守护好这片森林和生活在森林里的野生动物；说小了是无奈，太阳公公不出来，太阳能不发电，对于谁来说都是无奈。

人生中有很多的无奈，可是不能因为无奈而不生活了，就看自己的心态怎样来对待这么多的无奈。既然我改变不了没有电的事实，改变不了恶劣的环境，那我就努力适应环境，把无奈有规律地消化掉。

老习惯早上5点多就醒了，原来是6点左右我就起床，因为没有电我现在就7点半左右起床。这中间我躺在床上可以回忆一下过往，想一想未来。

起来后天也亮了，洗漱、给花喷点水、擦地板、做饭、吃饭、刷锅，这些做完也就到了9点左右，开始看书。前几天我在看一本《靠谁也不如靠自己》的人生哲理内容的书，可惜买的是盗版，好多引用的名人名言、时间都是错误的，有误导思维行为，所以，越看越没有兴趣，没有看完就不看了。接着看一本获得茅盾文学奖的古华写的《芙蓉镇》，这本书是正版，就是字有点小，看着有点费眼。费就费吧，谁叫咱喜欢看书呢？

我一般都是在网上买书看，网上价格低。但是，像一些历史、地理、名人传记、教科书类的，我都是坚决买正版的，贵就贵点吧，也不买盗版的。就这点爱好。不只爱看书，也喜欢旅游、骑单车。一直有个梦想，骑单车从老家商丘骑到单位陕西黄陵的大岔林场，也梦想骑单车到银川、兰州走一遭。说到看书就扯了这么多。在看书的时候，看一会儿站起来走走，就思考一些书中的话语。"世上没有绝望的处境，只有处境绝望的人""宽阔的河流平静，学识渊博的人谦虚""如果你常流泪，你就看不见星光""任何时候都要记住是你需要工作，而不是工作需要你""在这个世界上一切都没有变化，变化的只是每个人观察问题的角度""敬人者，人恒敬之"，等等，许多做人做事的富有哲理的话，让我深思。就这样看看站站，走走想想，再坐下看看，不知不觉已到下午4点多了，这个点是不需要看表的，因为习惯了，到了这个点大脑思维就有了提示，信不信由你，只有坚持有规律的习惯了的人才会相信："书中自有颜如玉，书中自有黄金屋。"

4点多了，就给自己做下午的饭。

这几天没有电，也只有慢慢地做饭给自己吃，打发时间。一个人的日子也不能迁就。不能说做精吧，也不能胡乱搞点吃。有时自己做手擀面，有时蒸米饭，炒盘鸡蛋。从老家开车来的时候，妈妈专门买了两挂羊杂和一个羊头给我带来，满满的都是爱。所以，也可以做羊杂炖粉条白菜和羊汤煮挂面。吃完饭，天慢慢暗下来了，收拾好了，锁了大门也就躺在床上了。

一天就这样过去了。早上醒来，又是一天。周而复始，不亦乐乎。

今天中午，太阳终于出来了，我欣喜若狂，你可能理解不了，一个在深山老林没有电的日子里坚守了四天四夜的人，看到太阳的时候那种心情。真的，没有体验过几天没有电的日子的人，是不会理解的。

阳光照在子午岭上，照在艾蒿店的院子里，照在皑皑的白雪上，照在镶嵌在屋顶的太阳能板上，照在我的身上。不，阳光不是在照着它们，阳光照在了我的心里。可是，太阳公公就出来那么几分钟，阴云又布满了天空，淹没了太阳，但我不沮丧，毕竟看到了希望，阴云是永远遮不住阳光的。

2020年11月25日于艾蒿店

这就是一个护林员巨大的寂寞和孤独，写的是他平时的"奢侈"和四天四夜停电的坚守。在我们的微信聊天中，赵学斌也说过一句："护林员都是一样的。"

其实不一样，起码他和别人就不一样。

山丹丹花开

继续说护林员的故事吧。

不过,下面都是女护林员的故事,而且是关于女护林员的家庭。这些女护林员,就像子午岭沟沟岭岭里的山丹丹花,一朵长在那里,不容易被发现,如果长在了一起,那可就是红艳艳的一大片。陕北信天游"山丹丹开花背洼里红"在子午岭也是有故事的。

女护林员肯定和男护林员不一样。当初,林区里的女人都飞了出去,外面的女人飞不进来,留在林区的女人不多,所以女护林员少之又少。

井红梅是桥镇林场的第一个女护林员。但她不是林场子女,而是从社会上招考来的待业青年,她是他们家的"林一代"。

井红梅当初考林场,就是为了"上班"两个字。她当时只有19岁,一直在家待业,对上班充满了渴望。刚上班后,人生地不熟,加上年龄小,她甚至有些后悔。林场太苦了,没有电,点的是煤油灯,晚上黑咕隆咚的,不敢起夜,厕所都在外面很远的墙角。那时候工资也没有保障,护林员只有抓到了放羊的和伐木的,拿到罚款上缴林场之后,返还的部分才是工资。当时,社会上都把护林员叫"林豹子"。有一次巡山,遇上了大雨,返回的路上她还掉到了河里,当时天已经很黑,幸亏一个放羊人救了她。有一年,实在坚持不下去,她名义上请了一个礼拜的假,其实打算一走了之,再也不回来了。但是,卷起铺盖后，又拿不动，只好带走了小件。过了一个礼拜，父亲就催她上班，她无动于衷；过了两个礼拜，父亲又催，她还是赖在家里不走。其间，因为家里没有电话，单位也没有联系她。在家里，父亲反复给她说，不去上班就会永远丢掉工作，县人事局不可能给你第二次安排工作。意识到这个利害关系后，在家里待了40多天的她很不情愿地回到了林场。走时，她带走了家里所有的个人照片，她认为家里人把她往火坑里推，决意与一家人断绝关系。坐班车到单位后，她先进宿舍放下东西，还没有等她去找领导报到，领导就来看她了，啥话也没有说，就叫她直接上班。原来，单位还是很温暖的。从此以后，她就安定下来了，直到退休。回到林场后，因为她每次回子长县城都搭便车，路上认识了一个司机，是当时桥镇第一个开解放车跑运输的人，经济情况比农民好，两年后他们就结婚了，当时家里人都反对，也没有挡住他们。这个人就是她现在的丈夫。退休之后，她与丈夫开了一个小超市，每月能挣一个人的工资，加上每月5400元的退休工资，他们感觉生活很美好。两个孩子都已上班，儿子在社区，女儿在市中医院。

给我们述说自己的经历时，井红梅显得很满足。她说得真好，"如果不与人攀比，生活真的很美好"。这份可贵的彻悟和淡定精神，恐怕只有吃了一些苦的人才会具备。

到了梁掌林场，我点名采访方红香。之所以点名，是因为我听到她父亲方应中退休后在街道摆地摊，而她父亲退休前是庆阳地区林业处副处长。

我到林场场部的时候，方红香正在巡山，等了好大一会儿，她才一脸汗水地回来。方红香有点像男孩子，不仅留着一个男孩发型，说话也大大方方的。本来，她坐在我斜对面的沙发上，我问了几句之后，她竟然不知不觉坐在了我旁边的沙发上，身体还探过来，与我挨得很近，让我很不好意思。但我突然意识到，她可能听力有问题。我一问，果然是这样。她小时候感冒，打多了链霉素，把一只耳朵打伤了，偶然能听得清，但必须靠近一点。

方红香和许多林场的孩子一样，小时候常年见不上父亲，自己过生日父亲都不回家，母亲煮两个鸡蛋就把生日过了。只要父亲回来，她就跟在父亲屁股后面，像父亲的一条尾巴。记忆中，那时候的父亲一直笑眯眯的。懂事以后，她觉得父亲很厉害，因为太调皮不听话，她还挨过父亲的一个耳光呢。方红香兄弟姊妹三个，都在林业上，哥哥在合水林业总场，姐姐在庆阳市林科所。她属于超生，父母本来不敢生她，罚了父亲一个月工资，才让她来到这个世界上。她今年42岁，一个女儿已经16岁了，爱人在和盛镇小学当老师。她一个月回一次家，孩子都是爱人带，爱人一放假就来林场。因为赶上防火期，每年过年一家都在林场过。父亲退休的时候，她还在上职中，毕业以后打了三年工，遇上林场招工就考了进来。在林场20年，她从来没有找过父亲或组织调整工作，组织还为此主动找过她，都被她拒绝了。父亲在林业上待了一辈子，也希望她一直待在基层，因为从小娇生惯养，父亲希望她在基层锻炼。她心里最大的愧疚就是女儿，自己陪得太少，再就是父母，因为工作忙，父母在世时自己很少回家看他们。唯一让她欣慰的是，父母去世时都是近80多岁的寿星。本来，她还喜欢打乒乓球，后来因为整天都在山里，啥爱好都没有了。如今，她最大的乐趣，就是想着林子好，林子好心情就好了，心情好身体就锻炼好了。再有8年她就退休，唯愿不要发生火灾，不要有乱砍滥伐，牛羊不要进林子，农民不要进山挖药。平时巡山，她都是一个人，但她不害怕，已经练下了胆子，女职工都是一个人，她不能例外。巡山时，她一般带着一把水果刀防身，一旦被蛇咬了，自己可以割破皮肤把血放出来。她也遇见过蛇，但只要不把蛇踏上，躲过去就好了。说着，她还把水果刀掏出来给我看了一下。她还带着一个望远镜，不用问，那是她瞭望远方的，一则侦察火情，二则释放心情。因为性格开朗，她遇上啥不顺心的事，想一想就过去了；想家的时候，哭一哭就好了。看得出来，她是一个简单而快乐的女人。

　　我当然要问她父亲摆地摊的事。原来，方应中摆地摊不全是因为生计，一半原因是想摆一个摊子找人下象棋。方红香说，父亲退休后养了许多花，每天拉一车出去卖，同时还带着一副象棋，遇上爱下棋的就杀上几盘，下棋和摆地摊两不误。

　　方红香说家里一直很穷，一家人不太买衣服，一件衣服能穿好几年。记得结婚前，现在的爱人到家里来，看家里啥都没有，说，你爸爸还是个当官的呢，家里连一个农民的家都不如。

一直坐在对面的梁掌林场书记李振云插话说，方处长这个人，工作兢兢业业，生活很简朴，为人和善，没有官架子。其实，不用李振云来"总结"，通过她女儿，我已经能看见一个"老林"领导的人生境界。在庆阳市，这些年我听见退休后摆地摊的处级干部方应中好像是第一人。

在方红香身上，我看到女儿带着父亲的光芒。

秦家梁林场秦凤川资源管护站李霞如是说：儿子3岁多的时候，有一次我提着东西准备回场里，儿子突然跑出来问我"妈妈，你是不是要走哇"，我回应了一声"哦"。儿子当时眼眶就湿润了，但没有哭出声，转过身去了，我也回头走了。但是，走了大约不到20米远，我再次回头时，看见儿子还站在大门口，眼里含着泪水看着我，我的心当时如刀割一样。从此以后，我离家去林场时就不敢再回头看。

李霞是2018年"甘肃五一巾帼奖"获得者。其丈夫是个农民，遇车祸瘫痪在床，公公去世，婆婆也卧病在床，两个儿子上学，她是家里的顶梁柱。李霞说，常年身居林区，与家人咫尺天涯，每当夜幕降临时，就想家人、想孩子。面对艰苦的环境，自己也有过犹豫，每当锄完地或巡完山后，拖着疲惫的身体回到房子，还要挑水、做饭时，一个人默默地流泪，也曾想放弃这份职业。可我又想，父亲都能一辈子从事护林员这份职业我为何就不能呢，还是咬咬牙坚持吧。随着时间的洗礼，我慢慢习惯了这里的生活，每天看着这山山水水，巡山护林踏着父亲的足迹，也喜欢上了这份职业。一天能走多少里路，一年磨破多少双鞋，只有自己脚上厚厚的老茧知道。林区工作艰苦，生活单调，工作没有时间规律，通常是24小时值班，不管早晚，如有火情随时出发。在工作上，我没有惊人的事迹，只是默默无闻、尽职尽责、坚守岗位。但我对家人亏欠太多，婆婆大病做手术我没能照顾，父母卧病在床直到去世我都没有好好伺候。2013年4月17日，当我接到父亲病危电话的时候，犹如晴天霹雳，来不及收拾东西，匆忙向家里赶，一路没敢停歇。当我赶到家时，爸爸已经穿着寿衣奄奄一息地躺在炕上，我急忙去握父亲的手，父亲转过头来看了一眼，一句话都说不出来，又转过头去，好像不愿看我。

女护林员心细，讲起故事来都很细腻，而且都富有感情。李霞3岁的儿子那一句"妈妈，你是不是走哇"，听后让人心碎。女人是家里的一盏灯，也是一个顶梁柱。在一个3岁的孩子心里，母亲的每一次离去，都能牵动心肠。妈妈平时不在家里，爸爸瘫痪在床，奶奶卧病在床，爷爷不在了，他将怎样度过一个孤独的童年？

3岁的孩子还不知道在自己和妈妈之间隔着一个大森林。

从炎热的7月到微凉的9月，我先后两次到了西坡林场关庄资源管护站。这个隶属于正宁林管分局的林场，原来有6个人，我去时只剩下4个人：站长牛运库，护林员张小军、王小丽和李红霞。此外，还有一只小狗在院子里围着人转，见了陌生人也不汪汪。王小丽说它名字叫灰灰，每天跟着自己巡山。这已经是第五只了，它们都叫灰灰。前面的4只，都没有养住，要么得病死了，要么让动物吃了，要么跑丢了。说到这些灰灰的时候，王小丽似乎有些伤感，所以我再没有去问。

在林区，有"安全靠狗"之说，狗是护林员最忠实的尾巴，但狗尾巴也只能给护林员当配角。护林员基本上都是一个人巡山，所以护林员，特别是一些女护林员，更需要一只狗尾巴跟着做伴，一则排除寂寞，二则提供保护。在家禽家畜中，靠得住的就是看家护院的狗尾巴，猫尾巴鸡尾巴兔尾巴猪尾巴牛尾巴驴尾巴马尾巴都靠不住，听说马尾巴有许多功能，但关键的时候就夹着尾巴自顾自了。在子午岭，允许打猎的时候，狗还是打猎队的队员，有户口有口粮，除了没有工资，待遇和人一模一样；禁止打猎之后，狗的地位一落千丈，只是护林员的一条尾巴，啥待遇都没有了，所以一些狗就成了流浪狗。在太白林场采访时，有一天饭后，我和陪同我采访的两位森林警察在林区外面的河边散步，突然看见一只小黑狗从河沟的草丛里跑出来，我想抓住它，但我紧跑慢跑它还是钻进路边的土坎下面不见了。上前一看，土坎下面有一个洞穴，洞口很小，只能容小狗进去，我几次伸手去摸都没有摸着小狗，亲热地叫了好大一会儿，小狗就是不出来，也不出声，我只好作罢。一只流浪野狗丢弃的狗娃，我捉住了又能怎么样呢，很快我就把它忘了。过了一周，我们又下榻在上次的那个小旅馆。一进旅馆院子，我就看见房檐下的一个沙发下面卧着一只小黑狗，而我一眼就认出它就是我一周前在河边没有抓到的那只狗娃。小黑狗刚刚一两个月的样子，耳朵大大的，毛乎乎的，脏兮兮的。一问女老板，她说是她儿子从河边抱回来的，前天小狗掉到了河里，他儿子正好路过，就下去把它救了上来。小狗并不认识我，见了我非常胆怯，缩在沙发下面拉都拉不出来，即使拉出来给它喂食，几口吃完又钻到沙发下面。在小旅馆住的几天，每天一回到旅馆我就逗小狗玩。看我喜欢小狗，女老板让我走时把小狗带走，我说家里人都上班，没有人陪它呀。出于一种怜惜之情，退房那天我买了一塑料袋火腿肠，又喂了小狗一次，把其余的交给女老板，叮咛她一定把小狗养大，并给她儿子说，小狗与你有缘分哩，你是它的救命恩人，它肯定会给你们看家护院。到了10月15日，森林警察李振国突然发来一个视频和一幅照片，并语音留言说："你看，狗娃长大了！"照片是狗的头部特写，的确是那只小黑狗，耳朵大大的，毛乎乎的，脏兮兮的，真的好像长大了不少。视频里，小狗已经被一条细绳子拴住了，李振国在一边拍照，小狗不停地给他摇着尾巴。这家小旅馆已经拴了两只狗，这只小黑狗将是他们的第三只狗尾巴。这样也好，一个无爹无妈的小狗，在这里起码有吃有住。也许它哪一天会跟着护林员去巡山呢。

扯远了，还是说灰灰的主人王小丽吧。

"甘肃省最美护林员"的身份，吸引了我对王小丽的注意。王小丽尽管已经有点沧桑，但年轻时的美丽依然能够隐约看见。青春易逝，好在她人生最美的不是已逝的青春容颜，而是永不衰竭的生命大美。具体地说，就是一种绿色之美。"林二代"王小丽身后的背景是一个生机勃勃的林业家庭。父亲已经退休，是一个老党员，我第一次采访王小丽的时候，还给女儿打来电话报喜，说正宁分局慰问他了。王小丽的老公叫李恒军，是一个乡村教师；女儿叫李蕊，正在中山大学读研；儿子叫李鑫，在庆阳市一个职中读书。

从2020年年初持续到2021年年初的新冠肺炎疫情，绊住了人们的脚步，却无法阻隔人们以现代通信建立联系。疫情期间，许多人都是我通过电话、微信完成采访的，比如"山间的百灵鸟"王小丽的故事。疫情前，西坡林场我虽然去过两次，但因为写作时间的延缓，王小丽的一些故事细节都是随后在与其本人和女儿相继加了微信以后才做了补充。而对王小丽的两次采访，她都是问一句说一句，不问就不说了，采访收获甚微。为了挖出她的故事，最后我不得不和他们全家建了一个"百灵鸟"微信群。我希望通过这种方式走进一个护林员的家庭，了解一个护林员从家里到单位又从单位到家里的心路历程。没有想到，以这样的方式采访，家庭其他几个成员的热情比王小丽高，讲述更加全面和细致，聊下来收获满满的。

在"百灵鸟"群里，第一个给我打招呼的是李恒军，他的微信名叫"老公"。

我说，说说你与王小丽的故事吧。

李恒军说，恍惚间我和我的爱人王小丽已携手相伴25个春秋。回忆我们生活的点点滴滴，思绪万千，对至亲至爱的家人，相伴厮守的9000多个日夜，一切都是那么自然平凡，尤其觉得无从说起。

我说，从头说吧！

李恒军说，1996年，经人介绍，我认识了在林场当职工的王小丽。她是标准的"林二代"，全家都在林场工作。初次见面，就觉得很适合成长于农村家庭的我，素颜相见，衣着朴素，没有一点做作。自然的相识、相知、相爱，就走向了婚姻殿堂。

我问，婚后生活怎么样？

李恒军说，1996—2008年这12年间，我们过着平淡拮据的婚后生活。我依然在农村小学任教，林场当时条件很不好，道路泥泞，工人由于工资无法保障，每位职工分10来亩地，自己经营，就顶全年工资。所以，我们周内住学校，我教书，她负责家务，带孩子，做女红；周末骑自行车30多里路去林场干活，一辆自行车，要在前面、侧面固定好需要的柴米油盐，还要带好孩子的生活用品及充气设备，后面捎上怀抱女儿的她。到了林场，孩子在田地里玩，我们锄地干活。到现在我还在调侃我的女儿，皮肤黝黑是童年在山里的田间地头暴晒的结果。我们辛苦着，也快乐享受着，与大自然相伴，陪伴着孩子成长，单纯而清淡地厮守。纵观我们的婚后生活，是离多聚少。有时，抑或是自己工作不顺心，回到家独自面壁的我，面对着本该享受天伦之乐的家，互诉心声的地方，晒伤疗养的家园，心中惆怅之感油然而生。但想着想着，也就释然了，也许工作就是她最大的快乐，我为她做点什么又有何妨？毕竟家务她料理得井井有条，厨艺也不凡，针织刺绣蛮不错，难能可贵的是几十年如一日的坚持。她本属于大山，就让她在山里快乐地工作生活，像山间的百灵鸟一样，自由快乐地飞翔吧。

我问，家庭经济情况如何？

李恒军说，每年微薄的收入补贴老家之外，剩下的就还结婚欠下的债务。2008年，一缕阳光，普照到林业工作者的头上。国家重视林业发展，也关心林业工人的生活，修建公路，修缮场部房屋，收回林区土地，植树造林，开始为职工发放工资，林场发生了翻天覆地的变化。

我问，在你眼里，她是怎样一个人？

李恒军说，她本出生于林场，成长于林场，工作于林场。不高的初中文化，率直纯真，心胸开阔，爱干净，喜欢独处，厮守了四十几年的大山，她已经融入大自然的厚重与恬静，和大自然融为一体。说话率直，不善交际，朋友圈小，不喜欢沟通……她也是一位热心人，有闲暇时间帮助林区群众蒸馍、做家务，送一些衣服之类的生活用品，和林区群众和睦相处，工作也得心应手。教育孩子的重担，就落到我的身上。她在场里给我们把每周的蒸馍做好，捎到家里，我负责给孩子热馍做菜，也免除了她的后顾之忧，一心上班，没有让家务拖累她的工作。她在平凡的岗位上，没有发生一点安全事故。工作之余，她喜欢唱歌，做女红，用这些打发无聊的时间。十几年如一日，在平凡的岗位上做着不平凡的事，也得到了领导和周围人的认可和赞许。

我说，继续说吧，想到哪说到哪。

李恒军说，作为女人，难得心胸开阔，尤其在我遇到困难的时候，会好言相劝。我爱折腾，面对家庭困难，总利用时间补充经济，所以做了好多事，进过股市，卖过西瓜、药品，开过饭馆，更多的是靠体力挣钱。但凡在我快跌倒的时候，她会良言相劝，帮我渡过难关。

李蕊的微信名叫"胖蕊"。此前她发给我一篇题为"山里的百灵鸟"的写母亲的文章，写得不错，我就提醒她照着那篇稿子说，想到哪说到哪。

李蕊说，猛然间回想起来，我发现母亲与大森林之间的亲密联结已然成为影响我生命的重要组成部分，可以说，到目前为止我的所获所得都离不开母亲与大森林对我的影响。自我童年有记忆开始，我就记得子午岭的那片蓝天、那清新自然的空气，还有那孤独但从不停止挥锄除草的两个身影——我的父亲和我的母亲。我小时候林场条件不好，包括我母亲在内的每位职工的工作都被日日重复的锄地生活所填满，真的很辛苦！我和我的父亲母亲都是大森林的子女，他们每天前往苗圃锄地前，都会带着几块烙馍，这主要是为了多锄一点地，索性在田地里解决中午吃饭的问题。就这样，童年的我像看护粮食的小小守卫一般。

我问，因为母亲在林场工作，你与大自然有多远？

李蕊说，不得不说，我与自然的亲密感是在母亲带我进山林的经历中培养起来的，这种与自然的联结，我觉得是现在的孩子所缺少的一种能力，我真感谢我的母亲。当时我玩无聊了就会时不时地看看挥汗如雨、辛勤劳动的父亲母亲，他们的脊背总是因汗水的缘故与衣服贴为一体，还有让我印象深刻、现在想来还是很痛苦的——夏日的一种叫什么来的虫子，它们咬人真厉害，似乎专喜欢咬人出汗的地方，被咬之后又疼又痒，难受万分，更可恶的是，这类虫在山林的夏日群体行动，我的父亲母亲出汗的整个背部总是爬满这样的虫。当我为他们捉背部的虫时，他们似乎对虫咬身体已经麻木了，怕我晒伤急着让我坐到伞底下乘凉。旁观他们工作也是我童年时常做的一件事，父亲母亲锄地非常认真，有时候一棵树底下的杂草用锄头无法清除时，他们就会用手直接拔，一棵一棵地拔，有时候锋利的草刃会割破他们的手。

我问，你理解父母吗，他们给了你什么启发？

李蕊说，对于他们的工作，即使站在客观的角度，我也必须称赞他们是非常热爱工作、尽心尽力的森林守护员。自小就看着父母勤劳背影长大的我，从小就立志要读书，要考上名牌大学，希望用这样的方式回报辛苦的父母，也用这样的方式延续父母勤劳、努力、热爱工作的宝贵品质。盯准目标后，我一直在努力地奔跑，克服种种阻碍后，高考时我顺利被兰州大学录取，如今的我在中山大学读研究生。我不得不承认，如今我的所获所得，与童年时和父母一同深入大山的经历息息相关，是大山的深沉让我懂得要盯着目标埋头努力，是父母的敬业让我也对所做之事充满了耐心和恒心。我感谢子午岭，感谢身为子午岭守护者的母亲，感谢父亲虽身为一名教师但支持母亲的工作。

我问，你觉得母亲是一个怎么样的人？

李蕊说，我的母亲不是耍嘴皮的口头派，她是一位在工作中非常务实的人。我读初中时常常在假期空闲进山陪伴母亲，在山里除了完成作业外，平日经常跟着母亲巡视山林，中学时我容易偷懒，有一次对母亲说：今天可以不去巡山吗？反正又没人看，你不巡领导也不知道。母亲表情立马严肃起来说："既然做这份工作，就要对得起国家发的工资，要对得起自己的良心。"我必须称赞，我的母亲对工作数十年如一日地耐心坚持，并且能带着热情去坚持，这并不是每个人都能做到的。工作之余，我的母亲勤奋能干、善良温柔，被住在山里的百姓所喜爱。她与住在石洼的村民关系亲近，每次去巡山时，我能看到百姓眼里对我母亲的喜爱。我的母亲做人善良、实在、没架子，我觉得这可能是她和村民们能够成为朋友的原因。

我问，还有吗？

李蕊说，除了工作之外，我的母亲自律能力、独处能力都非常强，每当我向她抱怨研究生生活的孤独时，她总安慰我，说要学着用自己的方式去适应。她每天早晨都会早起去锻炼身体，伴着清晨子午岭鸟儿的歌唱声，一个人去散步。前两年，我陪母亲住在山里的那段日子里，也和母亲早晨一同散步，只见母亲早上围着丝巾，一路时而跑步，时而快走，她的目光经常会移向路边的野草，似乎她和自然有股非比寻常的亲和力。她告诉我，旁边的哪种草是菜，哪种草是药。老实说，我根本无法区分。

我问，你觉得母亲与子午岭是一种什么关系？

李蕊说，母亲似乎已经与大山融为一体了，她的心境淡泊宁静，她善良而勤劳，她热爱工作，她将整个青春都献给了大山。此生我因身为母亲的女儿而幸运，我想母亲也会因相遇子午岭而幸运。

我问，你认为母亲是一个"最美护林员"吗？

李蕊说，她绝对对得起她所获的荣誉——"最美护林员"称号。正如母亲的微信名——山间的百灵鸟，子午岭这片森林，正是因为无数百灵鸟的守护，才更加焕发生机。

看来，女儿也发现母亲老了。

李鑫的微信名叫"李鑫"。聊天时他说了一声"叔叔好",他说,这周回家了,好不容易睡个懒觉,刚刚才起来。

我问,在西峰职中上学吧?

李鑫说,是的。我从小就喜欢拆零件啥的,就学习了数控技术。

我问,在你们家,是父亲的贡献大还是母亲的贡献大?

李鑫说,我认为都一样吧,母亲负责家里的事,父亲负责外面的事。因为父亲平时比较忙,所以我就经常给妈妈打电话。

我问,你对自己的家庭满意吗?

李鑫说,我很满意,我从来没有羡慕过任何家庭。

我问,哪些方面最满意?

李鑫说,要说哪方面的话,那有很多很多。爸爸妈妈从小就忙,但他们还是不忘爱我;还有姐姐,从小就对我很好,让我没有那么孤独。每次遇到困难,他们总是会站在我的身后。很多时候,我们一家坐在一起吃饭,有说有笑,那时候感觉家庭很美好,满满的幸福。

我说,能说说5只灰灰的故事吗?

李鑫说,第一只狗是我很小的时候,去朋友家里玩捉的。我一直喜欢小动物,正好那家狗狗生了小狗,我就抱回来一只。一开始,我还害怕爸爸妈妈骂我,可是抱回家妈妈对小狗格外喜欢,就养在了她的护林站上。这样,每到假期,我就会和姐姐到妈妈那里跟小狗待几天。狗狗也认下我们了,看到我们总是格外亲切。在我的心里,它已经成了我的家人。可是,这只狗长大后爱咬人,妈妈就送人了。记得当时我很难过,一直看着它的照片。

我问,后来呢?

李鑫说,后面又养了几只,我都喜欢。可是,它们要么被人偷了,要么意外死了,所以就不敢养了,害怕再为它们整天提心吊胆,上课分心。

我问,那些狗都是什么品种?

李鑫说,土狗。

我问,为什么叫灰灰?

李鑫说,毛是灰色的。

手机真是一个好东西，在同一个时间能把天南地北的人拉在一起。幸好这天是周末，大家正好都闲着，所以能在一个群里相聚。这个群是我让王小丽建的，她一开始在家里，后来去了15公里以外的林场。李恒军和李鑫仍然在正宁县城的家里。李蕊远在南方的中山大学。我在兰州的家里，一边在群里采访他们，一边在电脑上书写。

"百灵鸟"王小丽最感动我的故事是她和5只名字都叫"灰灰"的土狗之间发生的故事。如儿子李鑫在前面所说，因为第一只小狗是灰色的，所以起名灰灰。但是，为什么后面的4只都叫灰灰呢，即使是毛色都是灰的，为什么没有另外起一个名字呢？第五只灰灰当时就在她的身边，仍然在陪伴着"百灵鸟"。这个问题我第一次在西坡林场没有问王小丽。我后来的理解是为了纪念，即后面的一个在纪念前面的一个，以此类推。记得第二次到西坡林场，王小丽曾经说，她下苗圃拔草、巡山，5只灰灰都跟着，而且巡山时都走在前面。第四只灰灰最灵，平时不出声，一出声就是来人了。第一次到西坡林场采访之后，我一连几天都在远方想5只小狗每天陪一个女护林员巡山、拔草的情景，而5只小狗都被主人赋予一个名字，人与小狗的感情让人动容，而这正好也反映了一个护林员的孤独和寂寞。也许就是因为这个原因，我才在短时间里第二次去了西坡林场想问个究竟。我曾经问过王小丽，在巡山时碰见过什么动物吗，她说碰见过野猪和蛇，但都被灰灰吓跑了。

试想，如果5只灰灰都还活着，而且都在同一时间一起聚到西坡林场王小丽的麾下，如果王小丽喊一声灰灰，它们不都会汪汪汪汪地齐声答应着，跟着一起去巡山、拔草吗？

灰灰，多好听的一个名字，一样的名字将5只不一样的小狗连在了一起。灰不溜秋的小狗们不知，人是知道的。

在子午岭林场，曾经有一些女护林员不仅仅是山丹丹花，她们都是铁打的，撑起了子午岭的半边天。听说，当年东华池林场有一个"铁姑娘班"，都是知青，当时很出名。那个年代，姑娘不是花骨朵，都是战天斗地的"铁疙瘩"，即使是今天的铿锵玫瑰也无法与之媲美。如今，追访她们的故事已无可能，她们或已不在人世，或已人老年衰，或天各一方，但她们的青春组合"铁姑娘班"仍然时常被人们想起。

子午岭行走即将结束时,我有幸联系到了见过"铁姑娘班"厉害的老职工杨金海。他回忆说,铁姑娘班第一任班长是蔡红丽,副班长是苟婉昭。这些女知青在战天斗地的农田里,在水利建设的工地上,个个奋勇当先,真有点巾帼不让须眉的气概。记得一次秋收后,往仓库里搬玉米,一麻袋玉米棒子足有150斤,铁姑娘们背起麻袋呼呼地往前跑,让我们这些须眉也自叹不如。还有一次收割玉米时,只见蔡红丽挥舞着镰刀,风卷残云般一阵工夫就冲到前面,身后片刻倒下一大片玉米秆,我们铆足了劲儿地干,还是赶不上她。后来,因为工作成绩出色,蔡红丽晋升为副连长,苟婉昭递补为班长,高秀莲被提拔为副班长。说来也巧,这几任铁姑娘班长都是中学同班同学,个个都有点故事。现在能记得起来的"铁姑娘"还有鲁金荃、蒲理园、柴佩云、屈蓉端、耿惠芳、张爱叶、沙梅玲、张翠香、张玉环、王领喜等人。

不让须眉的"铁姑娘"是一个时代的钢铁印记,她们顾了工作却顾不了自己的人生大事,其各自的人生况味恐怕只有后来人才能品出个酸甜苦辣咸来。

岁月在流逝也在更新。桥镇林场28岁的李欣欣,是福建农业大学的研究生,专业是森林培育。刚来林区时,突然失去了城市的繁华,还真有点失落,当地的方言太重,听不懂,还要人翻译,但现在已经习惯了。一开始,她就跟着老护林员巡山,每次三四个小时,林区大部分已经跑完了。老林业人的吃苦精神、基础经验和实用技术都值得她学习。不仅是李欣欣,许多年轻人都认为,老一代林业人的奉献精神非常可贵,但年青一代的知识,老一代人就不懂,比如智慧林业建设。李欣欣说,搞林业就要到基层,自己所学专业想发挥作用还是要到林子里来,待在大城市的办公室里是不行的。她的事业目标是,看着一片林子成长,而自己还曾经参与过,拥有一种成就感。

听说,凤毛麟角的李欣欣还没有找上对象,相夫教子的事对她来说还远着呢。

又有一朵山丹丹花开了,看上去红艳艳的。

送给七个小矮人的七首小诗

世界上的大森林里都有一些小精灵。

这里所说的七个小矮人,当然是格林童话《白雪公主》中的七个小矮人。他们是大森林里最善良、最诚实、最勤劳和最勇敢的人,因为帮助美丽的白雪公主逃出魔掌而名扬天下。

在子午岭,我已经发现一个秘密,森林里的小矮人是这样诞生的:面朝大森林,在感觉到自己非常渺小的那一刻,马上捂住自己的心口说一声"我是小矮人",就会突然变成一个小矮人;如果觉得自己很高大,也捂住自己的心口说一声"我是巨人",就会突然变成一个巨人。

进入子午岭之前,我就把自己变成了一个小矮人。走进子午岭之后,我就像进入了一个童话世界。我知道这不是我曾经的那个童年,但我想借此机会重新过一个童年,我想在子午岭的大森林里拾回童年那些失去的东西。

一个古老的诗歌国度,不能没有歌唱森林的诗,就像鸟儿在林子里必须鸣叫一样,就像青山绿水必然有诗情画意一样,我必须为森林写诗。子午岭是一个富有诗意的地方。在写这部大作品之前,我一口气写出了一组七首的诗《大森林里的童话——子午岭觅诗记》。那天,在和尚塬保护站给钟利兵、高健、白晓伟、白海生、魏巍、延虎翼和朱宁等几位林业职工朗诵之后,我投给了《中国校园文学》并很快在2021年第11期发了出来,该刊同时还在其公众号进行了推送，我也积极转发给了刚刚认识的子午岭的朋友们。不久，这组诗还被《2021年中国儿童文学精选》全部选载，其中的第一首《密林深处的那种宁静》竟然被赫赫有名的《读者》转载于2022年第5期。孩子们都有一颗自带的大自然之心，我之所以把这些大森林的诗首先给孩子们，或者说给孩子们写了这些大森林的诗，就是希望告诉孩子们一个大森林的故事。

真是太奇怪了，我怎么不多不少正好就写了七首诗呢？既然如此巧合，我就将这七首小诗以七个小矮人的名义，送给七个甘愿成为小矮人的人，因为是一组不能分散的诗，必须送给七个永远不能分开的人。太奇妙了，七首小诗，不多不少，正好一人一首。跑在最前面的七个人，将成为七个小矮人，每人将获得一次漫游大森林的机会。必须提前说明的是，子午岭大森林里既没有白雪公主也没有白马王子，七个小矮人的幸福生活，只能通过七个人集体的善良、诚实、勤劳和勇敢获得，缺一不可。既然如此，也只有小矮人才能走进这个童话走廊，巨人是不能进入的，若想进入必须想办法让自己变得渺小。作为第八个小矮人，我将在大森林里等候七个小矮人。

我一直坚信，童话是孩子的，肯定也是老人的。我们每一个人，从小到老一半的身心都属于儿童，从小到老都有各自秘密的童话世界，只不过我们不知道把它遗失在什么地方了。如果找回自己的童年，就会找回自己的另一半。

这当然也是一个美丽的童话，或者是童话里的现实，或者是现实中的童话。接下来，因为我会不断穿越其中，童话与现实将彼此交错；每一首诗里都有故事，每一个故事背后都有无声的童话。

第一首送给第一个小矮人，诗为《密林深处的那种宁静》：

你能撑起一把雨伞
但你能撑起一朵野蘑菇吗

你能点亮一盏马灯
但你能点亮一粒萤火吗

你能入住一座摩天大厦
但你能入住一个鸟巢吗

而且你能穿越一片古老的大森林
但你能穿越一棵树的年轮吗

你能做一千个好梦
但你能做自己的王子吗

在这里你能走进内心的宁静
就能走进你的童话

  从喧嚣的都市到森林里，最大的感受就是一种尘埃落定之后的宁静，在喧嚣中听不见的听见了，在繁华中看不见的看见了，甚至听见了自己看见了自己，觉得自己很渺小但存在，离自己的内心和事物的本来是那么的亲近，一不留神就与自然化为一体。在大森林里，我发现自己所拥有的一切都是复制品，一把雨伞复制于一朵蘑菇，但我已经无法撑开一朵蘑菇；一盏马灯复制于一粒萤火，但我已经无法点亮一粒萤火；我们能建起一座摩天大厦，但我们已经无法垒起一个鸟窝……对于大自然，人类已经成了外星人，而大自然对于人类已经成了外星球。起初，我以为自己恢复了什么记忆力，总感觉所有的事物都似曾相识，后来我才发现自己只不过是曾经离开了而且离开的时间太久。我当然是恢复了想象力，自己回到了自己的童话，自己成了自己的王子，而这都是因为我凭借听力穿越了一棵树寂静的年轮。在一块林间草地上，我看见一个大树主干的横截面，清晰而均匀的年轮像一圈圈定格的声波图，声音本来在宁静中由它的从前震荡而来，但因为大树突然被锯倒而戛然中断。从表象上看，它是一棵大树的年轮，但它是时光寄存在一棵树里的声音。

  这首诗的灵感来自于白沙川林区的两朵花蘑菇。那天，我与志丹县林业局康玺等人到了永宁山下的路口，为了活动活动筋骨，也好好看看路上的风景，就弃车徒步去3公里远的白沙川林场场部。刚刚下过一场大雨，道路两边的庄稼、苗圃和远处山上的灌木像被洗过一样，绿得让人心里爽爽的。沙土路上还残留着一些镜片似的积水，可以让人低头看天，偶尔有白云从蓝天上飘过，犹如飘在地面上，而人就像走在云间一样。这是一个农林混杂区，不时还有一些依山傍路的村舍，家门口的公路就是活动的广场，人就在路边站着，三五个女人一堆说着家常，四五个娃娃在一边玩耍，当然还有鸡犬陪伴，但鸡只顾啄食，狗也不咬人，成群搭伙的，见人过来最多只是瞅一眼。不过，眼前的安宁难掩沧桑的岁月，远处山崖悬壁上大大小小躲避战乱留下的洞窟随处可见。由此，不难想象纷乱的战火一次次漫过丛林的情景。我也看见了林业人的作为，在与这些洞窟同样高的悬壁上，一些"护林防火，人人有责"之类的标语竟然也被醒目地写了上去，似如椽巨笔写就的黑色大字让人一路警醒。悬崖七八丈高呢，这些人是怎么上去又是怎么下来的？我很好奇。康玺说，其实悬崖上面有一条隐蔽的小路，避难的人到了悬崖边，就能用一条绳子把人一个个吊下来。过去避难的人能爬上去，我们的护林员就能爬上去。说着走着，路边一棵树身上一小团鲜艳的东西吸引了我的目光，走近一看是两朵近似金黄色的花蘑菇，都像拳头一样大小，一上一下紧挨着，各自撑着一把美丽的小伞。这是一棵直径三四十厘米的柳树，个子不高，但已经上了年纪；树分为两大杈，分杈处一半的树皮早已脱落，树的肌肤裸露并已开裂，另一半的树皮却还存在，披了一层绿绿的苔衣；两朵花蘑菇就长在分杈处的稍下端，像被柳树张开的两臂护着的一个宝贝似的。仔细看，两朵花蘑菇并不是一样大，下面的一个稍微小一点，撑起的小伞被上面的伞罩着，就像上面的那把小伞为它挡过雨呢。不过，雨已经停了，太阳出来了，它们已成两把遮阳伞。两朵花蘑菇所在的位置伸手可及，但我们谁也没有去动它们，只是静静地欣赏着它们。一场风雨之后，两个依然依偎在一起的小可爱一下触动了我，看了一会儿，我找了一个位置拍了一张照片。后来，"中国校园文学"公众号推送组诗《森林里的童话》时还选用了这张照片呢。晚上，下榻白沙川林场场部后，我还在手机里看这张照片，和两朵花蘑菇悄悄对话：你们明明是两把小伞哪，但是谁撑开的呢，怎么没有见人,难道是两个小矮人?不可能的,小矮人也太大,难道是两个小精灵,极有可能。这样,想象力引发之后,就有了一路上见到的萤火虫、鸟巢、年轮和童话里的小王子,把它们和雨伞、马灯、大森林和摩天大厦之间的意象秘密连接以后,就有了这首小诗。

在森林里,我当然见到了不少蘑菇,但给了我灵感的就是这两朵花蘑菇。

第二首送给第二个小矮人,诗为《小路究竟是谁的尾巴》:

谁又钻进林子里去了
身后留下一条尾巴似的小路
在杂乱的草丛里
甩来甩去

恐怕是豹子的尾巴
恐怕是狐狸的尾巴
恐怕是松鼠的尾巴
恐怕是……

远远看去
一条开满野花的小路
很像是一条甩动的大花蛇
一条森林的尾巴

边走边打草惊蛇
一个红衣护林人忽然出来了
身后紧紧跟着一只尾巴似的小黑狗
小黑狗还摇着一条尾巴

这首诗的"尾巴"意象是两条蛇给我的。采访途中,我见过两次蛇。一次在连家砭林场，我们开车去太白林场，刚刚出大门不远，在一个桥洞的拐弯处，前面的一辆车突然慢了下来，我们以为是出了什么事。等我们的车经过那里时，发现路中央躺着一条灰色的大蛇，一米多长，后半截刚刚被汽车碾过，但蛇还活着，前半身在向路边挣扎着，而后半身已经粘在地上，动弹不得，甚是惨烈。开车的司机说，司机在路上一般都不会故意碰任何动物，能避过的都避过了，这条蛇恐怕是来不及避了。一条蛇当然无人施救，我们的车子也绕了过去。另一次是在榆林管护站。晚饭后，我与副站长徐辉在管护站附近的路上散步，不知怎么就说起了蛇，我说白露已过，蛇应该不多了吧，他说路上还是有蛇，因为林子里凉，路面被太阳晒热了，蛇一般会跑到路上取取暖。真是"说曹操曹操就到"，正说着，他呀的一声，惊得跳了起来，我低头一看，就在我们的脚步即将踏下去的地方，一条黑色的蛇已经抬起头，摆出一副战斗的姿势，我们赶紧往后退了几步。仔细一看，是一条小蛇，有一尺多长，底色是黑的，带有神秘的白色斑纹，黑白相间，感觉很冷森。见我们并无恶意，蛇也去走自己的路了。这当儿，我拍了一张照片，发到朋友圈后，一个微友说是一条剧毒蝮蛇。子午岭这种蛇最多，护林员最怕的就是它。蛇是不会主动攻击人的，这条蛇可能早已听见了我们，而我们没有看见它，它来不及避让才准备与我们一战。好险哪，人危险，蛇也危险，狭路相逢勇者胜，但胜负难料，人蛇必有一伤。

除了这两条亲眼见的蛇，采访途中我还听到一些蛇的故事。从第一天"打草惊蛇"走进大森林，耳闻目睹的蛇让我这个最害怕蛇的胆小鬼心悸不已。有一天，我突然发现，蛇不就是一条尾巴吗？细细的，弯弯的，但它只是一条尾巴，那么它是谁扔掉的尾巴呢？我想了好几天，如我在诗中的设问一样。是豹子的？不是，豹子的尾巴又粗又长，还是毛尾巴；是狐狸的？狐狸的尾巴没有豹子的尾巴长，但比豹子的尾巴还粗，也是毛尾巴；松鼠的尾巴也是毛尾巴，但又粗又短的，更不是了。那么，蛇究竟是谁的尾巴呢，难道它就是它自己的尾巴，蛇就像一条尾巴似的活着？有一天，当我登上一个森林瞭望塔，看见林间的一条小路，像一条尾巴似的，蜿蜒而来又蜿蜒而去，我立即把小路和蛇联系到了一起，小路像一条尾巴，蛇也像一条尾巴，那么蛇不就是森林的尾巴吗？对，只有森林才会有如此鲜活的尾巴，不仅仅是蛇，那些比蛇还小的虫子也是森林的尾巴。至此，"尾巴"这个意象还不完整，总觉得还缺少一点什么。过了几天，当我在一个护林站看到一只小狗时，当一个女护林员说她每天巡山时都带着小狗时，我的脑海里立即出现一个画面：一条尾巴似的山路上，一个护林员在独自巡山，身后跟着一只尾巴似的小狗，而小狗还摇着一条尾巴，三条尾巴勾连在一起，"尾巴"意象便丰满了起来，很快一首诗就出来了。

这首诗当然写的是那些护林员，尾巴似的蛇在诗中只是一个灵感的引子，而护林员身后尾巴似的小狗也只是一个配角而已。

第三首送给第三个小矮人，诗为《昆虫部落的成语》：

表面上看去
四周平静而又美丽
一片花海招蜂引蝶
蜻蜓点水一点就是一串涟漪

其实　危机四伏
即使是那些蚂蚱也像草莽好汉
腰里都挎着两把大刀
威风凛凛

金蝉脱壳了
而螳螂捕蝉谁个在后呢
十万只蝉儿聚在一起吵翻了天
齐声说知了知了

蚍蜉撼树只是传说
千里之堤溃于蚁穴也是一个假消息
事情都无关默默无闻的蚂蚁

只有蛛丝马迹

天气一暖和
苍蝇蚊子也把森林当成了天堂
但它们最后都臭名远扬
谁见了都想躲避

一万年以来
黑夜里闪烁着萤火虫的星星之火
而飞蛾扑火的英雄故事
一直在部落传颂

  子午岭森林里的昆虫部落，是我们小矮人的一个必经之地。
  在昆虫部落，我没有遇上毒蜘蛛，但蜘蛛网却遇上了不少，只要走在最前面，那些人迹罕至的梢林之间总会有黏黏糊糊的蜘蛛网迎面扑来，弄得人满身都是，丝丝缕缕，甩不掉撕不掉的，特别恼人。蜘蛛当然不是在给我们小矮人撒天罗地网，它只是在捕食一些小昆虫。蜘蛛网随处可见，自投罗网的昆虫可不少，有的昆虫已经死在网中，有的昆虫还在网中挣扎着。我们经过之后，用身体破坏了很多蜘蛛网，意外解救了不少小生灵。在一次歇息过程中，我曾看着一只被网住的大活蚂蚁，像一个提线木偶一样被一只蜘蛛慢慢吞掉。
  林区的蚂蚁很多，黑蚂蚁，黄蚂蚁，成群结队，像是在赶集，但我没有看见蚍蜉撼树，更没有看见千里之堤毁于蚁穴。螳螂和蝉都见到了，但没有见到螳螂捕蝉，螳螂连我都没有挡住，更没有见它螳臂当车。蝉儿最多，在林区住的几天，每一晚上都有无数的蝉儿冲撞窗户。有天早上起床后，发现一个护林员在院子里捡死去的蝉，上前一打问，说可以炒着吃。马蜂也见了，在寻访一个被盗的古墓现场时，我们几个小矮人被一群马蜂追了三四公里。据说，林区的人没有不被马蜂蜇过的。林区不但有马蜂，还有牛虻（虻钻子）、人头蜂、裤裆蜂和地窝蜂。林区蜇人的不仅仅是这些昆虫，一些草木也蜇人呢，比如萱马草,比如漆树,有时候比毒蝎子还恶毒,顺便说一下而已。蜜蜂当然也见了,我们还吃了一顿护林员的蜂蜜。蝶恋花见过了,蜻蜓点水见过了,星星之火萤火虫见过了。飞蛾和蝉儿一样,天天晚上都钻进房间扑打我们的电灯,我们一赶,它们就赶紧说知了知了,并未噤若寒蝉。苍蝇蚊子当然也见了,但不是我们见它们而是它们来骚扰我们,苦不堪言哪。蝈蝈蛐蛐蚂蚱蝗虫好像都看见了,但我们分不清它们谁是谁。因为没有到灶房去,所以我们没有见上灶马。当然还有许多认识但叫不上名字或干脆不认识的昆虫朋友。

这一首诗,我通过十几个与昆虫有关的成语写了昆虫。仔细看,诗中的成语里潜伏着蜜蜂、蝴蝶、蜻蜓、蚂蚱、知了、螳螂、蚂蚁、蜘蛛、灶马、苍蝇、蚊子、萤火虫和飞蛾等13种昆虫。通过这些成语,我讲述了它们的故事,以及它们折射给人类的故事,而这些人与昆虫的故事,正好反映出了森林里无所不在的"丛林法则"。在这些"芸芸众生"中,我对萤火虫和飞蛾表达了敬意,它们的"星星之火"和"英雄故事",无疑已经为人类所认知和效仿。

动物世界也是如此。即将在这部书里出现的动物,同样在我们的成语里大量出没,诸如豺狼当道、狼狈为奸、蛇鼠一窝、狐假虎威、狼心狗肺、兔死狐悲、如虎添翼、牛气冲天和鸡鸣狗盗,等等;植物世界也不例外,诸如柳暗花明、红杏出墙、金枝玉叶、藕断丝连、枯木逢春、豆蔻年华和青黄不接,等等。这是在说动物和植物吗?一看就知道不是。从中我们既可以看出人与大森林千丝万缕的关系,也不难看出人类对动物们和对植物们的无限期许。

人类对动物的认识,其实就是对自己的认知。

第四首送给第四个小矮人,诗为《天空里的一次奇遇》:

一架无人机和一只鹰
在森林的上空
相遇了

都在盘旋
都在鸟瞰

一会儿扶摇直上
一会儿俯冲

天空是鹰的
无人机真的把自己当成了一只鹰
与那只鹰一比高低
闪电一样

无人机去亲近一只鹰真好
让鹰只看见有一只鹰在为自己伴飞
而不知道人已经飞到了天上

甚至让那一只鹰永远都不要弄明白
一只凶猛的同伴没长羽毛
也能在天上飞

  在这首诗中，我表达了现代科技与动物世界的不期而遇；同时，通过一架无人机和一只鹰的相遇体现人与自然的和谐相处。
  一架无人机看见鹰不惊奇，但一只鹰看见无人机肯定是惊奇不已。鹰发现一只和自己完全不一样的"鹰"肯定会问：你是什么鹰，一根羽毛没有长，怎么也会飞这么高；你从哪里来，这里是我的领地；你每天吃什么，怎么看你从来不去抓野味。无人机当然不会理睬鹰，它非常骄傲地一次次飞过鹰的头顶。
  我写过不少关于鹰的诗，但将一只鹰与一架无人机放在一起来写，这还是第一次。林子上空的鹰是野兔、野鸡和小鹿的天敌，它们飞在高处，却时刻盯着地上，茂密的大森林为它们抚养着丰美的野味。鹰当然也是野的，捕食其他野兽是它的权利，并且受到人类的法律保护。鹰当然不会明白无人机的来历和目的，除非无人机哪一天也成为一个捕食者。这一点，鹰永远不要知道最好，它如果知道人类已经能和自己一样飞凌森林上空，必然会深感不安。而且，它已经发现一只没有羽毛的鹰比它厉害。

无人机的出现和利用，是林区管理的一大进步，资源观察、护林防火和景象摄取，无人机都发挥着人力无法比拟的作用。子午岭的各个林场，无人机的使用已经很普遍，这是森林的福祉。在正宁林管分局采访时，随行的有一个无人机航拍手张兆鑫，是正宁分局临时借调来拍摄林区空中图像资料的。一路上，我在地上采访，他在天上"采访"；我在挖掘细节，他在俯瞰全貌，我当然很羡慕他凌空飞翔的本领。小张的单位是宁县林管分局九岘林场，目前借调森林公安，两个单位的工作都有参与。起初，小张业余爱好摄影，一心想当一个摄影家，地上拍腻了以后，就幻想着去天上拍。无人机出现以后，他的幻想就成了现实。从2012年起到今天，他累计投资20多万元，玩过最少11架无人机，自己现有各种型号的5架，基本收回了成本。2016年单位有了无人机之后，他更是大显身手。小张玩无人机已经玩出了资格。去年，在全省民兵无人机教练员培训暨无人机大比武中，他不但获得民兵无人机比武个人一等奖，还取得民兵无人机教练资格证。小张玩无人机，除了有偿拍摄专题片、跟剧组之外，平时还会使用单位的无人机参与林区巡护。无人机巡护比护林员骑摩托巡护便捷多了，护林员骑摩托巡护需要一天时间，他的无人机一出动，一两个小时就完成了。与步行巡护相比，更不用说了，那就是天上和地上之分。

无人机的飞行高度都是统一规定的，最高不能超过500米，飞行速度则由无人机的机型决定，一般都是每秒45米左右。小张的一款无人机飞行速度每秒可达75米，是航拍无人机中飞行速度比较快的。小张说，拍摄过程中，经常能碰到鹰、野鸽子和山鸡之类的大型飞禽，但因为无人机桨叶转速快，与空气摩擦会发出较大的声音，它们都会主动避让；鹰都是独行侠，避让起来简单，而野鸽子和山鸡一般都是成群的，听见无人机的声音后往往会惊慌地四处逃窜，自己就得注意避让它们。

因为我关注的是大森林的子午岭，所以我问了站得高看得远的无人机航拍手张兆鑫一个问题：在空中你能分清哪些林子是甘肃的，哪些林子是陕西的吗？张兆鑫说，在陕甘边界线飞行的时候，不看地图根本无法分清，因为在空中看到的都是茫茫林海。航拍时，必须凭借遥控器上显示的地图，确定飞行轨迹之后才能分辨清楚。而且，每次在一个新的地点起飞时，还需要重新定位。

在一只鹰眼里，小张可能是一个放鹰的人；在我眼里，他就是自己心中的一只雄鹰。

第五首送给第五个小矮人，诗为《放生一条娃娃鱼》：

> 溪水里的一个娃娃
> 丛林中的宝贝
>
> 还是水陆两栖呢
> 怎么也误入了一条绝路
>
> 为什么会长得像我们的一个孩子呢
> 让人忍不住都想抱一抱
>
> 有人的地方不是你来的地方
> 从哪里来到哪里去
>
> 走水路走旱路都不要回头
> 一路上把自己藏好
>
> 今天给一个自然之子留一条活路
> 就是给人类留一条根

一些弱势动物，的确像我们的孩子。大鲵，俗名"娃娃鱼"，因为长得像大头娃娃而得名。把大鲵叫作"娃娃鱼"，体现了人们对于这样一些动物的怜惜之情。

大鲵是《世界自然保护联盟濒危物种红色名录》中的极危物种，在我国被视为"水中国宝"。在子午岭采访中，我的确遇到了一只"娃娃鱼"。7月15

日，我正在庆阳市公安局森林分局采访，忽然听说宁县森林派出所送来一条大鲵，暂时放在陇东学院野生动物保护站。五六年前我在山清水秀的陇南见过"娃娃鱼"，在陇东还没有见过，所以很是兴奋，当天就抽空跑去一睹为快。大鲵被放在一个水池里，水很浅，大鲵一动不动，天气太热，它好像很不愿意见人，管护员用棍子把它往阴凉的地方拨了一下，它也待理不理的。大鲵长一米二三，重十二三公斤。森林分局野生动物保护管理站站长杨大鹏说，这只大鲵，在昨天的一场洪水后被一个农民看见，当天就送来了，发现它的农民还不认识它是什么怪物呢。这是马连河流域宁县境内首次发现大鲵。明天，他们将把大鲵送到罗山府林场水库放生。去年，有人从西峰八家嘴水库送来一条特大的大鲵，长1.6米，体重16.27公斤呢，也放生到了罗山府水库里。

第二天，我在朋友圈看见了他们在罗山府林场水库放生大鲵的情景，现场有护林员、森林警察和扛摄像机的人，气氛不怎么热闹，却郑重其事的。此次子午岭采访，我去过两次罗山府林场，两次都去了那个水库边。水库就在林场场部附近，是一个青山绿水的幽静所在，两山相夹，从中筑坝蓄水，极好地涵养着周围的生态，相信大鲵会喜欢的。其实，这个位于马连河一级河流湘乐川流域的水库原来只是一个水塘。林场提供的资料显示，1980年改农还林后，这个水塘就交给宁县林场管理，主要用于苗圃灌溉和森林防火取水。因为水塘年久失修，在上级部门的协调下，2015年5月7日登记注册为小（2）型水库，储水量只有16万立方米。宁县的这个水库能存留下来实属不易，而与之只有35公里路程、位于固城川河上游的合水县大山门水库就没有这么幸运了。因为割据治理，各地的政策都不一样，同在子午岭，水库的利用和管护存在很大差别。合水林管分局大山门林场水库很有名，我小时候就去过，青山环抱，碧水汪汪，如一面朝天的水镜子。但这次去看见，水库就不是记忆中的样子了，水库几近干涸，坝底朝天，水草裸露，水色乌黑，一股不明的腐臭味扑鼻而来。我当场问水哪里去了，林场的人说是为了防汛，全部放掉了。林场的人还说，水库如果由林场监管，其实可以不放水的，林场自己有能力管好水库，但县上有关部门怕担责任，每年进入汛期，都勒令放水。林场书记白孝陈说："这个水库蓄水量大概30万立方米，放水对生态环境影响很大。"这谁都能想象出来，这么多的水，放掉蓄上，蓄上又放掉，恶性循环，周而复始，对于周围和下游的生态无疑是一次次要命的折腾。

  在这样一个祸福不定的生存环境里，我真替那些野外的"娃娃鱼"担心。它们虽然是水陆两栖，但闯入一个危机四伏的生态中，它们也会陷入绝境。一种不安全感，让我在这首诗里对"娃娃鱼"充满了同情和担忧，我甚至像它们的同伴一样，叮咛它们把自己藏好，提醒它们赶紧离开，回到属于它们的领地里去。

  第六首送给第六个小矮人，诗为《豹子回来了》：

  人们突然又惊又喜
  豹子回来了
  豹子回来了

  深沟大山本来就是豹子的
  所以说豹子回来了
  豹子回家了

  归来的豹子都是独行侠
  或大摇大摆的
  或神出鬼没

  都害怕豹子
  都想见豹子
  谁看见豹子成了一种荣耀

  豹子甚至在山底也按下了爪印
  好像是在提醒人们
  这山是它的

自从豹子回到林子以后
大山看上去威风了
人也威风了

"它们回来了!"

说起子午岭如今出现了不少的金钱豹,一些林场人都这么欣慰地说。我很喜欢这句朴素而热切的感叹。在子午岭的采访中,不算见到的几个豹子爪印,我也见过三只豹子:一只是在陇东生物资源保护利用与生态修复省级重点实验室见到的一个豹子标本,一只是在陕西旬邑林场自然保护区展馆里见到的豹子标本,另外一只就是后面将要遇到的一只"槐树豹子"。

子午岭人如果给豹子做一张名片的话,上面应该印上以下内容:国家一级野生保护动物,学名华北豹,俗名金钱豹,其部落为中国境内最大的华北豹野生种群和唯一的特有豹种族。

和大鲵一样,豹子也是有国际背景的,说出来吓你一跳。据国家生态环境部"环境保护"网站资料显示,豹子属于《世界自然保护联盟濒危物种红色名录》中的濒危物种。这个"红色名录"从20世纪50年代开始编制,是全球动物、植物和真菌保护现状最全面、最权威的名录。名录将物种划分为9个等级,按照严重程度由高到低分别为灭绝、野外灭绝、极危、濒危、易危、近危、无危、数据缺乏、未予评估。而"红色名录"覆盖相关物种的生存范围、种群数量、栖息地、趋势、面临的威胁、亟须的保护行动等信息,是全球生物多样性重要的健康指标。

这首诗写到了豹子回来以后人们的矛盾心情。人们既高兴又害怕,但更多的还是"一种荣耀"和一种尊严——归来的豹子显示和证明了一种生态的优越感。

后面的《追寻吃了豹子胆的豹子》和《它们回来了》两章都是关于豹子的故事,耐着性子看下去吧。

第七首送给第七个小矮人,诗为《子午岭印象》:

山有秀色
水有倒影

野鸭子其实一点也不野
像幼儿园的小朋友
排着队去觅食

森林在起伏
庄稼很平静

传说中的小花豹
穿着朴素大方的花衣裳一闪而过
一只白狐点头钻进院门

太阳是金的
月亮是银的

三个偷偷戏水的光屁股孩子
忘记了今夕是何年
不敢回家了

　　这首诗是我对子午岭一个总的印象。在如画的意境里，既有景象，又有故事；既有人物，又有动物；既有具象的，又有抽象的，而且都是在用白描的手法勾勒，除了"太阳是金的，月亮是银的"使用了自然色，几乎没有一笔赋色渲染，我企图给读者呈现一幅国画似的子午岭风情图。其中，第一节、第三节和第五节都是静态的景象，当然包括眼睛看到的和心里感觉到的；第二节、第四节和第六节，分别是写动态的动物和人。诗的立意不言而喻。

20多年来，子午岭的生态变化令人欣喜，其主要表现是：山绿了，水清了，动物多了，人们有精神了。从北到南，见山皆秀色，望水有倒影；林区沟壑叠翠，乡村平静安详；野鸭野鸡野兔都像家养的，花海池塘稻田不是假的。当然也有这样一些让人惊吓又让人惊喜的消息：谁昨天见到了金钱豹，今天金钱豹又见到了谁。至于"太阳是金的，月亮是银的"之句，则是我对大森林里美好时光的感觉，而这来自于我行走过程中丽日和明月的一路陪伴。在三个半月的采访途中，除后期在南子午岭遇上了大雨天，其余我都是借朗朗晴日行走，而且我先后在7月、8月和9月三个月的中旬在连家砭林场、盘克林场、东华池林场、榆林保护站和白沙川林场等林区住宿过，幸遇子午岭上空那轮皎皎的满月。豹子的故事不用讲了，前面一首诗已经提及。下面我只说说诗中提到的"一只白狐点头钻进院门"和"三个偷偷戏水的光屁股孩子"是怎么回事。

先说白狐狸吧。采访途中，有人在朋友圈发了一个视频，一只野生白狐狸光临蒿咀铺林场涧水坡护林站，护林员正在拿鸡肉喂之，我看了甚是惊奇。到了连家砭派出所，我就打听这只白狐的情况，希望一饱眼福。连家砭森林派出所是庆阳森林公安分局最大的派出所，被称作中心派出所，管辖着连家砭、太白、平定川、北川和蒿咀铺5个林区的社会治安，所长李文锋当然对辖区的动态了如指掌。听说白狐早上出去觅食，晚上准时回护林站。按照白狐的这一"作息时间"，李文锋与护林站约定晚饭后我们去见白狐。连家砭森林派出所离涧水坡护林站不远，只有二十几分钟的路程。山林一片漆黑，只有护林站院子亮着一盏灯。见到护林员赵建平之后，他却说白狐刚刚走了，令我们大为失望。不过他又说，白狐就在附近，他试着叫一下，看能不能叫回来。我很好奇，野生狐狸也能叫回来？虽然充满疑虑，但我们还是跟着他出了护林站院门。在路边站定之后，只听他轻声喊道："回来，回来"，嘴里还有一种无法描述的象声词。顺着他的目光，大家都在黑黢黢的林子里搜寻。突然，我看见半山腰里有一道隐隐约约的白影，一动不动的，好像在一棵树上。我悄悄指给赵建平一看，他说就是的就是的。害怕人多把狐狸叫不回来，我连忙对赵建平说，我们其他人先进院子，你一个人在外面往回叫。这样，我们几个人就撤回院子里，并把大门敞开准备迎接白狐。我坐在房檐下的一个小凳子上，虽然装作若无其事地看手机，但内心既紧张又兴奋。在院墙外面，赵建平继续轻声地喊着"回来，回来"。不大一会儿，赵建平低声地朝院子喊道"回来了，回来了"。话音刚落，只见一只白狐真的从大门口慢慢地进来了，赵建平还把它让在前面，那一身白在灯光的照射下好像披着一身雪；白狐谁也不理，低着头，朝着光，小心翼翼地，寻寻觅觅径直走到屋檐下的电灯下，在离我不到4米的地方捉起了正在乱飞的蝉儿，一抓一个准，抓一只吃一个，动作十分敏捷。白狐还没有成年，最多三岁的样子，还有点小动物的那种单纯。我始终坐着没有动，等待白狐离我再近点，它真的就朝我来了，到了跟前嗅了嗅我翘起来的一只脚，又去逐一接近其他人。看它不怕人，大家都很兴奋，都忙着给它拍照，给它捉起了蝉。狐狸不怕人，人却害怕狐狸，大家捉到的蝉，谁也不敢直接喂到狐狸嘴里，都扔在了地上让它自己去吃。在院子里转了一圈，白狐就走了，但没有走大门，而是从院墙下面的一个排水洞出去了。大家急忙跟出去，只见白狐又回到了原来的地方，在半山腰那棵树上留下一道隐约可见的白影。

真是大饱眼福，这是我平生第一次见真狐狸。旋即，我就将白狐与我们亲密接触的照片发到朋友圈，微友们一片惊讶地点赞。发给妻子和女儿后，两个城里长大的人还以为是一只狗呢。赵建平说，白狐来站上已经半年，刚来时，他和另一个护林员任向前每天给白狐喂一点狗食，白狐就不走了，成了他们的一个伴儿。

不过，第二天有人说，这只白狐可能是人养的，不是野生的。他的说法是，养它的人不是林区的人，一次带白狐到林区散心，白狐就乘机跑掉了，流落到涧水坡护林站附近，被护林员赵建平发现并收留了下来；也有人说白狐是被人带到子午岭放生的；还有人说这些都是道听途说，白狐就是野生的，只是与其父母失散了而已。

不论怎样，这只白狐毕竟回到了自己的家园。起码，它在涧水坡护林站的"作息时间"和栖身之所都是"野生"的，甚至它今后在森林里面临的生存也将是一条野生之路。只不过，涧水坡护林站可以守护它一时，不可能守护它一生。

离开涧水坡护林站很久，护林员赵建平唤白狐"回来，回来"的声音还让我回想。

再来说说三个光屁股孩子是怎么回事。如果说一首诗有诗眼的话，最后出现的三个光屁股孩子就是这首诗的诗眼。盘克林场场部附近，有几个村庄，还有一个刚刚开发的乡村旅游项目"宋庄荷塘"。一个周末，午睡起来之后，我与朱晓庆在场部外面散步，忽然听见离村子不远池塘下面的溪流边有孩子的嬉闹声，我俩就穿过一个田埂信步走了过去。原来，是三个男孩子在戏水，大的13岁左右，中的有10岁左右，小的有八九岁，旁边的阴凉处还守着一只大黄狗。水不深，刚刚没住脚脖子，看没有什么危险，我们也就没有制止，在岸上看着他们尽兴尽情地玩着。一开始，他们还都穿着长裤或裤头，玩着玩着就开始脱裤头，率先脱的是那个最小的，然后是那个中的，最大的那个本来穿着长裤，最后脱得只剩下一个裤头，就不再脱了，但也一样光溜溜的。我给他们拍照，他们也不遮掩和回避，那个最小的家伙还故意在我的镜头前跑来跑去。没有了衣服，三个小家伙玩得更洒脱，一个给一个泼起了水，打起了水仗，开心得让人羡慕。我很想也和他们一样，但已经不可能了，我已经老得没有一个孩子的勇敢和率真。我当然是想起了自己的儿时，一边看着他们玩，其实在想自己泥鳅一样的童年。不过，我欣喜地发现，在我给他们拍的几幅照片里，我的影子居然被夕阳不知什么时候从身后推了下去，我的魂儿似乎与三个"光屁股"在一起。

临走时，我提醒他们赶紧回家，爸爸妈妈等着呢，他们也不理睬，继续玩自己的。记得，我小时候就经常玩得忘记了时间，最后都不敢回家了。玩过水之后，身上有水渍呢，爸爸妈妈一眼就能看出来，那就免不了一顿皮肉之苦。

这三个小男孩，就像穿越时空而来的"自然之子"。

在一个奇幻的梦里，正当我把七首小诗从"妙诗锦囊"里全部掏出来之际，七个小矮人就一个个出现在我的眼前。让我惊喜的是，原来他们都是《白雪公主》里的七个小矮人，《格林童话》让他们长生未老，自从救出白雪公主以后，他们一直守在那片大森林里，看见我的七首"小矮诗"就一起来到子午岭啦。我是第一个给七个小矮人写诗的人，七个小矮人非常高兴，一人一首拿走了我的"小矮诗"。

原来，地球村是一个命运共同体，七个小矮人所在的西半球大森林与子午岭大森林根连着根。联合国早就规定每年的3月21日世界各国都要共同过一个"世界森林日"呢，七个小矮人是联合国的森林使者，到子午岭大森林来过世界森林节。

这样，八个小矮人通往大森林的路上都是童话故事。我们一路惊奇，一些有童心的人也惊奇不已：难道是童话再现了？

正宁县五顷塬回族乡孟河村，也是黑狗崾岘管护站所在地，管护站与村委会紧挨着，像一个小寨子。这是一个木偶村，一条南北走向的过境公路边上，一字等距离地立着一些巨型木偶造型，有人，有马，有鹿，有兔，有牛，加上一些零星的艺术花盆和村标下的一个牛头，共有三四十个，蜿蜒二三公里。木偶所用材料，都是废旧木料和汽车轮胎，用各种颜色一刷，就成了美观的造型。这是一个不错的创意，看来当地人很有童心。听说是地方上搞的，我们走进村委会问了一下几个人，他们说是乡上的乡村旅游项目，为了美化环境和吸引游客。这真是一个美丽乡村，走入其中，犹如走进一个童话村，小矮人们一个个欢喜不已。

还有一个稻草人村呢。走进富县直罗镇胡家坡村，1000多亩绿绿的稻田里和周围的田埂边，都是各种造型的稻草人，有暮归的水牛，有戴着草帽的放牛人，有在树荫下歇凉的村姑，有俯身插秧的男女老少，还有唐老鸭等各种卡通人物；人物造型的比例和真人一般大，卡通人物的比例则比实际大出许多。放眼望去，就像一个世外桃源，田园恬静，风光旖旎，如诗如画；穿行在芳草萋萋的田埂上，犹如走在画中诗中一样；还没有到收割季节，只有稻草人忙着，几个男人则在村口闲聊，那种悠闲的样子，让人感到非常惬意。我都思谋着住下不走了，和稻草人多待几天。听我这么一说，七个小矮人连连称是。

旧货市场见得很多了，但娃娃们摆摊的旧货市场我还是第一次见到。在正宁县城，一天饭后，我和七个小矮人去街道上散步，走到建有一个仿古牌坊的步行街上时，一个不小的地摊旧货市场挡住了我们的去路，大家低头仔细一看，摊主们居然都是十岁左右的孩子，三四十个摊位呢，每一个摊位上最少守着两三个小摊主，有一个小摊主还跷着二郎腿，嘴里吃着冰棍，挺像一个小老板。摊位都整整齐齐地摆在步行街道两边，中间三四米宽的人行道上，顾客来来往往，熙熙攘攘的，而且孩子多大人少，孩子是主角，大人只是配角。每一个摊位的旧货都整齐地摆在一块塑料布上，文具、玩具和书籍等，似乎啥东西都有。在一个摊位上，一个八九岁的女孩给我推荐一本《鲁滨孙漂流记》，我一看定价是38元，书印得很粗糙，可能是盗版书，她当然不知道，我故意问多少钱，她说给我便宜8元。我当然不会买，但我只说小时候就看过几遍了。生意没有做成，小摊主也很客气，说了一声没关系，还微笑着竖起手指比了一个胜利的"V"字，一副很可爱的样子。来来回回走了两趟，我什么也没有买，但七个小矮人却满载而归。

这个旧货市场，真是一个现实版的童话世界。对于那些小摊主，其意义不在于经济收益，而在于培养他们的一种独立精神，而且小朋友们还通过一个旧货市场分享着彼此的童年。我想，不论是小摊主们，还是其背后的组织者，都值得给予点赞。正宁分局在正宁县城住有300多户1200多人呢，其中必然有林场的孩子。

子午岭居然还有大峡谷，这是我没有想到的，看来我对子午岭还是缺乏了解。默默无闻的甘泉县大峡谷，让我们大开眼界，超乎我们的想象。大峡谷不大，但很神奇，峡谷内部都是水冲刷而成的洞天之境，好像已经有一万年了，从一个洞口进然后从另一个洞口出，竟然像钻进了一个巨大的陀螺里面。也许，所谓的大峡谷就是一个小陀螺，只不过是我们太渺小而已。

看我一路和七个小矮人在一起，知道哪些是童话哪些不是童话吗？如果有一颗童心的话，眼前的一切自然会分得清清楚楚。

像童话《白雪公主》一样，世界上那些美丽的童话都是不会老的。但是，我们必须回到生长童话的大地上去寻找童话的种子，然后回来给孩子们种童话。

火凤凰不是传说

"打火比打仗艰难！"打了一辈子仗的梁生财这样说打火是有根据的，刚到甘泉经历的那次九天九夜的打火之战，让94岁的梁生财印象深刻。

一个夏日，在甘泉县城劳山林业局老家属院一个安静的独门小院，我拜访了子午岭最老的林业人——94岁的梁生财。福星高照的梁生财应该是"林一代"的优秀代表。梁生财的经历，富有传奇色彩。打开"话匣子"后，梁老最自豪的一句话是："我打了一辈子仗，从来没有受过伤。"这真是一个奇迹，好像枪林弹雨中那些弹片和子弹都躲着他飞了。梁生财是山西定襄县人，与阎锡山和薄一波是一个县的老乡。梁生财打了半辈子仗，戎马半生，从山西老家打到四川，又从四川打到朝鲜，然后回到安徽继续当兵。1957年转业到陕西甘泉清泉森林经营所，干到劳山林业局副局长退休。好像为了证明什么，他马上搬出了一大摞荣誉，其中最新的一个是"中国人民志愿军抗美援朝出国作战70周年"纪念章。梁老的老伴73岁时去世，已经故去十几年。如今，他已经有了重孙，四世同堂。他每月有1万多元的退休金，除了供孙子上学，还雇了一个保姆，钱当然花不完，都给孙子存着。梁老过着神仙似的日子，一根拐棍，一个小马扎，出门逛逛街，看看下象棋，打一会儿扑克，回家后再瞅瞅电视，天天坚持午休。他不吸烟，只喝一点小酒。每晚8点准时上炕睡觉，第二天5点就起床，开启新的一天，春夏秋冬都是如此。为了再次验证一个94岁的人的记忆，我问他山西省定襄县的襄字怎么写，他竟然清楚而流畅地回答："一点，一横，两个口，两横，两竖，一撇……"接下来的笔画他好像不会说了，就用手在空中很准确地比画了几下。看来，他不但清楚地记着自己的人生经历，还记着故乡定襄的一笔一画。

一个人平平安安地活在青山绿水间多么美好。

从打仗说到林业，梁老就说了"打火比打仗艰苦"那一句话。他刚来林场的那一年10月，因为遇上天旱，白家畔发生了一场森林大火，火势冒了一丈多高，烧了九天九夜，他跟着大家救了九天九夜，结果300多亩树林被毁。在这九天九夜的打火中，他也毫发未损。说到森林火灾，梁老还说起了当时迁到清泉林场的中国农业大学，说起了因为开荒点火而遇难，至今还埋在那里的几位教授。

我完全相信一位老兵"打火比打仗艰难"的体会。到了富县桥北林管局，一个下雨天，我抽空在一个饸饹面馆里采访了桥北森林消防队副队长武胜利。他今年已经48岁，消防兵出身，1994年从成都消防支队转业到富县。武胜利说，人们都知道干消防苦，但不知道干森林消防更苦，而且危险性更大。平时，军事化管理，不但要24小时值班，还要练兵、巡警。别人能天天陪婆娘和娃娃，消防员每年365天有300天陪不上婆娘娃娃，婆娘经常埋怨，娃娃好像没有他这个爸爸。和林业人一样，消防员都盼着天下雨下雪，因为遇上这种天，就不会有火警了，自己就可以回家陪婆娘和娃娃。武胜利停了一下说，刚才，婆娘还打电话问他，天都下雨了，你怎么还不回来？说时，武胜利的眼泪都快流出来了。抹了一下眼角，他继续说，一旦上了战场，就要翻山越岭，就要上山爬洼，就要披荆斩棘，就要赴汤蹈火。每年出警大大小小十几次呢。前些年，都是"以林为本"，不是"以人为本"，火警如山倒，消防员见火就上，奋不顾身的。到了现场，看见燃烧的林子，心里就在流血，恨不得飞过去把火一下扑灭。进了火场，不要说熊熊的火焰，烟雾都能把人呛死，眼睛睁不开，一把鼻涕一把泪的，要人命呢！说到这里，武胜利的声音有点哽咽。

我一直没有提问，不想打断他，听他继续说。接到消防命令之后，每个消防队员必须在10分钟内出发，而10分钟的最后一秒前必须完成以下准备：着装，携带灭火机具，包括风力灭火机、分水灭火机、灭火弹、灭火枪、帐篷、背包（内有砍刀、铁锹、救生绳、对讲机、望远镜和GPS定位仪）、油锯、割灌机，当然还有必需的干粮和水。火警是防火指挥部通过火警电话12119接到的，然后迅速下达命令，明确打火地点。指挥部和消防支队一样，都是24小时值班。桥北林业局消防队编制40人，其中消防队员26人。每次出发，除6名行政管理人员外，20名战士一个都不能少。这些消防员年龄普遍偏大，加上新兵伢子、老弱病残的，体力都跟不上。消防装备也很落后，城市消防已经有了直升机，森林消防只有风力灭火机和分水灭火机。牢骚归牢骚，打火绝对不能马虎。我们的原则是"打早，打小，打了"，直到把火打灭。

战士必须上战场。武胜利最难忘的打火之战有两场。一场是2015年年底宜川集义镇地方林场的火灾。当时，他们接到火警已经是深夜1点，20名战士火速出发，但因林区道路不好，走了三个小时才到达，到了现场又上不了山，消防车无法通行，战士们只好背着沉重的装备步行上山，走了两三个小时到达前线指挥部后，林区又没有路了，然后又走了两三个小时才到达火场。一路上，战士们边走边砍树梢，挥汗如雨的，虽然脚步艰难，但心急如焚。远水救不了近火，那场火最后当然扑灭了，但路上耽搁的时间不知多烧了多少林子。林区走路难那是人所共知的。另一场战斗，是1997年5月中旬黄陵的森林火灾。接到火警命令之后，20名消防战士也是火速出动，长途奔袭100多公里，虽说是火速但不能超速，路上整整赶了两个多小时。到达现场后，参与制定了扑火方案，他们就立即投入了战斗。他们的策略是"分割围堵，安全扑救"，即：从两翼扑救，从火尾进入火场，不能打火头，沿着火线扑救，因为从火头打太危险，作用也不大。5月的陕北林区，天气还十分寒冷，整整七天七夜呀，前面火烤，后背冰凉；吃不上喝不上的，即使是吃上了喝上了，也是一半生一半熟。而且，那时候还没有帐篷，大家都在露天歇息。

武胜利是消防队唯一的专业消防员。当初，去成都当消防兵是因为祖国需要，到林场来当消防员也是林场需要，但对他来说更是为了生存。他上有老下有小，小家四口人，婆娘没有工作，一个孩子已经上大学，另一个孩子还在上小学；双方父母都还健在，都已经80多岁，需要人照顾。这一家人都靠他每月5000多元的工资养活，生活很困难。

森林消防员的职业的确让人敬佩，但他们的生活待遇却让人唏嘘不已。桥山林业局消防员刘振峰因为打火而落下残疾之身就让人怜惜。2000年3月27—30日，刘振峰参与了两次打火。第一次是27日，林场的撒撒沟林子起火了，队长带着他们4个人刚刚把火打灭，又接到黄陵县地方林区的火警，于是他们又马不停蹄转战黄陵打火。当晚赶到火场后，火势已经很大，火光冲天，烈火熊熊。因为不熟悉地形，加上火光挡住了视线，他突然一脚踏空，跌到了二三十米深的悬崖下面，仰躺在一块草地上。幸亏当时身上背着灭火器，使身体在坠落过程中保持了平衡，没有让他头部着地，才捡回了一条命。但是，一个土堆却致使他胸椎粉碎性骨折和中枢神经破裂。到医院后，确定为二级工伤。出院时，医疗费花了20多万元，县政府给了10万，其余10多万至今还在县红十字医院欠着。为此，他找过一次黄陵县政府领导，没有结果他就没有再找。丧失劳动能力之后，他没有上班，每月领着4300元的工资。21年中，他没有任何诉求，也没有找过任何人要过任何赔偿。但是，就在最近统一清理吃空饷时，政策把他"清理"了出来，他当然觉得不公平，才提出了诉求。单位也觉得不公平，已经为他的事上报了申诉材料，听说延安市纪委正在审理。目前，刘振峰的身体状况是，因为肌肉逐渐萎缩，平时坐的时间一长就支撑不住了，身体就会隐隐作痛。

人就是火种。只要人在，火是不可缺的，火灾也就不可避免。早于伏羲氏的那个"钻木取火"的燧人氏，所钻取的星星之火就取之于森林里的一根木头。而且，大自然本身就是一个金木水火土缺一不可的混合体，事物之间，彼此相依，又彼此相克。所以，火不怕，火灾也不怕，严防严控就是。敬畏自然，首先要敬畏自然规律。

子午岭的森林史，就是一部防火史。一直以来，在所有的森林灾害中，火灾是重中之重。火灾分四级，分别是：一般火灾、较大火灾、重大火灾、重特大火灾。一般来说，护林员的天职是防患于火情之前，消防员的天职是抗灾救险于火警之后，但护林防火不仅仅是护林员和消防员的事，其与森林里外的每个人都关系密切。

林区的火灾，如果控制不住，就是森林的灭顶之灾。战火不再，只有森林生长过程中自身或人为的隐患。在林区，每个人可能都是一粒火种。在岔口林场采访时，已经退休的李浩然说，去年，在张村驿林场，一个老汉在地边放火烧玉米秆，烧掉了几百亩油松林，听后让人心疼不已。老汉是一个贫困户，结果没有追究法律责任。这是我在采访中听到的最新的一次火灾。在农林混杂的区域，火灾隐患最多。也是在岔口，有人说，前些年黄龙县一个什么局的局长上坟烧纸，引发了一次小火情，就被"铁面县长"当场免职。在子午岭，火灾就是这样来的，而防火就是这样防的。

每年的10月1日到第二年的5月底都是森林防火期。其间，入户宣传，清山查林，雷打不动。因为文化传承的原因，烧纸祭祖不可能在短时间内禁止，防火期内的清明节、中元节和春节林场都是重兵把守。正如我在太白林场了解的，这些年，林场职工没有人给先人烧过纸，每年清明、春节都在守山，看别人给先人烧纸。各家烧纸都不是同一天，每一个坟都不是只烧一次。上坟的人电话护林员都有，提前联系人家，问清楚什么时候去，然后同时去。必经的路口都有二维码，进出都要扫一下，进去但没有出来的人，都要追踪打听下落。去公墓烧纸的人还好防备，那些因坟地分散而零星去烧纸的人就防不胜防了，护林员必须守在人家坟地旁边，看着人家把纸烧完把纸灰打灭才能离开。每年大年三十家家都要放烟花，护林员也要在旁边守住，直到人家放完尽兴才能回家过年。前些年，年三十烟花引起的火灾不少，禁止放烟花之后这方面的火灾就明显少了。棋盘林场场长田王成记得很清楚，2016年大年三十，焦寨村一农户上坟烧纸引发大火，树头火幸而被林场职工和村民联手及时扑灭，但害怕地下火"死灰复燃"，他们让村民们回家去过年，林场150个职工留下来继续蹲守火场，集体在山上过了一个"守火三十"之夜后，才在初一、初二和初三陆续下山。火场火包括树头火和地表火两种，树头火打灭了，地下火不一定就灭了。地下火也叫暗火，由腐殖烂树叶生成，是否着火又是否被打灭，根本看不见。因为林区的农民也受到林场的培训，绝大多数人的防火意识还是比较强的，对个别疏忽大意引发的火灾，大多数人总是充满了歉意，而林场职工帮他们扑灭与他们休戚相关的大火更是让他们感激不尽，所以那一天傍晚，林区的农民送来了棉大衣，第二天一大早又用桶挑着送来了热包子。的确，打火离不开群众，打火需要人。上坟烧纸和农田烧秸秆，是目前农林交错地区最大的火灾隐患，而这必须靠林业人和周围群众联手防范。2019年3月，一个农民烧秸秆又引发火灾，危及云梦山风景区，他们人手不够，就及时从周围村庄和社会上调来了90多人，一口气灭了大火，守住了防线，保住了云梦山。农民烧秸秆和上坟烧纸一样，目前还不能完全杜绝。秸秆必须三年烧一次，否则会发生病虫害。2018年当地发生过一次虫灾，一种黑色的虫子席卷而来，遍地都是，专吃玉米胡子，对玉米生长造成了极大危害。科技人员说，这种虫子就与几年未烧玉米秆有直接关系。所以，传统的"刀耕火种"是有一定道理的。这几年，玉米秸秆都是大型机械收割后顺便压缩打包处理了，但一些用不上大型机械的小面积玉米地，玉米棒收后留下的秸秆必然还需要人去火烧。

　　田王成让我长了不少见识。他还说，"防火于未燃"是最成功的防火境界。2018年11月，林区的天气已经很冷了，一位县上领导为了考验林场的防火准备，一天晚上11点突然打通林场办公室的防火电话，说某某地方有火情，命令他们立即出发扑救。他当然信以为真，放下电话就火速带着7个人，13分钟赶到10公里的"某某现场"之后，发现原来是一次考验，虚惊一场。虚惊不怕，最怕的是"实惊"。

　　"黑烟是烧秸秆，白烟是初燃的山火，如果发现火警首先得给场部报告。"在太安高楼洼瞭望台瞭望塔上，护林员叶俊英说完又把望远镜递给我。眼前的景象，与我之前在几个瞭望塔所瞭望到的景象一样，近处树冠叠翠，远处林海浩茫，远远近近安静恬然。"在这里可以看到方圆直线距离10公里的库全、阳湾和刁坪三个林场林子里的动静"，他又补充说，"20年只发现过火警，没有发生过火灾"。

　　老叶已经59岁，马上退休，似乎有点不舍。老婆秦淑云原来也在瞭望台上，前年退休了，现在只剩下他一个人。两人有一儿一女，都是自由职业者。夫妻两人也均是"林二代"，先前分别在别的林场，聚到这个山上后一起待了20年。老叶很满足，他最大的成就感竟然来源于能够顺利地工作。在平时，他每天晚上11点后睡觉，早上6点起床，第一件事是先上楼瞭望一下，然后下楼生火做饭；吃罢饭之后，每隔两个小时再上楼瞭望一次；而晚上入睡之前，还要再上楼看一圈，否则睡不踏实。进入防火期，他每天拿一包方便面，提一壶水，守在楼顶，居高临下，像一个"森林司令"，不停地举着望远镜瞭望，发现火警就发信号。时间长了，1里路之远村子里的声音和300米距离公路上的动静，他都能听出个所以然来。老叶的瞭望台是一个三层小楼，楼顶就是他的瞭望塔，上上下下共1540平方米。一楼院墙内是老叶的生活区，四间房，他住了一间，其他是库房，放着防火工具。老婆走后，能给他做伴的就是两只狗，一只大狗用绳子拴着，另一只还小，在院子里自由活动。

还有一窝喜鹊呢，刚到瞭望台时，老叶和老婆在院子里栽了三棵杜仲树，当时只有食指粗，一个半人高，现在已经有十七八厘米粗十二三米高了，上面还垒了一个喜鹊窝，住着6只喜鹊。三木成林，三棵杜仲树已经绿树成荫。杜仲树为落叶乔木，树皮灰呈褐色，比较粗糙，内含橡胶，折断拉开有许多胶状的细丝；最高的可长到20米，胸径可达50厘米。杜仲树是中国特有的珍贵树种。子午岭不是杜仲树的原生地，但已经普遍种植。

喜鹊报喜。功德圆满的叶俊英、秦淑云夫妻，意外在山上留下了一家子喜鹊，叽叽喳喳守着他们的杜仲树。

还有人就出生在火场。在庆阳市林草局采访一些林场的"老林"时，我遇到了并不老的"林二代"武筱婷。座谈中，她没有说多少话，而是意外向我提出了一个不小的诉求：她写了一篇报告文学，让我给出版社推荐一下，帮她把书印出来。我问作品是什么题材、多少字，她说写林业的，26万字，名字叫《绿魂》。她当然希望正式出版，但因为没有见过她写的东西，加上一听作品名字很过时，我没有敢当场答应推荐，而是让她随后先选出其中最精彩的3000字给我看看，拍照发我也可以。互加了微信后的很长时间，她才发来了几个拍自打印稿的照片。

没有想到，武筱婷讲的故事就发生在我出生的那一年，我出生在年头，而故事发生在岁末。1963年12月30日，在罗山府农场三连三班所在的坡头村，一个农民在一个叫"杀人坡"的地方祭祖烧纸，意外点燃了坟头上的枯草，风吹草动，火仗风势，从而引发了一场森林大火。那时候还没有森林消防，大大小小的火灾都靠人力扑打。发现火灾后，除了小孩子，农场的职工，生产队的社员，男男女女老老少少，倾巢出动一起上了。在这个打火的人群之中，有一对农场的职工夫妻，男的叫武铸玉，是场里的文书，陕西长安工校学林的中专毕业生；女的叫翟慧之，是林场加工厂裁缝班班长。打火现场一片火海，火蛇遍地窜，火龙漫天飞。火场附近没有水，大家就用土浇，冻地挖不下土，就用铁锨拍，打得火星四溅。因为没有打火经验，大家见火就打，不管火头火尾，混乱不堪。一开始，大家只顾打火，谁也没有注意谁在哪里，但当扑在火头上的翟慧之突然倒在地上后，才有人惊得大呼小叫地喊："快来呀，快来呀，翟班长出事了！"武铸玉更是吓了一大跳，已经怀孕七八个月的妻子怎么也来了！他立即跑过去抱起倒地的妻子，只见她的一张脸因为烟熏火燎已经黑乎乎的，没有了人样，而整个人也已昏迷不醒。武铸玉始终紧紧抱着妻子，不敢使劲摇，只是和大家你一声我一声地喊，直到把妻子叫醒。刚一睁眼的翟慧之并不迷糊，第一反应就是用手摸了一把下身，只听她哇的一声叫道："我的娃呀！"这时，武铸玉才看见一个肉乎乎的胎儿已经从妻子的身体里流了出来。啥都不知道的武铸玉惊慌地喊：孩子怎么自己出来啦？这样，武铸玉就顾不上救火了，转而和韩英秀一起来抢救自己的孩子，同时拉上农场唯一的医生周敦范。回到家后，面对胳膊和腿只有大人大拇指那么粗、没有一丝呼吸的孩子，周医生吓得不知怎么办。正在这时，一直处于昏迷中的翟慧之，似乎听到了什么，突然醒来了，看见孩子还有一点人样子，就示意大家用被子裹起来，紧挨着自己的身边放下。

　　幸运的是，经过周医生的进一步抢救，三四个小时之后，这个胎盘还没有发育成熟、只有3斤重的女孩竟然神奇地活了下来。从她睁开眼睛的那一刻起，大家都叫她"火凤"——火凤凰，一场大火所赐的名字。

　　的确是一个奇迹，火凤凰不是传说。我被这3000字的故事深深吸引。从已有的资料看，近60年前的那个时候，人们防火意识比较淡薄，加上农林交错，森林火灾频发，当地农场、农村因为打火而时有人员伤亡。但那一次，谢天谢地，似有天佑，大火被打灭之后，不但没有一个人伤亡，还意外在火场诞生了一个女孩，恰似一个浴火而来的火凤凰。

　　这只是火凤的传奇出生，接下来呢？因为疫情阻隔，考虑到短时间之内不可能前去面对面采访武筱婷，我当即就和她在微信里热聊了起来。已是深夜，因为凭借网络飞越了时空，我们之间的距离，想起来很远，看起来很近，彼此如在眼前。

　　又弱又小的早产儿火凤，得到了爸爸妈妈格外多的守护和照顾。学会走路前后的那几年，火凤一直被爸爸架在肩头上。从那时起，爸爸妈妈就给她讲子午

113

岭的故事，人的，动物的，草木的，很多很多的故事。不久，爸爸妈妈又相继给她生了几个弟妹，她虽然是老大，但仍然在父母的庇护之下，家里的重活从来不让她做。这样，兄妹们也就知道了自己的姐姐是一个早产儿。她当然也知道了，就追问爸爸妈妈早产儿是什么意思，父母就给她讲了她浴火而生的身世。1980年，高中毕业的火凤正好遇上农场招工，就通过考试成了一个"林二代"，整天跟着爸爸学习培育树苗和果树嫁接。而每年到了冬闲时节，她就被单位抽调去巡查火险，宣传护林防火。三年后，因为林场陷入困境，为了生存，火凤通过姑父的关系调到了另一家企业，离开了农场。其间，火凤爱上了写作，业余时间自费上了一个新闻大专，在单位搞宣传。火凤虽然人离开了农场，但心一直在子午岭，她不会忘记给自己接生的医生周敦范叔叔和韩秀英阿姨，不会忘记自己的出生地——罗山府农场。成家有了孩子以后，她不但告诉了孩子自己的小名叫火凤，还告诉了孩子自己是一个早产儿，当然也把爷爷奶奶的故事告诉了孩子们。

深夜聊到这里，千里之外的武筱婷突然停了停，然后又说，火凤就是她，她就是火凤，火凤是她的小名。

其实，这一点我早就猜到了，尽管她没有用第一人称叙述，但因为她曾经说过自己的作品是报告文学。这样，我对她的《绿魂》也有了一个大致的了解。于是，我在微信里问她，为什么要写这个《绿魂》，名字有什么寓意吗？

"我之所以写《绿魂》，是为了表达一种对林业的感恩情怀。作品不只是写了我一家的故事，里面有名有姓的护林员有50多个呢。子午岭不是我一家的。'绿魂'想表达林业人的创业精神，一种以自己的生命保护树木的忘我精神，它代表着林业人的梦，绿色梦，生态梦。"火凤如是说。我从微信里了解到，写这部作品时，因为企业倒闭她已经下岗，除了干着一个兼职会计，平时基本闲着，而完成整个作品，她用了其间整整4年的时间，一年深入子午岭采访、查资料，三年伏案写作，4年里昼夜不舍。26万字的《绿魂》整体究竟写得怎么样呢？如果质量可以，我会尽我所能推荐。听说武筱婷正在寻求庆阳市林草局的支持，不知情况如何，希望能够尽快出版。对此，我翘首以待。

走进子午岭大森林，请记住火警的名字"12119"，也请记住这个名字背后子午岭的两大员：消防员和护林员。

一个密林部落和一个山大王

  大森林深处总是隐藏着许多秘密。

  庆阳市干湫子林场就是这样一个秘密部落。这个林场原名为庆阳专区生产教养院。其特殊之处是，在中华人民共和国成立时期，它曾经是一个"藏污纳垢"的地方，甚至后来还一度成为一所准"监狱"，它的管理性质不同于其他林场；其秘密之处是，在国家最困难的时期，它不但没有饿死过林场一个人，还为国家上缴了70多万斤粮食，救济了不少人。这是一段国家往事，也是子午岭大森林不可磨灭的记忆。

  干湫子林场的神秘身世公之于世之后，子午岭森林史似乎平添了一笔沉重的色彩。我第一次走进干湫子林场就有一种神秘感，而这都来自于深埋在森林里的沧桑岁月。

  正值盛夏，子热午炎。群山环抱的干湫子林场，位于北川林场、蒿咀铺林场、连家砭林场、大凤川林场和东华池林场5个林场之间，地理位置十分封闭，沟壑山岭纵横绵密，茂盛的森林如栅栏一样，围扎在凹下去的干湫子林场四周，可谓十面埋伏。当地有人说，飞禽走兽可以在这里自由进出，但人一旦孤身闯入就很难走出去了，如果再身陷高墙的话，那只会落得个插翅难逃。

  20世纪50年代初期，干湫子林场收容改造地痞、流氓、妓女、赌徒、大烟鬼，同时收容安置流浪者和老弱病残；50年代后期，反右扩大化，开始接纳陕甘两省的劳动改造人员。1968年以前，林场一直由甘肃省民政厅管理。1969—1974年，出于政治和实际的需要，兰州军区一个排进驻，实行全面军事化管理，收容所从此变成了"监狱"。但是，因为其性质的特殊性，"监狱"一词在林场里外都是一个不能说的忌讳。1979年，林场回归收容职能，又安置了一批人员，其成分比较复杂。1980年改革开放前后，国家拨乱反正，彻底落实政策，在押人员被逐一遣返回原籍安排工作，至今再没有收容安置，脱胎换骨成了一个真正的林场。自此，山沟里一个一度热闹的地方空寂了下来，窑洞牢房和黄土高墙渐次在时间里荒废或坍塌，并被郁郁苍苍的林草淹没。1985—1986年，经甘肃省人民政府、庆阳地区行署先后批复，又将农场改为林场，成为子午岭大森林的一部分。

不过，"监狱"的铁门还在，只锁着一院荒凉，锈迹斑斑不再铮亮，因为临近公路边，偶尔有过路的人会扶住冰冷的铁栏好奇地往里探望，忽然会惊起三两只小鸟来。那天，我路过时也这样探望了一番，也忽然惊起了几只不知名的小鸟。其时，我的胸前陡生一股暖意，脊背也随之沁出一股寒意来：我仔细体味过了，此暖来自60多年前那70万斤救命的粮食，而此寒出自于一个荒诞而又真实的年代。也许，这就是历史存在的意义，忽明忽暗，冷暖参半，慰藉与哀怨同在。虽然一切都过去了，但该我们记住的东西必须记住。毕竟，一个特殊的部落，在一个特殊时期，不但用自己的苦难养活了自己，还养活了别人。从这一点上来说，这个部落是一个充满阳光的英雄部落，我们亏欠他们的太多太多。

那个年代，不仅是干湫子林场这个特殊的部落，许多外来人之所以没有被饿死，都是因为子午岭大森林的庇护和喂养。而且，在子午岭林区，类似的机构也不止干湫子林场一家，陕甘两省子午岭林区的犄角旮旯还有几家，比如槐树庄林场、上畛子林场等。但这些都是劳改农场，是名副其实的监狱，而干湫子林场是一个"打擦边球"的，与它们是不一样的。就是说，干湫子是一个历史的例外。子午岭林区的劳改农场或者监狱早已搬出了深山老林，迁往离城市比较近的地方，如西安、兰州。这种人性化的变迁，体现了现代文明对人的关怀。

特殊部落还留下一些遗民,所以干湫子林场还在。林场如今由庆阳市民政局管理,机构健全,管理科学而又人性。林场虽然也在子午岭,虽然也是青山绿水,也执行着国家的林业和环保政策,但事业与子午岭其他林区无关。

感谢干湫子林场曾经成为我们的一个粮仓。在当时,70多万斤粮食可不是一个小数目,如果分给70万个人,每人尽饱吃还能吃一两天呢,不知要少饿死多少人。林场原来占地13万亩,基本都是森林,因为要种粮食,大都开垦为农田,这样才有了养活林场人的粮食和贡献给国家的那70多万斤粮食。林场退耕还林以后,现有耕地6000多亩,实际耕种不到3000亩,既种粮食作物,又经营苗圃,养活着剩下的那些人。

这个历经"生产教养院""劳动教养农场""安置农场""安置林场"几个时期的密林部落,可能面临着一次蜕变。场长邓文斌说,林场失去民政安置职能后,基础设施、林场发展等方面没有政策支持,却要承担相应的环境保护、林区防火等职责,与外界社会发展严重脱节,更赶不上子午岭其他林场。干湫子林场已经成为生产经营活动禁区,没有学校,没有医院,人居环境差,而且当地水质差,是"大骨节病""克山病"等多种地方病的多发区,不利于工作人员身心健康和生活。所以,他们已经向庆阳市民政局提出,建议将林场改为"庆阳市民政事务服务中心",机构规格、隶属关系和人员编制不变,但赋予其民政信息化建设、网络平台管理等新的职责。

看来,管人的人也待不住了,森林不留他们。邓文斌所陈述的实际情况非常客观,所期许的听起来也非常合理。对于社会的文明进步,这是一件好事,如果他们能够如愿以偿,就会又有一群人离开林区,有利于子午岭的生态文明建设。

林场曾经管理着88户186人,但现在已经没有那么多了,殁的殁了,走的走了,该留下的都留了下来,靠林场分给的耕地生活。这些特殊遗民,都赶上了时代,已经融入社会的怀抱,与我们没有什么两样。当初,这里的"初民"可不简单,除了那些妓女、赌徒、烟鬼和流浪汉什么的,还有大学校长、飞行员等高级人才。具体的人,后来的场长邓文斌似乎只记住了两个,一个是已经去世的胡德福,是兰州市交警队警员,一辈子没有结过婚,还上过朝鲜战场呢，转业到兰州交警队后，因为害怕每天的文化课学习，实在坚持不下来了，加上经常吃不饱肚子饿，就干脆离开了单位，流浪到社会上后就被收容了；另外一个连名字都忘了，只知道他是一个飞行员，还是一个朝鲜人，性格很孤僻，不爱与人交流，但干活一个人能顶两个人；至于怎么被收容的，谁也不知道，离开这里后，是死是活就再也没有消息。

遗民们都想忘记自己的过去，也希望社会忘记他们，更不希望外人去打扰，所以我也没有去问他们的过去，我不想再去揭他们的伤疤，不想让他们因为子午岭而再经受疼痛。不过，谁乐意讲，我也乐意听。我最想知道的是，在那个特殊时期，他们是怎么活下来的，并为国家生产了那么多的粮食。

1943年出生的甘谷人李证明，1965年因为家里吃不饱，就当了一个货郎，一路流浪到了干湫子，被当作社会游民强行收容。一开始是"场员"，后来升为"职员"，意思是从一个教养对象变成了一个正式职工。这个身份的变化是一个质的变化。刚来时，他还逃跑过一次，但没有跑出去。没有自由，有时候也饿肚子，小肚子能吃饱，大肚子吃不饱，他是一个大肚子，经常被饿得头昏眼花。场员吃不饱，但职员能吃饱，成为职员后他就不跑了。其时，粮食以杂粮为主，偶尔也有白面。全场有4个大灶，单身的上灶，成家的可以回家做饭。不论场员、职员都挣工分，相当于每天8毛钱。粮食其实是有的，只是要省下来直接从场里的粮库上缴国家。教养场规模很大，大场又分3个分场，每个分场有3个生产队。另外，还有园林队、基建队、宣传队和副业队。人多时，场员和职员加起来有5000多人呢，岭上岭下的窑洞都住满了，一出工漫山遍野都是人，在大礼堂开大会时更是人山人海。

在干湫子待了36年的翟艳明一些记忆的碎片也很珍贵。干湫子四面都是山，没有人烟，林子里还有老虎、豹子和狼把守，根本跑不出去。在他看来，当时最大的苦还不是劳动，而是漫长的寂寞，而这只能在场内自救。其时，"藏污纳垢"的干湫子有"小香港"之称，一些人恐怕不会怎么寂寞。精神空虚当然难熬，但最大的苦应该是克山病、大骨节病和肺吸尘病三大地方病对健康的威胁。

场里开垦了五六千亩土地进行农业生产，种小麦、玉米等粮食，种胡麻、油菜等经济作物，当然还种了各类蔬菜。猪哇羊啊鸡呀鸭呀都养了，但大都是放养，它们可以与那些干活的牛马在林子里自己吃饱肚子。劳动工具也很原始，除了用于开荒造田的两台链轨式拖拉机、一台55式拖拉机和几辆四轮拖拉机而外，场员和职员平时能使用的就是铁锹锄头砍刀之类。牛马也有，但那都不是生产工具，而是和人一样的苦力。

场员之中，啥人才都有，不过只有生产骨干、技术骨干和管理骨干才能成为职员。翟艳明还记着两个人才，一个是场员，一个是职员，场员是兽医专家刘亮，职员是动物专家王培贤。场员是历史产物，在场里时和农民一样，老了以后，是城市户口，交着养老保险。虽然他们的使命已经完成，但他们的存在和贡献应该被历史记住。有的人几乎把三代人的青春都献给了干湫子。

目前，留在干湫子上80岁的人恐怕不到10个了，都有着一个相似的暮年境况。

文志义活得好像很快活，我们几个人在林场院子里一棵树下吃西瓜时，他开着一个三马子进来了，招呼他坐下来一起吃，一开始他客气就是不吃，再三催促才坐下来，几下就把几块瓜啃完了。文老汉是庆阳驿马人，1954年来的，不久就回去了，而1961年又回来了，从此落地生根。这是因为，父亲当时是一个场员，母亲一开始跟着父亲，因为农场太苦，母亲就把他们几个孩子送回了老家，但到了1961年，遇上了那场大饥荒，老家待不住了，母亲又把他们几个领到了农场。这里虽然吃得差点少点，但还能混饱肚子。从此以后，他再也没有回去，放牛、放羊、管理员都干过，直到退休。两个儿子都是林场职工。老文很感恩，林场最初给了自己一条活路，现在又有一个安身之所，有病了还能看。

头不昏，眼不花，开了一辆三马子，就是现在的文志义。他自己说，是因为腿不行了，才开着三马子。其实，他养着七八十箱土蜂，整天忙着卖蜂蜜呢。"如果自己能活到90岁，就会给自己的蜂产品打一个广告。"说完，猛地一踩油门，开着三马子突突地走了。看来，老汉还是一个大忙人。

场员王志诚是一个流浪儿，13岁时一个人从清水县流落到干湫子。来这以后，他不但混饱了肚子，长大后还在当地成了家。如今，父母均已去世，家里5口人，一儿一女一个孙子，另外还有两个女儿，一个在河北打工，一个在场里工作。他和老伴住的也很宽敞，虽是5间旧平房，花了14000元翻修了一下后，住到百年没有啥问题。说到这些，老王显得心满意足。唯一不满足的就是工资太少，2004年退休，到现在每月才4200元。好在老伴每月还有80元的"五七工"家属工资。王志诚就是55式拖拉机手之一。那时候，每天耕120多亩地，每月42斤粮。1988年给一个领导搬家时，不小心从拖拉机上摔了下来，摔断了腰，啥都不能干，吃起了闲饭，已经在床上躺了33年。我采访老王时，老伴在地上伺候着，他就坐在炕上。老王的眼睛不行了，但耳朵很好，我问他什么，他就能及时地回答什么。同行的魏科长说，老王是个老实人，最伤感的事情是那次给领导搬家摔伤致残后，那个领导从来没有看过他一次。我问老王，你恨那个领导吗？老王说，这都是自己的命。

王志诚的家就在场部大门口出来对面不远的土坡下面，而离王志诚大门口不远就是林场原来的粮库，远处看去像个新的建筑。粮库建于1964年，共10间，320平方米。80年代以来，进行了多次维修，现当作库房和会议室使用。

野人？奇人？山大王？我遇到了一个一直过着野外生活的职员——80岁的张兴文，但他不是野人，而是一个奇人。听说干湫子林场有这么一个人时，我马上来了精神。

我记得很清楚，那天是2021年6月30日。中午我在离场部几公里远林场旧址的一个破落的院子里见到了奇人张兴文。看见其人时，他正在院子里"练功"，两手紧握一根已见光滑的杠木棍，做着一个端枪的姿势，嘴里还嘟噜着什么，念念有词的。仔细一看，他哪是在"练功"，而是在一个人玩耍，像我小时候玩木棍那样。这个"山大王"很像一个卡通人物：个子不高，目测一米七○不到；额头平坦，但刻着几道波浪式的皱纹；头发不多，已见一半霜色，头顶有点谢顶，但中间部位却意外竖长着一撮细发；山羊胡子不长，从上嘴唇漫到下巴后只留出一张嘴巴；古铜般的脸上略显红润，但有那么一点脏；一身衣服更脏，浅蓝色T恤塞在已经不知是蓝是黑的裤子里，一条破旧的皮带在腰里勒了一圈后长出来的半截斜插在外面；一双鞋子半缩半露在裤脚下不知是露是缩。最后画龙点睛：只见两道大刀眉上架在一双眼珠略为凸显却光亮有神的眼睛上，让人心生敬畏。

　　我没有害怕，交流了几句之后，我觉得他很正常，也很善良。来之前，有人说张兴文有精神病，从其言谈我看不出来。听说他一辈子没有结婚，我跟他开了一个玩笑："你这辈子碰过女人吗？"他一下害羞起来："你怎么能问这个问题！"旁边的一个人揭发他曾经爱过一个女人时，他更是不好意思，干脆不和我们说话了。

　　的确像个野人，真的是野外生活，从院子到房间，从房间到院子，都是杂乱无章，像一个垃圾场，而主人像一个拾荒者。院子是敞着的，没有一堵围墙，前面有一排房挡着，两边向山野开放；院子远处堆放着一些柴火，院子中间则是一个摊开在地上的灶房，灶具乱摆了一地，一只小土狗穿行其间；一共架着两口锅，都用三块砖头支起，下面的柴火已经熄灭，一口锅揭开后是半锅黑乎乎已经几天的剩饭，另一口锅没有好意思去揭；一应俱全的槽、缸、桶、盆、罐、壶等灶具餐具和一个小木凳，四下散开，各自为阵；两个铝制饭盆，一个里面放着三个特大的白馒头，另一个里面放着三只碗，一碗是吃剩的无名饭菜，一碗是野菜和一个空碗；靠房间的门口旁边，立着一个褪色的小木饭桌，上面摆着一些盆、碗、碟、勺、瓶和筷子什么的。房门锁着，见我要进去，张兴文急忙掏出一把钥匙，锁子好像已经很老旧，他转了几下才打开。屋子里再次让我惊奇不已，同样是杂乱无章：地上只有进门后的一步之内勉强可以站两个人，从窗户下依次是床被、柴火、煤块和各种杂物，而床被、柴火、煤块和杂物上面还堆着一些什么东西，包括床被在内，所有的东西都像垃圾，以我的笔力已难以描述。不过，眼前的一切，都被我逐个用手机拍了下来。让我惊讶的是，李兴文还是一个读书人，床头上竟然放着几本书，我逐个翻了翻，有一本《唐诗三百首》。另外还有一份去年的旧报纸——2020年11月7日套红的《人民日报》，折起来放着，头版头条是该报记者写的一篇《这五年，青山绿水更美丽》的报道。这些书报应该能证明主人的脑子没有问题，不是一个疯子。再翻下去，我又看见了一本日记，随手翻开后，只见工工整整、密密麻麻写满了一些东西，有日记，也有摘抄的。

　　小时候，张兴文跟着父亲张仁岭从河南辉县讨饭流落至此，被干漱子林场收容，父子二人从场员到职员，因为温饱有保障，就再也没有回辉县老家。张兴文最让人称奇的是，父亲终年之后，张兴文没有给父亲掘墓，也没有给父亲打棺材，而是直接让父亲留在窑洞里，然后几锄头把窑洞挖塌，将父亲埋在窑洞之中；其次，寒暑一身单衣，不讲究卫生，但从不生病，也不吃药打针，人把药送到嘴边，也会被他拒绝；再其次，就是他疯子一样的野外式生活，宁愿在房间堆满无用的杂物，也不愿安置灶具而在院子里做饭吃饭，而且是做一次吃几天，甚至变味了还在吃。

拒绝现代文明的张兴文让人惊奇又让人怜惜。几十年来，张兴文都过着这样的生活，像一个野人。除此而外，他和正常人没有什么两样。他还没有与世隔绝，人不孤僻，乐于助人，经常不计报酬地帮人干活；他还喜欢热闹，每当逢集，都要去20公里以外的蒿咀铺赶集，招摇过市，引得人们围观。"野人"之名就是这样传出去的。张兴文水性很好，不但经常在河里徒手抓鱼，先后还在河里、坝里救过几个孩子呢。

张兴文究竟是怎样的一个人呢，在子午岭？"山大王"非他莫属，奇人非他莫属，野人非他莫属，但他绝对不是一个疯子，也许他只是习惯了一种山野生活，也许他只是想再现自己曾经的生活镜像。张兴文可能是一个介于历史与现实之间的"职员"。今天的我们可能不能理解一个张兴文。

今日的干湫子林场，看上去很清静，大门对面有一个寂然的小卖部，旁边一棵树下摆着一个歇凉的石桌和四个石墩，几个老汉在谝闲传；场部北边有一个养牛场，老板是延安人，租赁了林场的一块闲地，养着200多头肉牛；场部后面几排历经风雨的平房还在，住着几户不愿离去的老职工。

子午岭森林最深沉的地方，可能就是干湫子这样的密林地带。

追寻吃了豹子胆的豹子

这只豹子真是吃了豹子胆!

有虎口脱险的故事,就会有"豹口脱险"的故事。有个连长,在从九岘林场返回桂花塬林场的半路上,突然遇到一只豹子袭击,头被从后面扑来的豹子的血盆大口咬住,在遭受豹子撕咬的生死关头,命悬一线的连长冷静地从腰里拔出手枪朝豹子胸脯就是一枪,豹子被突然一击后才松口放开了他。看见豹子没有死,脱险的连长接着又补了一枪,豹子终于倒地而亡。

这只豹子当然没有吃豹子胆,它就是一只豹子,豹子就长着一个豹子胆。这个"豹口脱险"的惊魂一幕,不是传说,而是一个真人真事,只不过是发生在30年前而已。九岘林场支部书记田平平如是说。

我决定去寻找那些吃了豹子胆的豹子。

又是一天,林区的每一天都是不一样的。正是中午,蓄满了阳光的森林热气腾腾,阴凉是有的,但都躲在林子深处。为了体验护林员的巡山过程,也为了找豹子,我们一行四人——正宁林管分局人秘科长王晓光带着护林员石永义和王海军,陪我徒步从调令关出发去刘家店林场,其间要穿越一条11公里长的秦直道。这是我长大以后第一次长途跋涉,对于我目前的身体状况来说极具挑战性。出发前,在王晓光递过来的两顶太阳帽中,我选择戴上了一顶印有"护林员"三个字的红色太阳帽。之所以选择这顶帽子,道理很简单,因为它是护林员的头盔。这不仅是我这次采访第一次戴护林员帽子,还是我平生第一次戴护林员帽子。红色的太阳帽,比太阳红,但比太阳凉快。

伏天蛇多,听说我最害怕蛇,走进丛林之前,石永义手起刀落,在路边砍了一根比拇指粗、一米多长的杠树枝,让我拿上"打草惊蛇"。于是,一路上我都在噼噼啪啪敲打脚下和路边的草丛,即使大家说蛇远远听见动静早就跑了,我心里还是害怕。走着走着,石永义突然指着路中间地上的一串动物蹄印说,快看,这是豹子的蹄印,两只小豹子的。豹子前掌大,后掌小,像一朵梅花,前掌是5个梅朵,后掌是4个梅朵。我非常惊喜,立马蹲下来欣赏起来,因为昨天刚刚下过一场雨,路面还很湿软,见两串梅花状的蹄印十分清晰,我就用手机拍了下来,并马上发到了朋友圈。看来,快见到豹子了,我很兴奋,也好紧张。林子里很闷热,蝶飞蜂舞的,蝶一见人走近就飞走了,蜂却不怕人,总是围着人飞。没有走几步,我的手腕上就被一只"黑蜜蜂"蜇了一下,一会儿就肿胀了起来。王晓光可能是吓唬我,说叮我的不是蜜蜂,是一种牛虻,当地人叫"七里牛",意思是一头牛被它蜇过之后,不出七里就会倒地而亡。我很是吓了一跳,听他的话,赶紧用嘴吮了一下。没有想到,我比一头牛厉害,走完一个"七里",也没有倒下。走着走着,走在前面的王海军突然蹲了下来,警惕地看着前方。见状,我们几个也赶紧蹲下身子。定睛一看,只见眼前十几米的路边卧着一只豹子,我立刻屏住了呼吸,紧握手里的杠树枝。但是,正当我不知怎么办的时候,王海军却笑着站了起来,不慌不忙地径直向豹子走去,吓得我差点喊出了声。跟着王海军走近一看,虚惊一场,原来是一截放在路边歇凉用的大槐树桩。只见槐树桩倒伏着,拱起着身子,前面还有一截肢体一样的粗枝撑在地上,而鳞片状的树皮因为日晒而已泛黄,极像豹子身上的斑纹,整个造型远看很像一只豹子。一截槐树装扮的"金钱豹",居然把护林员也差点吓住。

虽然是虚惊一场,但一路上我都在担心豹子突然出现,大家都在说豹子。两个小时走完林间的秦直道,一只"槐树豹子"仍然让我心有余悸。可我的运气不好,一连几天没有见到豹子。

30多年前,子午岭不少地方都是豹子的势力范围,因为老虎数量少,成群的豹子占山为王，时常出没，除了袭击林子里的野鹿，还袭击林场和村子里的牲口，就像是吃了豹子胆似的。

走到府村林场，陈和平说："小时候，豹子很多，村子里有一个人一年打了13只，一个妇女还用铁夹子夹住过1只豹子。那时候，国家不管，谁都可以打猎。"走到罗山府林场，工会主席王正顺说得更为详细。当年因为生活苦，为了改善伙食，不仅林场、地方成立了打猎队，部队上也经常来林区打猎。除了枪，还有7000伏电的"电猫"呢。他从小喜欢枪，虽然没有当上兵，但林场当时配枪配子弹，就实现了他的扛枪梦。从此，他就自学打枪，还找了一本《民兵训练手册》。练习打靶时，靶子后面的墙壁上，被他打出了一个洞，一米多深，像一孔挖了半截的窑洞。每过几天，他们都会捡拾一次弹头，一次能捡满满的一筐，一个人还提不动，必须两个人抬。弹头可以炼锡，而锡可以卖钱。练习打靶的枪，是老七九步枪和半自动步枪，但他选了一支小口径。学会了打枪，林场就派他去"搞活食"。因为他拿的是一支小口径枪，平时打的都是兔子。当时兔子特别多，最多的一天他打了十几只。兔子大都藏在豆子地里，他骑着一辆自行车，到了地头上，停好车子，一按车铃子，丁零零丁零零的，就会把兔子惊起来，这时候他就"枪打出头兔"。20世纪60年代，山里人才见到邮递员骑的自行车，在当时，自行车对于那些兔子来说就更是见所未见，所以听见自行车铃子响就如"惊弓之兔"。1995年林场开始收枪，他的小口径也就上缴了。

在庆阳市林草局采访那天，有人说，1957年从山丹军马场来的一个护林员，名叫张文汉，一天打死过20只豹子，让我吃惊不小。这绝对不可能，我提出了疑义，一是当时豹子的分布密度恐怕没有那么大，打鸟倒是有可能；二是即使有那么多豹子，一个人的体力也不可能在一天之内追赶那么多的豹子。当然，一个月打20只有可能，一年打20只也不少。但是，当着大家的面，说话的人言之凿凿，一口咬定是20只。

这个猎豹英雄究竟打了多少豹子，出于惊奇，第二天我就根据此人提供的电话找到了传奇人物张文汉。见面之前，我以为张文汉很彪悍，见面之后却让我很是失望，其人很瘦小，我甚至怀疑他一只豹子也没有打过。我的第一个问题就是他打20只豹子的事。他笑了一下说，不是20只，而是40只；不是一天，而是20年；也不是他一个人，先后还有一个杨保元和蔡世庆，当然大多数是他打的；也不是只打了40只豹子，还有300多头野猪呢。果不其然，尽管数字、时间和人数有一些出入，但确有其事，也真有其人。

那么，这些豹子又是怎么打的？张文汉的故事很新奇。

13岁参加工作的张文汉，14岁就开始打豹子了。那是1958年，从山丹军马场退伍后，他到了父亲工作的省军区子午岭牧场，成为一个年轻的林业工人。牧场设在抗大七分校旧址，和他们的分场紧挨着。当时，豹子、狼和熊对牧场危害很大，其中以豹子尤甚，它们不仅数量多，也很凶猛，一只成年豹子就能咬死一匹成年马。为了保护军马，军马场成立了打猎队。他刚去时，打猎队只有李自林和杨保元两个人，李自林退出之后他补了上去，和杨保元一起打。一年之后，杨保元又退出，就剩下了他一个光杆司令。他一个人打了8年后，比他小8岁的兰州知情蔡世庆来了，打猎队又成了两个人，他不再是光杆司令。其实，打猎一直不全是靠人，他也一直不是光杆司令，还有十一二只狗呢，出猎时听他指挥。

打猎也不是全年都在打，一年只打三个月，每年夏天参加劳动，冬天才去打猎，即从入冬打到开春。天一热后，人不上山了，狗也不上山。再者，夏天的豹子皮也不值钱。豹子3岁时群居，4岁成年，然后就成了"独行侠"。个头最大的豹子，体长有一米二，骨头有7公斤。小豹子也有四五公斤。打猎队打到的豹子，都要交给牧场统一销售。因浑身酷似金钱的斑纹而得名金钱豹，可以说其浑身都是宝，肉很香，但吃多了身上会脱皮，每斤可以卖3~5毛钱；骨头一开始每斤3元，后来每斤涨到了5元和10元。最值钱的就是豹子皮，根据皮质优劣定价，每一张可以卖18元、20元和22元三种价格。因为价格昂贵，豹子皮很少有人买，林场职工工资低，更是买不起。直到牧场变成农场，油田人来了以后，豹子皮才紧俏了起来。一张豹子皮就是一个好褥子，林区潮湿，人人都离不开褥子，而豹子皮做的褥子御寒效果最佳，有风湿病的人都想铺一张豹子皮褥子。他也做过豹子皮褥子，豹子的四肢可以动刀破皮，但肚子不能开刀破膛，必须从嘴巴里把骨头和肉一点点全挖出来，塞满麦皮和细土，然后在一个高处吊起来，使其撑开拉长，定型后再取下来，找皮匠熟一下，就是一张皮褥子。他记得很清楚，最多的一次在农场操场的篮球架上吊了6只豹子呢。有一年，他一个人打了4只豹子、30只野猪，被农场评为先进生产者。这次，农场给他奖励了一张豹子皮，因为熟一张豹子皮需要8元钱，而他当时每月只有17元工资，1973年才涨到23元，没有多余的钱哪，就没有舍得要，现在想起来很后悔。

虽然在后来取得了辉煌的猎豹战绩，但跟着杨保元第一次打豹子，还是让张文汉终生难忘。当时那个场面，真可以说是让他心惊胆战。豹子的叫声，呜呜咽咽长啸短嚎的，加上十几只狗汪汪的撕咬声，彼此交织在一起，回荡在山谷里，甚是悲壮。这样的战场看得一多，慢慢地就习惯了。不仅如此，他不知不觉变成了一个成熟的猎手，不但不害怕，还兴奋不已，尤其是凯旋的时候，农场人前呼后拥的，俨然成了一个英雄。每次出猎都是整整一天，早上带着干粮出门，晚上扛着猎物归来。只有那么一次，因为一场突如其来的大雪，他和蔡世庆被困在了一个破窑洞里，十几只狗也一直陪着他俩。那一次，真正是荒野求生，两个人在大雪中迷失了方向，他根据树木的皮辨别出东南西北之后，才找到了那个赖以栖身的破窑洞。不论什么树，树皮颜色浅而且光滑的一面肯定是向南的，而树皮颜色深且粗糙的一面肯定是北面。进了那个破窑洞后，他们马上拾树枝烧火，因为柴火太潮湿，加上风大，最后把身上带来擦屁股用的旧报纸都用完了，火怎么也点不着，他只好把自己的衬衣撕下来一块，才把火点着。每次进山，也不是说要打什么就能打到什么，而是遇到什么打什么。打豹子没有打野猪危险，打野猪都在晚上，天黑看不见，而打豹子都在白天，容易发现也容易追击。一次，追一只豹子整整追了两天，也没有追上。最多的一次，他们两人一天打了3只豹子，当时2只幼崽被狗围住，被他打死后从树上掉了下来，随后狗又在附近发现了母豹子，被他从胸前给了一枪直接毙命。豹子都很顽强，不会轻易给人送命的。有那么一次，一只豹子逃上一棵大树，被他开了十几枪，死在树上也没有掉下来，他们只好爬到树上弄下来。

打豹子时，人都是远远地站在高处，让狗在低处集体围猎，所以狗其实才是打猎队的主要兵力。不过，狗都是人训练出来的。开春之前，他们会提前一个月采取优惠政策,把农场各家经过选拔的狗都召集在一起,进行集体"军训"。狗们互相都不认识,让它们彼此熟悉,不要打架,很快成为战友。狗都贪嘴,施舍一点动物肉就会听话。被选进打猎队的狗都有户口和口粮,每只狗每月30斤粗粮呢,狗食由一个老职工专门来做。因为打猎很光荣,狗的主人们都很高兴自己的狗进打猎队。在这支狗猎队里,最厉害的当数"头子狗",即狗头儿,它具有两种超人的嗅觉本领,一种头子狗会"风扫",它能迎风闻到两公里内的气味;一种头子狗会"地察",它能用鼻子一路跟踪地上的踪迹。"风扫"当然比"地察"要快得多。头子狗不一定体格大,样子也不威猛,所以头子狗既不是训练来的,也不靠比武而来,而是天生的,并从实战中脱颖而出。头子狗很灵,主人表扬它时,它会又蹭人又摇尾巴;主人批判它时,它就会一脸的委屈,默不作声了。因为头子狗的存在,实战之中狗比人要快一二里路。狗追上豹子后,会围而不攻,只会阴一声阳一声地叫,一是在恐吓猎物,二是在给自己壮胆,三则是在给后面的猎人报信。再者,经过一段时间的追击,猎物和狗都累了,彼此也是在一种暂时的默契之中歇息。直到看见人后,狗才会汪汪着扑上去,此乃"狗仗人势"也。追捕过程中,跑在最前面的肯定是头子狗,其他狗不敢越过去,而头子狗也不允许其他狗越过自己。为了练兵,他们有时候也带着七八个月的狗娃子出征,每当击毙了猎物,最后扑上去的那些狗娃子,每个都像骄傲的征服者,啃得满嘴都是血和雪。狗最害怕豹子的一双爪子,豹子一爪子就能抓死一只成年大狗。但是,独行是豹子的软肋,一只狗会害怕豹子,一群狗就不害怕了。不打猎的时候,狗队就被解散,各回各家,或休养生息,或继续执行看家护院的任务。每年打完一次猎,狗队员都有死亡,往往是战亡五六只,幸存七八只。有损失,当然也有补充。不过,狗不都是死于豹子之手,也有被野猪咬死的,或是吃了毒死的野猪肉而被毒死的。

张文汉说,因为打猎,他和蔡世庆成了患难之交。既然如此,我必须会一会蔡世庆。2021年的新冠肺炎疫情消停以后,年头岁末我在兰州见到了蔡世庆。其人也不是一个大汉,个子恐怕一米七也不到,只是人很结实硬朗,精神很好。我开门见山问他,你们二人20年究竟打了多少豹子,他想也不想脱口就说，打了80只。我说出了张文汉的数字40只之后，他说张文汉记错了，自己记得很清楚，当年每打1只豹子都心中有数，最多的一个冬天就打了30只呢，几十年来一直念念不忘，不会记错的。

80只，多么令人震惊。我的"收获"突然增加了一倍。

蔡世庆很健谈，说起猎豹的"英雄事迹"，更是显得兴奋。蔡世庆爱养狗，觉得打猎好玩，所以进了打猎队。当时，豹子比狼多，而且比狼危害大，尤其是叼羊。狼一般不敢进羊圈叼羊，豹子却没有一个不敢的，不分白天黑夜都会大驾光临，五六米高的围栏也挡不住它，进来一次就能糟蹋十几只羊。豹子吃羊比狼文明多了，先喝血后吃肉，吃肉也是独自叼到树上去细嚼慢咽，而狼则是连毛带肉边跑边吃，往往还是两只狼叼一只羊，不出100米就能把一只羊撕个干净。同样都是动物，狼还在茹毛饮血，而豹子已经是"食不厌精"了。羊群经常遭此大殃，军马自然也受到攻击，只不过因受到重点保护，死伤少一点而已。当时，牧场从苏联引进了一匹"卡巴金"种公马，高大雄壮，乌黑乌黑的，不仅在安全上受到重点保护，在生活上也得到特殊照顾，每天除了喂充足的饲料而外，还要加6斤鸡蛋，待遇比人还好。这匹骄傲的种马落户牧场之后，不辱自己的使命，与当地的母马结合，经过一番人工授精，为牧场生下了100多匹军马。在丛林地带，一个新崛起的部落，自然受到觊觎，那时候只有豺狼和豹子，尤其是豹子，可以说是"豹视眈眈"。这样，马场便在丛林里展开了一场以猎杀豹子为主要任务的军马保卫战。因为处于守势，打猎队采取的是以攻为守和攻防结合的策略。辉煌的战果当然都是大家共同分享，打猎队将动物们的尸首交给场里后，皮子被场里剥下来卖掉，剩下的肉场里根据数量分给各队，各队又分给各户，当然也是要掏钱的，但不论什么肉，每市斤都是2毛钱。打猎队的狗除了喝汤，也能吃到一点肉，当然是人埋单。不过，狗不吃豹子肉，上前闻闻就走开了。豹子也可怜，活着有高低之分，死后却没有贵贱之别了，肉不但和其他动物一个价，竟然连狗都不吃。

豹子袭击人很罕见，狼也是，它们可能不敢也不愿冒犯人，抑或以为人不是它们的食物。在丛林里，如果与人相遇，豹子和狼能躲过就躲过了，不与人发生冲突。有时候，人不知道遇上了它们，而它们已经遇上了人并悄悄躲了过去。这就是为什么，徒步的人在林子里轻易不会遇上豹子而驾驶着机动车经常会遇上豹子的原因。人与豹子一旦来个猝不及防，那就很危险了，考验的是彼此的勇气和智慧。

蔡世庆装备的武器是正儿八经的部队用枪，第一年是一支七九步枪，第二年是一支七六二步枪，也叫"水帘珠"，都是部队刚刚退下来的。休猎的时候，枪支必须上交，第二年打猎时再去找兽医领。有枪还要有子弹，子弹虽然不缺，但管理很严，他们每开一枪，都要把子弹壳捡起来，打猎归来用子弹壳找场里的兽医去兑换子弹。当时打猎队归兽医管，因为是牧场，兽医岗位很重要，是场里的管理阶层。不过，出猎时他们一般只带一支枪和一把一尺长的砍刀，两人交换着使用，一人负责披荆斩棘开路，一人时刻观察动静准备射击，而且猎枪和砍刀在猎杀猎物时可以取长补短，不能用砍刀的时候就必须开枪，需要开枪的时候就用不上砍刀。此外，每人还有一把匕首，出发前插在裤腿绑带里。别看匕首短小，但很有用处，关键时候比枪和砍刀管用。有一次，一只死到临头的豹子紧紧咬住一只狗的爪子不松口，狗疼得哇哇直叫，砍刀用不上，更不能开枪，他只能拔出匕首插进豹子嘴里，才把狗爪子给撬了出来。

他与张文汉能成为患难之交，是因为一次与1只豹子之间二对一的生死之战。那次，因为3只狗在前几天的一次恶战中受伤严重，在家养伤没有上前线，狗队只剩下了8只，他们追捕1只豹子时，因为力量锐减，8只狗捕猎1只豹子时没有压住屁股，豹子一个翻身，一把打掉了张文汉手中的砍刀，8只狗又扑上去压，也没有压住，他连忙把枪扔给张文汉，但枪突然卡住了，他们合力抱住枪，用脚使劲蹬枪栓，在豹子再次准备翻身跃起之际，枪栓终于好了，张文汉才给了豹子致命的一枪。豹子打掉张文汉砍刀的那一爪很危险，它再来一爪子的话，张文汉肯定会丧命，然后又会转身收拾他。到那时候，就是一对一，他必败无疑。背着1只豹子凯旋，无疑是轻松而愉快的，他们将豹子的左前后蹄子用一条绳子往一起一捆，又用一条绳子把右前后蹄子往一起捆住，这样就形成了一左一右两个背带，一只80斤左右的豹子自然就稳稳地背在了身上。最难缠的是豹子的首和尾，豹子头又大又沉，搭在肩头上之后，和人脸挨着脸，眼对着眼，好像还要看看背着它的是谁；豹子尾巴有点长，怕拖在地上被荆棘撕掉毛，只好拉上来一路攥在手里。路近的话一个人就能背回去，如果路远就两个人轮换着背。生死关头结下的情谊自然深厚。

当时生活很苦，缺吃少穿的，但他们师徒二人日子却过得很是滋润，起码不存在饿肚子的事情。用别人后来的话说，那时候把谁都亏了，就是没有把他们二人亏下。对打猎队工作，他们二人都很自豪，打猎队很受欢迎，管吃管住的，为大家除了祸害，还能吃上肉。因为平时他们的屁股后面总是跟着一群狗，一些老职工都羡慕地把他们叫作"狗头儿"。

1979年，由牧场变来的农场又变为林场，开始全面禁猎，打猎队解散，枪支上缴。自此，张文汉开了一辆铁牛55，在林场耕地种田，一直到退休。不久，蔡世庆则瞅机会离开了大凤川，回城当了一个工人。他们缴枪的时间，虽然比其他林场晚四五年，但毕竟是彻底缴了，给了当地的动物们一个喘息的机会。

1979年，无疑是子午岭动物们的一个生死分水岭，之前的子午岭对于动物们来说危机四伏，之后的子午岭对于动物们来说就是天堂。当然，后来还有人大开杀戒，这是后话。

现在，他们都很后悔。自从家里有了电视机，张文汉每天坚持看中央电视台的"人与自然"和"动物世界"两个栏目。对于一个猎人来说，面对眼前一个弱肉强食的动物世界，从而思考人与自然的关系，当然是一种反省和忏悔。在这样的日子里，张文汉必然会看见那个每次出猎一双皮鞋一身雨衣，而打完一季猎之后一身棉花絮絮像开了花一样的猎人。

似乎是要证明什么，采访中张文汉说了这样一句话："尽管打了那么多野物，但我觉得自己还是一个林场工人，而不是一个猎人。"他还说，豹子其实不是人打完的，而是人把鹿打完了，豹子没有食物了。那时候，豹子的食物链上还有野猪和獾，野猪因为祸害庄稼被人猎杀，獾因为祸害树木几乎被人赶尽杀绝。

不论怎样，子午岭是不会忘记猎人张文汉、蔡世庆及其他打猎队员的。府村林场陈和平所说的那个一年打了13只豹子的农民，从时间和数量上看，好像比张文汉和蔡世庆还厉害，同样可以"青史留名"了。

在当时的子午岭，为农场打猎是最光荣的工作。在罗山府林场，我遇到了"神枪手"武保山的儿子武长路。从娘胎里就开始跟着娘长途跋涉的武长路，生活之路可以说是"路漫漫兮"。1958年，父母作为"支建青年"千里迢迢从河南商丘来子午岭后怀上了他，因为害怕当地的大骨节病，母亲又千里迢迢返回河南商丘去生了他；因为当时河南闹起了饥荒，在商丘出生不到一年的他又被母亲千里迢迢抱着回到了子午岭。临动身之前，奶奶为了记住孙子，就给他起了一个名字：武长路。他从小最崇拜最敬佩的人就是父亲武保山。因为爱枪善射，父亲就进了农场打猎队；因为弹无虚发，从不放空枪，父亲被农场的人称作"神枪手"。

在儿子眼里，"神枪手"父亲的确很神，在土塄上插一支香烟，百米之外就能用一支半自动步枪一枪命准；在河里用枪打鱼，一枪能从侧面同时打两条鱼；进一次山，半天就能打四五只鹿，而且是站着打、跑着打，枪枪都能打准。父亲力气大，打到一只鹿就能用一根扁担挑回来。父亲还喜欢摔跤，农场的人谁也摔不过。因为打猎出了名，上面来了领导，都点名让父亲去打猎，领导想吃什么，就让父亲打什么，吃了还不行，走时还要带一些，会让父亲一起打回来。父亲总是不负使命，按时按量完成任务，大一点的有鹿和野猪，小一点的有野兔和野鸡，都是领导们爱吃的野味。庆阳有一个领导最爱吃蛇肉，每次来了他都奉命去抓蛇。不来领导的时候，农场职工平时也是靠他改善生活。不过，不知道是不敢打还是不愿打，父亲没有打过老虎和豹子。

虽然没有打过豹子和老虎，却猎取了豹子和老虎大量的食物。在那个想把动物杀光吃光的年代，武保山是一个与张文汉有着同样使命的"冷血杀手"。在武长路童年家庭的记忆里，院子里经常堆着一大堆父亲打死的野猪。那时候，每斤野猪肉能卖2毛钱呢，那可是一家人的重要经济来源。

人在做，天在看。"神枪手"也有不神的时候，一些更为神秘的事情一直困扰着父亲，这些事情让打了一辈子猎的父亲时常感到不安。大约是1965年的春天，一天早上，父亲去农场借枪，半路上遇见一只白狐狸。打猎的人都知道早见狐狸晚见兔不顺。父亲很诧异，但他还是继续走自己的路。借到一支半自动步枪后，在回来的半路上，父亲发现不远处有两只鹿，他立即调整位置，在60米的地方瞄准了其中的一只，轻轻扣动了扳机，叭的一声之后，那只鹿只是闪了一下头，并没有倒下，另外一只鹿也没有跑，他又打了一枪，鹿还是没有倒下，只是闪了一下头，两只鹿仍然没有跑。于是，他叭叭叭又一连开了三枪，情形都是一样，两只鹿还看着他，好像什么事也没有发生似的。第六次端起枪后，他就有些怯了，没有扣动扳机，再也不敢打了，失魂地离开了现场。真是邪了，怎么回事呢？难道5枪都没有打准，"神枪手"可从来没有出现过这种情况。再说，即使是自己一枪都没有打准，鹿为什么不跑呢？父亲不信邪，想了一晚上，也没有想明白。为了证明自己的枪法，父亲第二天一大早就去查看现场。结果，他发现有5粒半自动枪子弹头整整齐齐地落在那两只鹿站过的地方。太诡异了，父亲出了一身冷汗，赶紧离开了现场。从此以后，父亲再也不打鹿。类似的事情还有几次。有一次，父亲在林子里遇上了一只老野猪，有300多斤，毛色都成了白色的，看见他后獠牙凶露。于是，他在离野猪100米的地方，单膝跪地开了一枪，见没有打准，又开了一枪，仍然没有打准，野猪慢腾腾地走了。父亲很是纳闷，只好收起枪。正当他准备离开时，却发现自己刚才跪在一个牛蹄窝里，而牛蹄窝里静静地盘着一条白蛇。见状，父亲拔腿就跑。自此以后，父亲不再打野猪，也不再去抓蛇。还有一次，是一个农历十六的月夜，狐狸又到院子里偷鸡，听见动静后，父亲立即隔着门缝瞄准狐狸开了一枪，但父亲出去找狐狸时，连一个狐狸的影子也没有，怎么回事，只有二三十米，自己也没有打准？从此以后，父亲打猎有了选择性，不能打的坚决不打。听说，一些打猎队每天出门前都要敬一敬"山神"。

大森林是很神秘的，可能比人还神秘。"神枪手"父亲的这些故事，都是父亲平时讲给武长路的。给我讲完后，武长路说："我敢保证，父亲没有假话，这些故事都是真的。"武长路看上去是一个老实本分的人，我当然相信他，我也相信他的父亲武保山。武长路的父母都还在人世，父亲已82岁，常年卧病在床。如果时间允许，我很想去会会这位传奇的"神枪手"。

敢吃豹子胆的都是人。禁猎了，打猎队解散了，猎枪也上缴了，但猎人还在，一些贪婪的人还在觊觎着森林里动物，特别是住在森林深处的那些蚕食者。劳山林业局高哨林场场长黑国军说得很好："人把人管住了，野生动物们才有活路。"

什么人能管住人，目前可能只有法律武器。为此，我特意走访了子午岭那些带枪的护林员——森林警察。在西峰城区南边一个很狭窄的旮旯里，我走进了庆阳市公安局森林分局。院子里停了七八辆车，几乎连站人的地方都没有，车辆进出很不方便，与其职责所保护的子午岭大森林一点也不匹配。尽管10几年以前在西峰工作时对这个森林公安局有所耳闻，但森林警察们这样一个简陋的办公处所是我没有想到的。

这里还有认识我的人。在办公楼入口处，等候我的一男一女两位年轻的警察竟然称我老师，说他们都是合水一中毕业的学生，而我刚参加工作时在合水一中初中代过两年语文课，只是他们当时已经上了高中，我没有给他们代过课而已。原来如此，很惭愧没有认下他们。女警察叫邢晓玲，已经是副政委，男警察叫戴红伟，是政工室负责人。有了认识我的森林警察，我在这里的采访就会畅通无阻了。接下来也如我所愿，从分局开始再到驱车去子午岭的采访，都是森林警察戴红伟在联系，并带着"司级警察"李振国一路开道，甚是细心和周到。本以为他们不愿意出差，没想到李振国不无兴奋地说，他们最不愿意蹲在单位，最喜欢到林区，空气新鲜，对身体好，而且也习惯了，因为办案子，他经常拉着人在林区里跑，有时候一两个月都不回家。

办公地方不佳，但办公的人却不赖，说"强将手下无弱兵"也可，说"强兵头上无弱将"也没错。政委张满峰是一个虎将，20岁当警察，从警已38年，从地方基层派出所干起，因连破几起贩毒、盗窃大案而名声大振。1996年，他荣获"全国特级优秀人民警察"称号，同年荣立个人一等功。子午岭加强执法力度之后，他奉命到了森林公安。我点名只采访一线的刑警队长，而且只采访与豹子有关的案子，这样戴红伟就给我一下请来了两个刑警队长，一个老的，叫和耀荣，其实也不老，刚刚退休；一个小的，叫文鹏，但也不小了，40多岁，还在岗位上。二位刑警队长，一前一后，同一个岗位，都有不俗的战绩。

令人震惊，真是吃了豹子胆，2007年还有人猎杀豹子。这一年已经是号称国家"森林一号天令"《天然林资源保护工程》实施的第七年。"天保工程"

不仅是保护植被的,还保护森林里所有的生灵。2007年1月16日,刑警队长和耀荣接到合水刑警队王军宏报告,一个线人获得一个情况,有人在太白林区捕杀了一只豹子,正准备出售,卖2万元,线人还要5000元情报费,共25000元。和耀荣一听,马上去给局长汇报,局长二话没说,"给!"

于是,他们迅速成立专案组,抽调庆城森林派出所范建红和西峰森林派出所汪小勇两位警察扮为便衣,带上刑警队的文鹏、王小平、丁海峰和杨俊峰4人,与王军宏在太白镇会合。合水县太白镇紧挨陕西富县,是庆阳市的东大门,周围环境十分复杂。为了万无一失,另外还命令管辖太白的连家砭林区派出所和附近的东华池林区派出所紧密配合。到了太白林区,两个便衣警察以购买豹子的名义,找到牛车坡村一个农民前面带路,前去看货和商量价格,其他人在外围严密布控,准备在其交易过程中人赃俱获。但是,因为他们外围布控的人弄错了方向,把南湾村搞成了北湾村,围住北湾村后扑了一个空,与前面的便衣拉大了距离。出售豹子的人也很狡猾,早已提前设了暗哨,两个便衣几经周折才被带到山庄乡南湾村刘某某家。一进门,两个便衣就被"审问"了一遍,根本没有交易的意思。通过手机短信获得这一情况之后,他们让两个便衣乘还没有暴露身份先把人稳住,等他们来把人抓起来再说,到时候包括他们两个便衣警察一起抓。这样,布控的人赶到南湾村后,将刘某某和两个便衣一起带到了东华池林区派出所。他们一边审讯,一边在院子里外搜寻。天亮以后,终于在刘某某家晒玉米的架子上找到了捕捉豹子的铁夹子。看到证据后,拒不交代的刘某某才承认有一只豹子出售,并让儿子从山上的一个水洞里背回了豹子。刘某某交代,铁夹子当时放在一个山梁上,钢丝固定在一棵杜梨树上。他们当然同时去了现场。村口离现场算账沟30多里路,大半路程车不能通行,只能靠步行。这个叫算账沟的地方,因过去开荒的财主与雇工们在此算账而得名,耕地废弃后,已经人迹罕至。到了现场,他们发现还有人和豹子踩踏的痕迹。那棵杜梨树仍然站在豹子死的地方,树身展示着被豹子抓去树皮的一块两米长的肌肤。不难想象,被一只疯狂的铁夹子夹住后又被一根钢丝缚住后蹄的豹子,是在怎样绝望的挣扎中死去。一开始,刘某某谎称,他是套鹿哩,意外套住了豹子。后来才如实交代,那只豹子吃了他家的一头牛犊子,他想把损失捞回来，也为了给小牛报仇，才下了铁夹子。

当天，他们就把豹子用皮卡车拉到了西峰，为了保存证据，专门买了一个大冰柜冷藏起来，并用一块大红毡严严裹住。一个月后，因为停电几天，他们发现豹子发臭了，就请来陇东学院周天林教授进行解剖鉴定，然后做成了标本，存放在陇东学院野生动物研究所里。但是，起诉以后，刘某某一审判了10年，二审只判了5年。

在西峰采访期间，我去看了这只悲惨的豹子，内心当然也充满了悲惨。周天林是子午岭野生动物研究方面的专家，我采访他的时候，他自豪地说："这几年，我把几个人送进了监狱。"这也许就是知识分子的觉悟。在其研究室进门的屏风墙上，是他的一句启示录："野生动物的命运与未来取决于人类今天的认识和行动！"这不仅是他的觉悟，还是他的研究方向和精神。半个月后，我在朋友圈看到一条消息：周天林荣获甘肃省"最美人物"称号。

文鹏让我见识了一个刑警队长的忙碌。一开始，我们在他嘈杂而零乱的办公室聊，但他的事情太多，进进出出的人干扰太大，我就约他随后在林区继续采访。

到了2013年，即"天保工程"实施的第十三年，还有人在猎杀豹子，真是胆大包天。这起距今只有七八年的事件，不仅让子午岭林业人震惊，还有无比的愤怒。2016年4月的一天，文鹏正在太白林场侦破一个盗伐柏树的案子，意外得到一个线人提供的线索：有人弄死了一只豹子，但已经是2013年的事情了。一听是一个大案，文鹏连夜就带着辅警董斌去找知情人。拉上知情人后，他们立即在车上开始审问。知情人说，弄死豹子的人可能是当地一个叫向某某的农民，当时他看见死豹子就藏在向某某哥哥家的一个冰柜里。于是，他们马上在车上做了笔录。经悄悄打听，向某某已经外出打工，听说在内蒙古，具体地方村里谁也不知道。害怕打草惊蛇，思前想后，他们没有贸然去向某某家，也没有去其哥哥家，而是收兵回营。事情已过去了三年，死豹子不好找，只能等向某某回来。等到2017年10月，国庆节刚过的一天，文鹏和几个森林警察到连家砭办另外一个案子，之前的那个线人突然报告，向某某最近从内蒙古打工回来放羊了。他喜出过望，马上放下手头的案子，当天下午就带着几个警察到向某某放羊可能回来的路口蹲守。他们谁也不认识向某某，但听说其骑着一辆摩托，他们就以护林防火的名义，盘查每一辆摩托车。来一辆不是，又来一辆还不是，一辆一辆查到天黑，终于等来了一个可疑分子，一看身份证信息，对上号当即就把人扣了。在连家砭派出所，知道犯了大罪的向某某一开始死不认账，百般抵赖，一直被警察们磨到晚上12点，才开始吞吞吐吐地交代。2013年11月，为了捕捉野味，他和任某某、宋某某二人到夏家沟用"电猫"打死过一只豹子。没有了枪，但出现了更为凶残的工具——"电猫"，7000伏呢，几年前一个偷猎者用这个凶器还误伤过人命。当夜，他们就抓捕了任某某，即刻审讯，其拒不交代。第二天，他们又抓住了宋某某，即刻审讯，也拒不交代。软硬不吃，那就攻心。当天中午，任某某一五一十地交代了犯罪经过。口说无凭，先找证据，文鹏决定先去勘查现场。当天下午，他们就带着三个嫌疑人直奔夏家沟。10月的林区，已经飘起了大雪，山里的道路或光滑或泥泞或陡峭或弯曲，车子一路走走停停，民警们被折腾得精疲力竭。在一个半山坡上，嫌疑人指出了第一现场，包括下"电猫"的位置和豹子死的位置。三年了，现场地面上的痕迹已经被野草覆盖。随后，嫌疑人宋某某又指认了第二现场——他最初放豹子的窑洞，并找到了犯罪工具"电猫"。三个嫌疑人交代，豹子在宋某某家窑洞里放了一天后，他们觉得不安全，也放不长久，又将豹子转移藏在了向某某哥哥家，放在一个冰柜里。但是，因为太白镇经常停电，一段时间后发现豹子有了味道，毛也开始脱落，所以他们就把豹子吊起来，剥了皮，剔了骨，当即将皮和肉一起埋了，骨头装在一个蛇皮袋子里存在向某某家里，等待时机出售。没想到，向某某是一个大嘴巴，不但酒后给人说了，还炫耀似的带人去看了冰柜里的豹子。于是，他们带着嫌疑人去找皮毛，未果，估计早就让野狗吃了，然后又去向某某家找骨头。向某某的父亲正好在家，但其死不承认有豹子骨头，经过了一个多小时的劝说，才从院子一个石磨下面磨磨蹭蹭地取出了一蛇皮袋骨头。打开一看，骨头很完整，他们当即拍了照，做了笔录，回到市局就进行了鉴定。但是，这个案子轻饶了三个罪人。一审时，判了向某某10年，任某某和宋某某各9年。二人提起上诉后，辩护律师辩称，骨头与"电猫"没有直接关系，电击只能通过皮肉鉴定，没有皮肉证据，无法证明豹子是"电猫"电击而死。最后，三人均被轻判。

对于这个判决，文鹏他们也无可奈何，法律毕竟要靠证据，只能接受结果。在我看来，文鹏所在的刑警队，已经对得起这只豹子的那一堆白骨。

继续震惊，已经是2019年了，还有人在大开杀戒。上面的猎豹事件都发生在北子午岭，下面的发生在南子午岭。"1992年7月，我用派出所的一支半自动步枪打死过一只鹿，鹿肉都让职工们吃了。这是我一辈子做过的唯一的一件坏事。"石门山林场护林员魏爱学如是说。魏爱学的坦诚让人信服。但到了1992年，作为一个护林员，一只鹿他都不能打的，虽然吃掉的是一只鹿，却吃掉了豹子的一份口粮，野兽们可以弱肉强食去互相吃，人却是万万不可以的，子午岭的动物食物链上没有人的分儿。魏爱学是个老实人，工作负责，待人热忱，多次被评为先进个人，还是"旬邑县十大孝子"呢。魏爱学坦诚，一些人还不敢坦诚呢。不过，魏爱学"交代"了2019年的一个猎豹事件。石门关一个小名叫狗娃的村民，偷偷套了一只金钱豹，咳其肉，藏其骨，在玉家门公然出售豹皮时被人举报抓获，判了10年徒刑。豹皮后来被林场制作成标本，就存放在马栏林场。在马栏林场采访时，我也去看了这个豹子标本，展览馆里的"金钱豹"始终保持着沉默。

也是在2019年，宜君县太安自然保护区管理中心主任杨会川说，这一年三四月的一天早上，他接到报告说昨夜听见葛沟梁的山上有野兽嗥叫，声音很大很恐怖。他马上带了三四个人赶到现场，发现一只豹子被困在一棵树下，前蹄被一个铁夹子牢牢夹住，豹子还在吼叫，隔着五六十米远也扑着咬人自卫。他们不敢动，立即联系省动物救助站，请求来人支援。因为第一次听说林区发现豹子，省动物救助站的人以为是豹猫，来时还带了一个小笼子，发现真是一只豹子后十分惊喜。他们提出了两个施救方案：第一，如果豹子伤势重，就拉回省动物救助站救治；第二，如果豹子伤势不重，治疗后就地放生。不管如何，必须先把豹子从铁夹子中解救出来。于是，他们隔着一段距离，用吹管给豹子吹了麻醉药，豹子一会儿就被麻醉了，几个人乘机上去用一条绳子把四肢绑住，抬到山下一块比较平坦的草地上，清理了一下伤口，最后又消了毒。看豹子伤势不重，决定就地放生。在豹子醒来之前，他们就解除了绳子，人都撤到200米以外的地方等候。不大一会儿，有人悄声喊："醒了，醒了。"而当他抬眼看的时候，豹子已经走出了老远。半个月后，为了看看豹子是否还在，他和几个职工多次到那一带寻找，再也没有看见豹子。张玉锋接着补充说，接到群众反映的具体时间是3月31日，4月1日中午就实施了救助。当地群众发现豹子后，先是给护林员王建平报告，王建平又给杨会川报告。起初把豹子往山下面抬时，他在现场砍了一根胳膊粗的树枝，两个人一前一后抬着，旁边还有一个人扶着豹子。那只豹子已经成年，身体和尾巴一样长，感觉总共有一米七八长，50多公斤重。不过，夹住豹子的地方不是第一现场，铁夹子是被豹子从别的地方带来的，后面还拖着一条来路不明的尼龙绳，长长的，大约有10米长呢。

这只豹子的回家之路太过悲壮。不过，在豹子的故事里，这是唯一一只被捕捉后侥幸活着的豹子，也是我听到的唯一的一个子午岭人救助豹子于危难之际的故事。

时间才过去三年，豹子在山上的那一夜咆哮，还在子午岭的山谷里回荡。

它们回来了

此起彼伏的枪声终于停了。

豹子们已在路上。豹子川有了豹子,豹子沟也有了豹子。子午岭有一个叫豹子川的地方,还有一个叫豹子沟的地方,都是历史上因为豹子经常出没而得名。前者在北子午岭,属于华池子午岭林管分局;后者在南子午岭,属于桥山柳芽国有生态林场。在豹子川林场,余文武告诉我,1987年他上山拾柴,在二三十米远的地方看见一只豹子卧在路边;2019年,一个职工养的一头毛驴被豹子拖到林子里吃了。豹子沟所在的柳芽林场生态比豹子川生态好,自然也有了豹子的踪影。豹子川和豹子沟必须名副其实。

百兽回归大森林,人类必须伸出援手,否则它们无法回归甚或归而不安。以法律武器保护它们当然是一个重要途径,但在法律手段介入之前,人类对于动物的人文关怀必不可少。有一个类似于动物收容所的机构,正尝试着在人类和自然之间"摆渡"那些回归的野生动物,为在自然之路上跋涉而来的生灵们充当"动物驿站"。2021年1月开始运行的延安市野生动物救助中心就是这样的一个机构。这个"动物驿站"设在劳山国有林管理局高峁国有生态林场场部,依山临路,环境优美,像一个养老院。

因为有爱心,喜欢小动物,护林员李国庆在这里变成了一个动物饲养员。去年6月,他刚刚上班,富县就送来一个出生两三天的小鹿。不知道咋喂,他就向养奶羊的人买了一个奶瓶奶嘴，先是喂奶粉，小鹿拉肚子，又改喂纯牛奶，小鹿还是拉肚子，再喂鲜羊奶，小鹿不再拉了，他又加了一点熟菜叶和鲜草，两个月下来，小鹿就慢慢喂顺了，把他当成了一个"奶爸"。李国庆有一个爱打口哨的习惯，闲时忙时嘴里都吹着口哨，小鹿一听见呖呖的口哨声，就像一个小孩似的，整天跟在他的屁股后面。在小鹿之后，又来了一只受伤的豹猫，前爪被盗猎者的铁夹子夹了，这样他又当起了医生，又是外敷，又是口服，先给其消炎，然后喂食，半个月后，豹猫外伤就好了，不但很健康，还很野蛮勇敢，竟然乘一次救助站维修的机会，从其居住的1号笼子跑到8号笼子，咬掉了三只野鸡的头。经过给豹猫看病，李国庆发现给动物看病和给人治病是一样的，所以从此以后他又成了一个兽医。因为救助得力，"李奶爸"的家庭成员不断增加，救助站俨然成了一个动物大家庭。他伺候的9个小笼子，已经是"兽满为患"。我逐个看了一遍，并逐一记了下来：1号是两只豹猫，2号是一只果子狸，3号是5头公野猪，4号是两头母野猪和14头野猪幼崽，5号是一只小鹿和一只刺猬，6号是两只母鹿，7号是一只白颈乌鸦，8号是一只猕猴，9号与8号打通着，去年是三只野鸡，被1号的豹猫吃掉后，现在由猕猴独享。几个大笼子里，分别是5只雕鸮、一只野隼、一只黑鹳和十几只从云南引进的孔雀。五六只小孔雀，还没有鸡大，没有关在笼子里，跟着"李奶爸"的口哨声在院子里自由地跑过来跑过去。见我也喜欢动物，李国庆给了我一些水果，让我也当了一次"奶爸"。

真是名副其实，"动物奶爸"李国庆喂食时打口哨，让我忽然想到了救助站所在的高哨村这个地名，难道是这个地方给了李国庆什么启示吗？和鸟叫声一样的口哨，可是人与自然界最近的语言。

在救助站，每一只家庭成员都有户口，一进来首先要登记建档，国家一级野生保护动物还要给省动物保护站报备。不过，几乎每一只归来的野生动物都有一个悲伤的来历。那天，副场长刘海军讲了大笼子里那只黑鹳的故事。今年8月3日，延安市动物保护站打电话告诉他们，长庆油田一个职工捡到一只什么大鸟，正在包茂高速路口等候，让他们快点去救助。他们半小时赶到后，发现是一只黑鹳，好像受到了什么伤害，但没有外伤，只是内伤，嘴角还流着血呢。这位油田朋友说，他是在一个服务区路边看到的，不认识是什么鸟，就拨打了延安市动物管护站电话，希望大鸟得到及时的专业救助。谢过这位好心人之后，他们立即把黑鹳带回救助站，进行了一晚上的救治，第二天又进行人工喂食，当天下午黑鹳就站了起来。痊愈之后，它就成了这个动物家庭的新成员。这只黑鹳很幸运，幸亏遇上了一个好心的长庆油田职工和延安市野生动物救助中心。

在这里，我不得不问场长黑国军一些敏感而尖锐的问题：

"你们什么情况下放生动物？"

"救助的野生动物，康复后具备野外生存能力的就要放生。"

"救助站有没有出售野生动物的情况，死的或活的？"

"救助站是不会向社会出售任何野生动物及野生动物产品的。"

"救助站附近有无经营野味的餐馆？"

"经过宣传教育、法律约束和执法打击，现在已经没有餐馆销售野生动物了。"

"死亡的动物你们怎么处理？"

"死亡的一、二级野生动物需要向市上报备，然后做无公害处理。其他动物，死亡后无须报备，直接做无公害处理即可。"

"你吃过野生动物吗？"

"以前吃过，后来就不敢吃了，有了敬畏之心。"

"人把人管住了，野生动物们才有活路。"我相信他随后主动说出的这句话。这应该是一句真理，一句顶一万句。关键的问题是，人把人能管住吗，生活中谁又把谁能管住呢，靠制度约束吗，制度是人制定的，形同虚设的制度太多；法律武器也不能把人管住，总有一些贪得无厌的人存有侥幸之心。这里，我们不妨思考思考一下黑国军提出的"敬畏之心"——这可能是万善之源，是我们保护大自然的终极途径。

像延安市野生动物救助中心这样的机构，在子午岭乃至全国各地还有不少，如果真正能够以"动物为本"，进行人性化的科学管理，救助动物于危难之际，并将有条件的动物及时放生，的确能彻底改变一些动物的命运，反之，它们就成了一个个动物的监狱，那我们的罪过就大矣。

在这个动物救助站，我认识了两只灰林鸮。第一眼，我以为是猫头鹰，一问黑国军，才知道是灰林鸮。其为国家二级重点保护动物，属于鸱鸮科，常见于温带森林地区，在子午岭森林发现实属罕见。我记住了灰林鸮的一双幽深的眼睛。灰林鸮和猫头鹰一样，都属于夜行性动物，两只眼睛在白天几乎失明，我隔着铁护栏望着它时，它也目不转睛地望着我，它那一双清澈而宁静的眼睛，居然让我心生一种怯意。我不知道在它的眼里，人是一个怎样的存在。

灰林鸮的一双眼睛多么像一双孩子的眼睛。几天之后我突然醒悟。

曾经社会上的人疯狂吃野味时，野生动物的管理非常混乱。戴红伟一参加工作就吃了一次野生动物的大亏。一路上，一有兴致，戴红伟就在说他的经历。高中毕业后，他考上了甘肃政法学院，其间因为对诗歌的热爱，他想当一个诗人，但最终没有当成。大学毕业后，他经人推荐联系好了一个文化单位，但因为从小在林区长大，喜欢大森林，就没有去那个文化单位，加上遇到一个机会，就毛遂自荐到了森林公安系统，当上了一个森林卫士。2000年的一天深夜，他已经入睡，一个领导让他给地区冷冻厂开一个收购野生动物的介绍信，他知道这属于越权介绍，但他没有坚持原则还是遵命开了。想不到的是，这个冷冻厂拿到介绍信之后，去收购了一些属于国家保护的野生动物，产品在外运过程中被陕西林业主管部门查获，一下捅上了央视"东方时空"栏目，造成恶劣的社会影响。介绍信是领导让他开的，但他承担了全部责任，结果被"软着陆"调离办公室主任岗位，去了基层派出所。吃一堑长一智，从此他的脑子里就多了一根弦。2017年，他利用一年的时间，翻档案，查资料，对建局以来的各类制度进行了废改立，独自完成了20多万字的《庆阳市森林公安局管理制度汇编》，因为此项工作具有创新性，加上单位各项工作走在了全省同行前列，此年单位获得了"全国优秀公安局"称号，他个人还荣立了一个三等功。这个功立得让他扬眉吐气。

豹子当然要回来，因为它们才是子午岭的主人，子午岭本来就是它们的家园。

没有见到豹子，我却见到了不少见过豹子的人。张村驿林场属于典型的农林混杂林区，农林情况比较复杂，加上道路四通八达，森林防护难度很大。在张村驿林场场部的院子里，场长刘向忠给我介绍了榆林保护站发现豹子的详细经过。他当时就在榆林站。2013—2014年，榆林保护站多次从远程监控看到一大两小三只豹子后，就在2015年6月买了4个红外线相机，分别给老虎沟和石灰沟两个远程视频监控摄像头附近各安装了两个，路右一个，路左一个，又给石灰沟一个远程监控摄像头附近拴了三只羊，希望能诱惑豹子前来美餐一顿，从而借机拍几张照片存资料。但是，狡猾的豹子发现其中有诈之后，就绕道而去不再走这条路了，三只羊拴了一年半，最后白白被河水冲走。一只羊1200元呢，有点可惜。当年只拍到了一些野猪、鹿、松鼠、野兔和野鸡。有一个镜头很有意思，三只野鸡斗一只松鼠。刘向忠兴奋地说，第二年的1月3日中午12点27分，红外线相机终于在拴羊的石灰沟拍到一只成年豹子，但只拍到个屁股，翘着尾巴；1月5日中午13点零7分，这一只豹子又出现在同一个地方。两个视频设置都是15秒。到了3月2日的下午4点46分，老虎沟的红外线相机没有拍到老虎，却意外地拍到了一只豹子。接连发现豹子后，榆林站马上给局里报告，不久桥北林业局与北京师范大学虎豹研究中心签订了科研合作协议。2018年6月5日，国家林草局东北虎豹监测和研究中心通过新华社对外发布了消息。

每年的4~6月，是豹子的发情期，最容易见到豹子。榆林自然保护站孙高峰见过三次豹子。榆林保护站、陈家河保护站和槐树庄保护站都是陕西子午岭国家级自然保护区管理局的生态保护站，三个保护站都在一个生态区域，且都与甘肃几个林场山水相连。其中，陈家河保护站与甘肃罗山府林场和大山门林场相接，槐树庄保护站与甘肃连家砭林场相接，榆林保护站与甘肃梁掌林场相接。这个国家级自然保护区，是子午岭的唯一，就像子午岭丛林里一个最大的树冠，令子午岭人甚是骄傲。

孙高峰三次见到豹子都是在榆林站见到的。第一次一共见了三只豹子。那是2018年4月份，他和副站长徐辉开车从上畛子林场去防火门检查站，到了一个转弯的地方，先看见一只豹子，然后看见后面还跟着两只，都是成年豹子。一看见人豹子就躲了，前后就七八秒时间。第二次，是2019年5月的一天晚上，他和司机开车去看自己养的土蜂，快到榆林水库时，车子刚一转弯，一只豹子横穿公路，一眨眼就躲进了路边的树林。第三次，是2020年的四五月，他和副站长王飞，车子刚刚上了上畛子梁，突然发现一只踽踽独行的豹子。

孙高峰说，走路很难见到豹子，人太慢，豹子嗅觉灵敏，远远就能闻见人，而汽车速度快，豹子闻见异味时，车子已经到了跟前，它已经来不及躲了。自从发现豹子以后，为了研究豹子的生态，2016年3月，北京师范大学虎豹研究团队到榆林站安装红外线摄像机时，他和张龙龙还帮忙安装过24台摄像机呢。三个月之后更换内存时，发现大多数摄像机都拍下了豹子，而且不止一只。不仅拍下了豹子，还有大鸨、红腹锦鸡、大天鹅、黑鹳、白鹳、金鹏，最多的是野猪和鹿。孙高峰又让我长了一个见识，他说："在森林里，如果论大小，是'一熊二猪三老虎'，如今熊已绝迹，老虎很罕见，野猪就是老大。"非常意外，原来豹子还不是子午岭的老大。豹子不是老大，就意味着它不是最危险的动物。不过，这都是人给三种动物排的座次，其强与弱都是对人的危害而言，动物世界有自己的规矩。

听说孙高峰养蜂的地方就有红外线摄像机，我就乘他开车收蜂蜜的机会跟着去看了一下。经过了十几公里灌木掩蔽的山路，便到了他养蜂的一片灌木林。找了半天，才在一棵树身的下端找到一个。摄像机很小，路边一左一右各隐藏着一个，人不注意根本看不见。红外线摄像机是感应的，风吹草动都能拍摄到，所以必须把周围的草木都砍掉。我很想在一个镜头前像一个动物一样露一下面，遗憾的是这个摄像机打开后没有电池。因为孙高峰还要收蜂蜜，怕耽搁他时间，我就没有让他再带我寻找摄像机。其实，我已经很满足，平生第一次在林区吃到了土蜂蜜。不过，随后到了陈家河站上，我在一个远程监控视频里看到了我想看到的情景：镜头前，一只成年豹子一边东张西望，一边不停地用两只后蹄刨土。观察员王小军说，这只豹子准备撒尿，它准备用尿给自己标注领地，它撒上尿之后，这块林子就是它的了。这说明附近的山里不止有一只豹子。去年4月，在离榆林站水库3里的地方，他还与一只豹子迎面相遇呢，豹子看见他就转身先跑了。那只豹子，不算尾巴，大概有一米七八。说着，王小军还展开双臂比画了一下。在王小军的监控视频里，我还意外看到了一个罕见的画面：四只乌鸦轮番"吞吞吐吐"，它们轮流吞掉地上的一块小石头又吐掉，整个过程令人匪夷所思。

槐树庄八面窑瞭望塔护林员杨永岗见过4次豹子呢。听说杨永岗很有豹子缘，我就登上了八面窑瞭望塔。从槐树庄林场到管护站的二十几公里山路，是我在子午岭乘车走过的最差的林区山路，都是波浪路不说，弯道还不少，我被"波浪"着上去，又被"波浪"着下来。不过，路边的景色却不错，林子不怎么高大，花花草草却美不胜收。一些花儿，白的、蓝的和红的，我还是第一次看见，一个也叫不上名。

瞭望塔上瞭望的都是子午岭的绿色。杨永岗对保护站最大的贡献就是坚守。八面窑瞭望塔，因为"林一代"住过的8孔窑洞而得名，八面窑即8孔窑。瞭望塔下面就是8孔窑洞，不过已经废弃，堆了一些杂物，而且被草木遮掩。为了纪念8孔窑，八面窑瞭望塔的设计也是八角八面。站在塔上，可以说是"高瞻远瞩"，能看见柴松保护站、陈家河保护站、上畛子林场、双龙林场、药埠头林场和直罗林场。天气好的话，还能看见直罗林场的瞭望塔。在这个绿色的高处，一件事就让我永远记住了杨永岗：2012年冬天，一场大雪封住了出山的道路，他在山上待了72天，喝了72天蒿子味道的雪水，如野人一般。在瞭望塔下面一条通往林子深处的土路上，杨永岗兴致勃勃地带我查看了当天早上豹子留下的新蹄印。我欣喜地看到，雨后的石子路面上，几处有泥土的地方像一块天造地设的印泥，让一只豹子路过八面窑瞭望塔时有意按下了几个爪印。

杨永岗四次看见豹子的地方都在八面窑瞭望塔附近。第一次，2019年4月的一天，他骑着摩托到瞭望塔，半路上看见前面四五十米的地方有一只豹子也朝前走，他立即停了下来，豹子也不跑，继续大摇大摆走自己的路，大约半小时后，才呼的一下跑进了树林子。害怕被豹子伏击，他不敢马上过去，而是等了一会儿，才踩足油门一冲而过。第二次，是同年11月20日7点半，他像往常一样，站在瞭望塔三楼上瞭望自己的林子，突然眼前一亮，只见一只豹子正在他每天巡山的小路上往南走去，豹子很大，约有2米长。第三次，就是今年5月22日中午，他骑着摩托车巡山，在上次那只豹子去的那个方向，看见前面50米的路上走着一大一小两只豹子，他壮着胆子按了一下喇叭，豹子竟然不理不睬，一副不想给他让路的样子，他只好掉头回来。第四次，也就是第二天的下午，他背上了相机，骑摩托车从瞭望塔出发，去拍昨天那两只豹子的脚印，走了大概150米，突然发现前面二十几米的路上有一个庞然大物，又是豹子，近2米长，1米多高，尾巴朝上，身上黑斑很多，像一只年轻的豹子。豹子也看见了他，彼此对视了几秒后，看豹子不走，他就往回跑。他只顾看豹子，居然忘记了拍照。本来是去拍豹子脚印，见了真正的豹子却没有拍上，让他非常沮丧和懊恼。

大岔林场是乔山林业局唯一的国家级自然保护区，西邻沮源关，北接调令关，从北向南与梁掌、桂花塬、秦家梁、西坡和中湾林场接壤。大岔林场女护林员陈亚萍也很有豹子缘。今年8月中旬的一天下午7点多，她与老公和儿子开车回甘肃九岘，走到庙岔沟口，车一转弯就看见一只豹子迎面而来，豹子看见他们的车就急忙转身走了。9月10日的下午，就在大岔林场场部附近，她在路边正在用手机自拍，忽然听见一阵呜呜的叫声，抬头一看，见一只豹子追赶一只鹿，豹子和鹿都从她的眼前跑过。好险哪，陈亚萍倒吸了一口冷气。

五顷塬林业站的一只豹子也像是吃了豹子胆。大约是1990年6月份，田玉堂和王长云从40亩台去中湾林场，走到半路上，感觉身后不对劲，突然一转身，发现十几米远的地方一只豹子跟着他俩，豹子一米三四的样子，身上都是白色花斑，杀气逼人。他们一快，豹子就快，他们一慢，豹子就慢。那是一条黄土路，因为持续干旱，路面上浮起一层尘土。他们急中生智，每人顺手捡了一根树枝，拖在地上继续行走，树枝在身后产生一种"烟雾效果"，一则挡住了豹子的视线，二则希望把豹子吓跑。但是，豹子并不吃他们那一套，继续跟着他们。走了六七公里之后，迎面来了一辆车，高大威猛的，豹子才吓得转身溜进了树林子。

一只豹子还从石门山林场护林员罗建锋手里抢过一只小鹿呢。2006年8月的一天，罗建锋正在巡山，忽然看见一只小鹿从山上跑下来，跪在他前面的路中间，他赶紧跑上去抱起小鹿，正当他准备离开时，忽然听见身后一声动物的吼叫，转身一看是一只怒气冲冲的豹子，他赶紧放下小鹿拔腿就跑。跑出一段距离之后，回头一看，豹子已经叼着小鹿上了山坡。原来，那只小鹿是豹子的猎物，它正在追赶小鹿。他意外捡到小鹿后，豹子又从他手里抢了过去。

我可能走进了一个豹子的"根据地"。在丛林里，因为豹子没有边境意识，其活动范围又很大，不同的保护站和不同的人所见到的豹子可能就是同一只豹子，不仅是这一带的几个保护站之间，在陕甘两省林场之间也是如此。采访途中，我曾经和几个人开过一个玩笑，在子午岭，同一只豹子在陕西林子里就是一只陕西豹子，一越过边界线到了甘肃林子里就是一只甘肃豹子，而豹子跨越边界线的那一瞬间它就是陕甘共有的一只豹子。就是说，这里的每一只豹子都没有上户口，它们都属于子午岭大森林。但是，不可否认，在陕西这个代表着国家意志的国家级自然保护区，豹子聚集相对比较集中，出没也十分频繁，这是一个不争的事实。

那么，子午岭如今究竟有多少只豹子呢？一个来自生命科学部的资料显示："在国家自然科学基金项目的资助下，北京师范大学虎豹研究团队冯利民副教授等在中国特有濒危物种华北豹的保护研究取得进展。研究结果表明，子午岭林区生存着密度最高的华北豹种群，种群数量估计约110只，密度为每100公里22.4只。除华北豹外，同域分布的豹猫、亚洲狗獾、赤狐等中小型食肉动物，狍、野猪等食草动物以及松鼠、蒙古兔、雉鸡等种群数量快速恢复，多种中小型食肉动物群落之间在不同季节通过时间和空间利用的调解，减少了竞争，实现了相互之间的共存。"这里，我想再援引2021年第一期《人民周刊》中一篇名为"追寻华北豹的踪迹"（作者何娟）的文章中引用的冯利民所说的一段话："早期，子午岭林区传出有华北豹的消息，并且记录到了视频，当时我们非常兴奋，同时也心存疑虑。子午岭林区的华北豹是不是残存的数量个体或者从别的地方扩散过来的游荡个体？因为只有完整且健康的生态系统才能支撑华北豹这样的顶级食肉动物长期生存。"

不仅仅只有冯利民的虎豹研究团队在这个国家级自然保护区设有基地，我在榆林保护站住宿的三天就下榻在曲阜师范大学华北豹保护协会设的华北豹保护与研究博士宿舍里。那天跟着孙高峰收蜂蜜时，孙高峰还说过一句："跟上这些人干，觉得自己的工作更有意义。"

豹子回到子午岭，当然是有条件的，而子午岭林业人正在不断地满足着它们的一切要求，业已形成的食物链就是给它们准备的饕餮大餐，林子里那些安全、舒适的栖身之所，已经可以让它们繁衍生息。这可能不是一生一世的福地，而是世世代代的福祉。

雄风归来的豹子，可能预示着子午岭一些消失已久的动物部落的复活。

在动物部落，子午岭前塬的鹿和野猪多了，是豹子归来的主要标志；而前塬的鹿和野猪之所以多起来，是因为林子深处的豹子多了，鹿和野猪为了躲避林子里的豹子而逃到了前塬。

采访中，我在野外见过两次野鹿，一次在榆林保护站，一天大清早，一只鹿看见散步的我之后，在100米之外就呦呦而逃；一次在志丹县林区，在200米远的山坡上，一只鹿看见我们的车子后，也是仓皇而逃。我见的都是母鹿，没有见到公鹿。母鹿无茸，出没时相对比较安全；公鹿产茸，出没危险系数就大；因为头上有一顶珍贵而显赫的"鹿冠"，公鹿才在林子里深藏不露，从而躲过了人们一度的猎取。第一次见到野鹿，当然也是第一次听到鹿叫，让我不解的是，我听见的鹿叫怎么和在书本里描写的鹿叫声不一样，书本里的是呦呦鹿鸣，而我听到的是吽吽鹿鸣，没有书本里说的那么优美。

都说野猪因为长期受到保护已经泛滥成灾，但我在野外没有看到一头，只是到了延安市野生动物保护站看到了一窝，纯种的杂交的都有。不过，我看到了野猪光顾过的一些庄稼地，农民为了保卫庄稼而构筑各种"工事"，可谓绞尽脑汁，严阵以待。野猪都是晚上出来觅食，我晚上没有出来采访，所以没有见到野猪。最近，国家林草局新出台的《有重要生态、科学、社会价值的陆生野生动物名录》（征求意见稿），已经将存在了20年的野猪的大名删除，这就意味着意见如果获得支持，大批的野猪将不再受到保护，野猪们又可以被狩猎了。采访中听到，陕西其实已经动手了，最近正在发放狩猎证，但每个县只发10个，而且每年的三四月不让狩猎。这个狩猎证只允许对付野猪，而且只许"笼猎"，不许枪打。

在追寻豹子的过程中，我也在顺便打听其他一些动物的生存状况，人们对它们的热情似乎远远不及对豹子的热情。

书上一贯所说的"丛林四强"豺狼虎豹，第四强豹子今已王者归来，其他"三强"正在路上。我一直不明白的是，"豺狼虎豹"的这个次序是根据什么排出的。过去，豺狼虎豹在子午岭都是横行一时的，为了生存，彼此之间的势力争霸自不必说，对人们的危害也是"罄竹难书"。依照其次序，先说一说豺狼的豺吧。

在榆林保护站期间，有一天采访归来，看见有几个人在捣鼓路边的一个马蜂窝，司机给他们打招呼时，不知谁说了一句，那个梁老汉有故事哩，因为一路都在找人讲故事，我当即就把梁老汉"抓"到我的宿舍讲故事。梁老汉叫梁双令，是一个外来户，不是林区的人。已经奔70的梁老汉，2012年从铜川煤矿退休后，跑到这里租种了600多亩豆子，至今已经10个年头。虽然很累，但他不想离开，打算永远待下去，这里风景好，水好。而他之所以能在保护区待下来，是因为他遵守着林区的一切规则，比如，他从来不在自己的承包地里烧秸秆，不在自己住的院子里生火，进山从来不带香烟，不会侵害动物，碰到不法分子会及时举报。他平时也看新闻，知道"青山绿水就是金山银山"是怎么回事。梁老汉不但远远见过一次豹子，还见过一只呼的一下从眼前跑过去豹猫。

梁老汉的讲述中让我惊奇的是一个豺的故事。一个月前的一个傍晚，他一个人正在院子里转悠。为了照明，他像往常一样头上戴着一个矿灯，所以眼前也亮堂堂的。忽然，他看见一个什么小动物溜进了大门，于是他就把头上的矿灯对准不明来客看了一下，原来是一只已经成年的豺，他不免紧张起来，大气也不敢出，看这只豺狼的豺要干什么。只见豺慢慢地从自己面前经过，没有龇牙咧嘴，也没有恶意，然后又走向三孔敞着门的窑洞，在外面一个一个看了看，又无所事事地从容离去，逗留时间前后达十几分钟呢。当时，他不害怕，只是有点紧张，是因为从前听说过关于豺的故事。小时候，也就是在铜川时，父亲说过，进了林子，碰见单独的豺不要害怕，豺不但不会咬人，还会助人为乐呢，有一次他刚要出林子，一只豺就尾随而来，远远地跟在他后面，他以为豺要伤自己，厉声呵斥几声，怎么喊打也赶不走，只好让它尾巴似的跟了一路。奇怪的是，当他快走到村口，豺看着他进了村子，就掉头从原路跑回去了。他忽然觉得，这只豺是在送自己回家。都说"豺狼当道"，但豺与狼不一样。

一路送梁老汉父亲回家的那只豹是否真的存在，我将信将疑，但将其与前面走进他的院子随便转了转的豹联系起来看，不带人的任何偏见地说，豹还是和善可亲的，"助人为乐"完全有可能。但这两只豹不可能是同一只豹，前一只就在榆林保护站旁边不到1公里的地方，后一只远在子午岭的南脉铜川，而且之间相隔了五六十年，不会穿越时空转世成为一只豹。听了梁老汉的豹故事，我一直在思考这样一个问题：从森林里成长起来的我们这群人，在获得足以肆意攫取大自然的能力之后，是不是在自然界里树敌太多，包括一些没有被人们驯服的动物部落里的朋友？其实，我们今天的许多规则，都是一些诞生在原始森林里的弱肉强食的"丛林法则"的延续，比如"人不犯我我不犯人""顺我者昌逆我者亡"等，其在过去和今天的丛林之中同样存在。这两只豹，可能和人一样——豹之初，性本善也，我们缺少的可能只是一个理解和信任问题而已。不过，豹的品性究竟如何，还是需要进一步考察，毕竟它的声誉在人群里不是太好。

狼这次真的来了。狼也爱跟人玩跟踪。志丹县白沙川林场的"林二代"陈晓义说，父亲在林场时，有一次被一只狼整整跟了10多里路，一路上狼与人总是保持着一段生死距离，人快狼快，人慢狼慢，狼慢了人却不敢慢，狼快了人也不敢快，人停下狼也停下，狼停下了人才敢走，狼好像要吃人却不敢进攻，人很想逃命却不敢狂奔，人一直大声呵斥，狼却一声不吭，彼此互不相识，却相伴相随。因为一路上引起的深度恐惧，父亲自那以后落下了一个习惯：两只手的拇指和食指彼此经常会不停地同时互掐，有时都掐出了血。父亲似乎被惊吓了一生。父亲已经不在人世了，但他想起父亲就会想起父亲的这次遭遇。

这可真是叫吓破了胆，即使不亲眼看见，只是听故事，这个习惯性的动作也让人心里感到一种莫名的胆寒。仔细回味这件事，是很有意思的：也许人与狼因为彼此的胆量问题，在一段有限的路程里保持了一种心理默契，如果失去这种平衡，必然会发生一场生死对决。这一点，人知道，狼当然也知道。

因为童话的存在，大灰狼的故事，披着羊皮的狼的故事，以及"狼回来了"的故事，几乎贯穿了我们每一个人的童年。

狼的故事似乎要比豹子的故事精彩。桥镇林场的章辉7岁时候就见过狼，不仅是见过，还和狼崽一起玩过呢。小时候，农场因为人手缺，每年农忙季节都要组织家属队种地。秋收时节的9月更是繁忙，七八岁的小孩子也不能闲着，和大人们一起早出晚归的，帮大人们打一个下手。一天收工回家，天还没有完全黑下来，岭头上还拖着一嘟噜晚霞，小章辉与几个小伙伴走着走着，听见路边不远处的草丛里有什么东西在动，大家好奇地跑过去一看，原来是3只狗娃子，好像出生不久，灰色的毛还毛茸茸的，不会走只会爬，非常非常可爱。于是，大家就抢着玩了起来，又抱又摸的，舍不得丢手。眼看天就要黑下去，后面已经没有人了，害怕遇见野兽，他们只好一人抱了一只，其中一个小伙伴没有抱上，很是不高兴，还与别人抢呢。快到家门口时，遇见几个大人，都大吃一惊，说他们抱回来的是狼崽，不是狗崽，他们都不相信，狼崽怎么和狗崽长得一模一样？正说着，听见村口的山梁上一声狼嚎，大人们都说，狼来找崽了，赶紧把狼崽放了。他们都不愿意，被大人们一吓唬，才把狼崽抱到离村口远一点的草丛放下。那时候山里狼很多，大人们天天叮咛小孩子们不要到山林里去玩，狼吃娃娃哩。为了让他长记性，父亲还给他讲了自己小时候差点被狼抓走的故事。父亲说，一天他路过一块玉米地，突然跑出来一只狗，朝他龇牙咧嘴的，他转身就跑，狗从后面扑上来抓住了他的两肩，他挣脱后又跑，又被狗从后面抓住，他拾起一根玉米秆，边退边打，边退边喊，狗才不敢进攻了，见远处来了人狗才跑了。赶来的大人说："娃，那不是狗，是一只狼。"章辉和父亲小时候相似的遭遇让人称奇。"我遇见狼已经是1977年，后来狼都被打完了。"章辉如是说。那么可爱的小家伙，怎么会是狼崽呢？从童年到少年，章辉都在想这个问题。其实，许多人都很疑惑，是不是所有的动物小时候都是可爱的？

狼很狡猾。王宗举回忆说，1979年榆树庄的狼很多，因为狼经常夜里出来叼羊，队长下令所有的男人值夜班。奇怪的是，第一夜没有发现狼，但早上死了几只羊；第二夜没有发现狼，早上还是死了几只羊；第三夜没有发现狼，也是如此，早上又死了几只羊。怎么回事呢？到了第四天早上，一个人终于在喂羊的水槽下面发现了秘密，只见水槽下面静静地卧着一只狼，浑身都结了冰,当啷当啷地响。人发现了狼,狼也发现了人,但狼因为夜里喝饱了血,潜伏后肚子撑大被卡在水槽下面动弹不得。那个人一喊,大家都跑了出来,几杆枪一起把狼打成了一个"血筛子"。原来,前儿天咬死羊之后来不及跑的狼,都藏在了水槽下面,所以人没有发现。朱建设就是放羊的。一次,他把羊群赶到河边饮水,但半天工夫就不见羊群了,他很纳闷,绕过一个山腰,一看是两只狼正合伙赶着羊群,山坡上已经倒下了白花花的一片羊,脖子上都被咬得血淋淋的。看见两只狼还赶走了几只羊,他急忙带着两只狗撵狼,整整撵了一个多小时,最后虽然没有撵上,却让狼也知道了人的愤怒和厉害。都是林场的羊啊,一只都不能喂狼。返回来后,他在山坡上一清点,13只羊被咬死咬伤了,真是罪恶滔天。狼咬过的羊有毒,人是不能吃的,所以他叫人一起把13只羊全部埋在了山里。那天,他差点被气死。豹子川林场的王喜贵说,他害怕狗,不害怕狼,因为狗不但不害怕人,还偷偷咬人,而狼害怕人,远远看见人之后,就会跑掉。十四五岁的时候,他带着妹妹和弟弟在山里打野鸡,跑进一孔破窑洞拾一只被击落的野鸡时,发现里面蹲着一只狼,真是狭路相逢勇者胜,他们不但没有跑,还把狼堵了一会儿,狼看见他们厉害就怯怯地主动出去了。有一天,妈妈在外面突然大喊:"狼把羊羔叼走了,狼把羊羔叼走了!"闻讯后,他跑出来就赶紧追,狼看见有人追来,只好放下羊羔灰溜溜地跑了。那真是一只胆小的"大灰狼"。

从小不怕狼的王喜贵,在来林场之前,上过老山前线,荣立过二等功。吃了豹子胆的王喜贵,其胆量恐怕就是在狼身上练出来的。

豹子回来了,豺回来了,狼虽然很少,但毕竟回来了,而非常罕见的老虎也肯定会回来的,一个也不能少。

在子午岭,豹子的归来,让人们既兴奋又害怕,一种环境的优越感溢于言表。这一点,正如我在《豹子回来了》一诗中最后三行写的那样:

　　自从豹子回到了林子以后
　　大山看上去威风了
　　人也威风了

伐木者的背影

地上跑的豹子回来了，是因为有藏身之处；天上飞的朱鹮也回来了，是因为有枝可依。

2021年9月，有一只古老而珍贵的大鸟飞进了西安第十四届全国体育运动会会场，它就是本届全运会吉祥物朱鹮。归来的"东方宝石"朱鹮与豹子揭开了子午岭动物世界的新纪元。

吉祥物为什么是朱鹮，而不是别的？因为朱鹮是国家一级重点保护动物，因为几近灭绝的朱鹮种群已经在包括柳林林场等林区在内的秦岭和子午岭区域成群结队繁衍生息。2021年是野生朱鹮再发现40周年，10月陕西省林业科学院发布《朱鹮保护蓝皮书》指出："经过40年的保护恢复，朱鹮呈现种群兴旺态势。截至去年底，陕西朱鹮种群数量已从发现时的7只发展到5257只，占全国79.45%，占全球的68.67%。"在子午岭南脉，柳林国有生态林场提供的资料显示："铜川野外繁育的朱鹮已累计达到136只，而野外放生的朱鹮活动区域已经扩散到西安、宝鸡、咸阳、渭南和延安5个地区，生存状况良好。"

所有的这一切，都是因为环境变好了。之前，朱鹮种群快速衰退的因素有5个方面，一是环境污染，二是食物缺乏，三是过度采伐，四是气候干燥，五是非法猎捕，而如今这些问题都不存在。在沮河朱鹮生态园，雷培恒、王华强和朱少秋三人轮番给我讲了几个朱鹮的故事。一个是朱鹮与乌鸦争巢，说的是

2只朱鹮在一棵树上垒了一个窝,而被几只乌鸦看上了前去争夺,在"外来户"朱鹮节节败退的时候,护林员出手相助赶走了乌鸦;一个是3只朱鹮争风吃醋的"三角恋爱",说的是2只朱鹮已经在一起生活,突然出现了一个"第三者",插足欲夺其中那个雌朱鹮,但雌朱鹮忠贞不贰,加之伴侣坚强守护,终使"第三者"悻悻而去。碰上这种闲事,护林员当然不会去管。

没有想到,还有两个"弹弓男"和朱鹮的故事。在陕西耀州沮河国家湿地公园生态科普馆,我看见了一只被摆放在展柜里的朱鹮标本,编号为L42,后面的"警示牌"用详尽的文字记述了这只朱鹮的身世和死亡经过:该标本为环志编L42的朱鹮的尸体,是2013年由汉中洋县引入铜川野化放飞的其中一只朱鹮。2016年6月1日,这只朱鹮在庙湾镇瑶玉河道觅食时被两名途经男子用弹弓打伤。准备将朱鹮带走时发现其脚上有数字脚环,担心被跟踪查处,于是将朱鹮扔进耀柳路河道内,当耀州区野生动物保护站工作人员赶到时,朱鹮已经死亡。铜川市耀州区森林公安派出所经过多方调查取证破获案件。2017年12月5日,铜川市耀州区人民法院依法对二被告非法猎捕、杀害珍贵、濒危野生动物罪,分别判处10年和8年有期徒刑。"警示牌"给两个"弹弓男"留足了面子,没有把他们的名字放出来,只放了一张他们戴着手铐、脚链被警察押着指认现场时的照片。没有想到,顽童时代的弹弓竟然藏在了大人的口袋里。

这只朱鹮死在了阳光下的黑暗之中。其时,正值朱鹮的繁育期,这只朱鹮与另外一只朱鹮已经孵出3只小宝宝,巢就在瑶玉河道附近,森林警察发现它们时,三个小家伙正在嗷嗷待哺。

在这个科普馆里,我还见到了5个已成标本的朱鹮蛋,它们将在以后的岁月里变成5块化石。

不仅是朱鹮,乌鸦的存在也是生态环境向好的重要标志。经过马栏林场、照金林场、石门山林场、耀州林场、五益林场和印台林场时,沿路成群起起落落的乌鸦引起了我的兴趣。林场的朋友们都说,乌鸦对环境很挑剔,植被、水质、空气质量都是乌鸦所在乎的,而且乌鸦嗅觉灵敏,喜欢吃腐肉,乌鸦在哪里存在,说明哪里动物多,动物多死亡就多,使乌鸦的生存有所依赖。其实,民间"喜鹊报喜,乌鸦报丧"的说法,都是无稽之谈,喜鹊报喜是人们的祈愿，乌鸦报丧是人们的讹传。在鸟族之中，乌鸦与喜鹊是一个科的，都吃谷粒、草籽和害虫，二者都是益鸟，只不过乌鸦还好一口腐肉，人之将死，其肉也臭，乌鸦能凭借灵敏的嗅觉远远闻到死亡的气息，早早赶来"奔丧"并哇哇地提前说出来而已。而且，乌鸦的形象和叫声也不符合大众的审美情趣，长得乌黑乌黑的，嘶哑着声音，让人感觉很不舒服。喜鹊就不一样了，它不吃腐肉，闻不得腐肉的气息，没有长一个"乌鸦嘴"，长得不那么黑，叫声又比乌鸦好听，自古就有吉祥鸟之名号，自然受到人们的偏爱。乌鸦不简单，在啄食、叼衔植物籽的过程中，乌鸦不经意间会传播草籽，促使植物繁衍生长。所以，对乌鸦的冤枉和偏见应该休矣。一些地方乌鸦已濒临灭绝，令人忧虑。马栏林场副场长樊广宁说："在我们马栏林场，乌鸦确实多，开车经常会碰死乌鸦。"真是太可惜了。

　　人类的有色眼镜贻害无穷。世俗的偏见不仅是乌鸦的不幸，可能也是人类的不幸。如果，哪一天我们像喜爱喜鹊一样开始爱惜乌鸦，并像保护朱鹮一样保护乌鸦，那恐怕就有点迟了。"乌鸦嘴"预告的可能都是自然界的真理。教科书里的伊索寓言"乌鸦喝水"，已经告诉我们乌鸦的聪明才智，而且乌鸦还懂得反哺父母，这些品质值得广大动物乃至人类学习。

　　"15年前，前山的野生动物都很少，生态恢复后消失20多年的黑鹰也出现了，纯黑色的，体格很大，站起来有八九十厘米高，头如人的拳头，翅膀展开有两米长。黑鹰抓兔子，吃腐肉。我曾经养过一只受伤的黑鹰，伤好后就送给了派出所。黑鹰是甘肃二级保护动物。"蒿咀铺林场陈超宇如是说。

　　在子午岭，朱鹮们在飞，黑鹰们在飞，喜鹊们在飞，乌鸦们也在飞。

　　"来林场时，植被破坏很严重。经过这些年的努力，大家都能看到，植被恢复得很好。最初见个兔子都很困难，现在野鸡就像散养的家鸡一样。洛川县原来啥都没有，现在野鸭子成群成群的，还有白鹤和丹顶鹤。"护林员王金林如是说。"天保工程实施以后，林子情况好了；天保工程二期以后，职工待遇好了。转好也不到10年，即从2016—2021年7年时间。"护林员刘海成如是说。两位1993年年底同时进张村驿林场的"林二代"和"林三代"所说的情况，客观地反映了"天保工程"给子午岭带来的巨大变化。

一转身，一个伐木者成了一个县"天保工程"的总指挥，他就是宜君县林业局天保工程管理中心主任岳亚库。1994年从陕西省林校毕业一直到1998年8月，为了每月四五百元的工资，岳亚库带着10个工队200多人，每年采伐林区四五千方的油松、栎树和一些优良杂木，4年间几条沟几万亩树木都被他伐啦。1998年9月1日开始禁伐，开发森林公园育苗。一开始接受不了，不让伐树了，以后靠什么吃饭呢？"天保工程"实施后，有了资金保障，国家每年给宜君县天保工程1700万元，总计已经2.15亿元。过去是要饭吃，现在是有饭吃。老百姓的观念现在也变了，过去老百姓认为，林场占的是国家的便宜，老百姓伐木要判刑，林场人伐木咋不判刑？心里不平衡。自从看到林场职工开始育苗栽树后，他们心里就平衡了，与林场职工走得近了，不打林子的歪主意了，也没有人在林子里放羊了。一些老百姓说，林场人这几年干的都是正事。

地处子午岭南脉的宜君县，属于洛河流域，是铜川市唯一位于黄河一级支流上的县，因其重要的地理位置，业已成为替关中、铜川、咸阳和西安抵挡陕北风沙的最后一道绿色防线。因为"天保工程"的实施，宜君县与周边几个县相比，降雨量最高，空气质量连续十年都是最好的。

我在宜君县城一家宾馆采访岳亚库时，天正下着大雨，窗外的山林绿得滴翠。岳亚库很忙，谈了不大一会儿就被单位人的一个电话叫走了。看来，今天的雨天没有给宜君县天保工程中心的人放假。翠绿的大雨中，岳亚库消失在窗外大雨中的背影飞溅着一身翠绿。这样的一个身影，将来在自己的儿孙面前，转身后给儿孙的必然不会是一个伐木者的背影。

树长出来了，林区的植被好了，子午岭所有的变化归根结底都集中在这一点。

在子午岭，我终于理解了为什么说植被是植物给大地缝制的被子。一路上，护林员们都给我普及林业知识。比如，林分和林相，此前我一点都不知道。所谓林分，是指林子里的树木分布率，即疏密度；所谓林相，指林区的树种和长势。林分和林相是林业人看森林的两个基本点。以前，我只知道森林就是植被，但不知道植被究竟是个什么东西。几个人给我说，森林是一个储水库，植被依次分乔木、灌木、草木、枯枝、落叶和地衣6个层次。原来如此，怪不得一个林业谚语说"林多水多，水多粮多"呢。看来，我们这些只知道用"郁郁葱葱"来概括森林的人多么无知和肤浅。

在耀州沮河国家湿地生态科普馆，我看到这样一份资料："印度加尔各答农业大学德斯教授对一棵树的生态价值进行了计算：一棵50年树龄的树，以累计计算，产生氧气的价值约31200美元；吸收有毒气体、防止大气污染价值约62500美元；增加土壤肥力价值31200美元；涵养水源价值约37500美元；为鸟类及其他动物提供繁衍场所价值约31250美元；产生蛋白质价值约2500美元。除去花、果实和木材价值，总计价值约196000美元。"

一棵树就是一个"绿色银行"，一片大森林就不难想象了。其中的绿色"储蓄账"，子午岭人肯定心里清楚。

在柴松保护站采访时，我意外在喝茶聊天的地方看到一本乐天宇、徐纬英合著的《陕甘宁盆地植物志》（中国林业出版社，1957年6月版）。因为年代久远，书已经很破旧，封皮都快要掉下来。书很有价值，子午岭就在陕甘宁盆地，我接下来的写作肯定会用上，所以我想带走看一下，当然是要还的。一问，旁边的站长白晓伟说，当然可以，书是他几年前在网上淘的，但花了200元呢。听话听音，他虽然说得爽快，但我害怕人家碍于面子，不答应也得答应。一本老版本的专业书，定价虽然只有5元9角钱，但恐怕已是孤本了，必是心爱之书，而且扉页上除了原主人购书时手写的名字而外，还有他购到书时写下的一行"陕西延安柴松省级自然保护区保护站白晓伟购于2019.4.16"字样。不过，他既然答应了，我就只管拿着走，害怕他不放心，出门时我再三说，放心吧放心吧，用完就快递给你。这样，我一路上都在翻这本书，但因为是专业志书，名词、数量词和专业术语多，没有故事，新鲜了几天我就放下了，留待查资料用。果不其然，2021年10月12日，我收到钟利兵的一个短信，说白站长要他的那本书呢。我连忙说记着的，放心吧，用完一定奉还。

我非常理解一个书痴的"小气"。为了不让白晓伟担心太久，我不得不加紧阅读《陕甘宁盆地植物志》。白晓伟在乎这本书是有理由的。这是一部子午岭"植物家谱"，对于一个常年坚守在子午岭与植物打交道的人来说，其无异于一个时常不能释手的工作手册乃至精神寄托。这部"植物志"，对植物区系的自然环境、主要经济植物概要、主要用材树木每年胸径平均生长率和植物记载做了颇为详尽而科学的梳理和鉴定，涉及区域界限、气候、地质等诸多方面，书后面还有志内所收植物的中文名和学名英文索引。每一个标本配有照片，图文并茂。从作者的序言中看，书稿成于1956年国庆，而所收8000余标本却来自1938—1944年7年间的实地考察中的采集和鉴定。甚至，这些标本经过了战争的洗礼，代表子午岭的植物走进了新中国的首都。作者在序言中写道："1947年胡宗南匪军进攻前陕甘宁边区，著者等撤出延安时，赖前延安大学自然科学院的支持，得以携出重要标本5000余份，历尽亲身搬运的困苦，经过阎锡山匪军封锁线，运到太行地区。1949年这些标本运到了北京。"看到这一笔记述，不由得让人感到这部植物志的沉重。不仅如此，这部志书还包括了1940年夏天陕甘宁边区政府组织的那次著名的森林考察团所取得的成果，而这个考察团的负责人就是乐天宇，考察结束后他就写出了当年即被中共中央财政部内部刊行的《陕甘宁边区森林考察团报告书》，从而成为后来如时任中央财政经济部部长李富春所评价的："虽其中再加考虑与研究之点，但已成为凡关心边区的人们不可不读的报告，已成为凡注意边区建设事业的人们不可不依据的材料。"《中国林业大学学报（社会科学版）》2012年3月重发这个著名的报告时，在编者按里称："《陕甘宁边区森林考察团报告书》也是目前见到的第一个提出垦殖南泥洼（南泥湾）的文献。"由此来看，著者乐天宇、徐纬英夫妇当然是子午岭植物研究的奠基者。而且不难看出，他们当时跑遍了子午岭的山山岭岭。一个"南泥湾的发现者"，自然也就是那场大开荒的推动者。一个时代英雄，新中国不会忘记。

乐天宇还是柴松的发现者和命名者，柴松保护站门口树立了一块牌子，简要记录了他的这一功绩。柴松是油松的一种新型树种，在其细微而漫长的进化过程中能被有识之士发现，实乃人类的一大功德。1956年出版的《陕甘宁盆地植物志》里已经出现柴松的记载，说明乐天宇发现柴松就是同一时期的事情。在柴松保护站，他们带我去看了一个幼松繁育基地。刚刚从草丛里长出来的幼松，只有牙签一般粗、筷子一般高，为了防止被人踩踏，他们给每一棵旁边插了一个小红旗以示警诫，呵护之周到精细，令人赞叹。原来，乐天宇是柴松的恩人，难怪白晓伟如此守护他的《陕甘宁盆地植物志》。从白晓伟身上我发现了这样一个逻辑：爱一本书就是爱一个人，爱一个人就是爱一片森林，爱一片森林就是爱自己的工作。

先行者已逝，后来者悄然而至。继乐天宇之后，白重炎在子午岭发现了104种新植物，为子午岭的植物保护做出了积极的贡献。在劳山林业局，听冯志胜说延安大学生命科学院有一个从劳山林场走出去的林业教授之后，我就直奔延安寻访白重炎。事先经延安市地方志编纂中心主任霍志宏牵线，我在下榻的延安新城一个宾馆见到了他。我们一见如故，其人像一个教授又像一个护林员，山野工作者可能都是这么朴素，风度里有一种山野之风。和前辈乐天宇一样，白重炎的"根据地"也在子午岭。他给我讲了两个"发现"的故事，让我大开眼界。2015年五一节，他带两个学生在富县采集标本。上到一个山坡上后，发现一丛一米多高的灌木，竟然挂满一种红红的果实，长圆形的，指头蛋般大，像挂灯过节一样，特别好看。出于一种职业敏感，他尝了一颗，感觉苦苦的又甜甜的。一打听，当地老百姓叫它"羊奶果"或"苦糖果"，秦岭一带叫它"裤衩果"。随即，他在这块地里采了几株标本带了回去。没想到，鉴定时仔细一看，竟然发现所采集的几株标本最少有三种形态，一般人根本看不出来。他立即兴奋起来，自己是不是发现了什么，但全面鉴定一个植物标本还需要其花朵的支撑，于是他就联系了一个富县当地的放羊人，彼此留了手机号码，请放羊人第二年给他天天盯着那片灌木丛，它们一旦开花，第一时间就给他打电话。第二年春暖花开，放羊人打来电话说："你的花开了，好看得很呢，赶快来吧。"第二天早上8点，他就带着学生到了山下，不歇口气又急切地爬上山，只见那一大片的灌木丛都开着一种喇叭状的白花儿，还吐着鹅黄色的花蕊，比它们初夏结的"裤衩果"个头大多了。于是，他给花色各异和形态各异的都挂了编号牌，采集了30多种标本，而且每一种都采了三株，夹了厚厚的两本呢。一回来就鉴定，仔细对比后发现，白种花色之中又有三类，花冠也是三种，肉眼看上去的同一种植物，居然是三种不同的植物，它们分别是北京忍冬、樱桃忍冬和苦糖果。这样，花就印证了果。在普通老百姓眼里的同一种植物，不仅有来自三个不同地方的名字，叶子毛被和果实形态都不一样，而且目前已有的资料证明这三种植物在本区域根本不存在。这是多么奇妙的事情，悄然而来悄然而生，短暂的绽放之后却都是素花艳果，生命状态令人惊奇。

也许因为"裤衩果"名字俗气，我只记住了"裤衩果"。我是一个"字思维"者，很长时间我都在琢磨"裤衩果"这个名字。我心里觉得很好笑，秦岭的人真是胡说呢，那么美丽的花朵儿怎么会把红红的果实放到"裤衩"里去？应该叫"羊奶果"才对，洁白的羊奶喂养出来的果实，寓意多好，即使叫"苦糖果"也比"裤衩果"好听一些吧。大山是动物的，应该用动物们的名字给植物起名字，现成的就有不少，除了这个"羊奶果"，山里常见的"动物草木"还有羊须草、羊尿泡、猪耳朵草、狗尾巴草、猫耳朵草、虎尾巴草、虎榛子、马齿苋、狼牙刺、狼把草、狼尾巴花、南蛇藤、獐牙叶、龙胆、牛舌草、鼠尾草，等等，真像是一个草丛里的动物世界。当然，这些草木的名字都是人给起的，草木们不知道，动物们更不知道，如果它们都知道，那就乐死了。

白重炎的科研就是寻找、发现、识别和求证。2016年7月，他带着学生到野外实习，在槐树庄林场发现一种很像麦子的植物，但让他奇怪的是，一株麦子上竟然长了三个"麦穗"。又是一个新发现，他马上拍了一张照片，发给西安植物园的一个朋友。第二天，这位朋友早早就打来电话，问他照片在哪里拍的，朋友一听他在陕北拍的，催他赶紧去鉴定，说这个植物可能是"似莎苔草"，国内只有甘肃有，西安植物园的这个植物还是从美国引进的呢。朋友这么一说，第二天他又带着几个学生去槐树庄林场采回来几株样本，拿到显微镜下一看，太高兴了，就是朋友说的"似莎苔草"。他又马上查了《中国植物志》，其记载确系国内属甘肃独有。他当然十分高兴，从此以后陕西也有了珍贵的"似莎苔草"，而这就是他的科研发现。

白重炎给我留下了很深的印象。后来，有一天我故意问他，认识乐天宇吗，他开玩笑说："我认识人家，人家不认识我。"我差点忘了，他们是两代人，1901年出生于湖南的乐天宇，1984年就去世了；乐天宇在延安的时候，1961年出生的白重炎还没有出生；而乐天宇去世那一年，白重炎大学毕业刚刚分配到劳山林业局劳山林场。我无意将白重炎和乐天宇前辈放在一起比轻重，因为时代的局限性，他们之间没有可比性，如果要比的话我只想比较一下他们科研的目的性。前者的科研，是在为一次大开采而进行的前期科学考察。比如，在《陕甘宁盆地植物志》"主要经济植物概略"一章中，有一节"军械用材"对核桃木、泡桐和河杨三类军械用材的树木之用途和分布做了详细的阐述："本植物区系的军械用材是很丰富的，虽然经国民党反动政府的滥伐摧残，但是它的产量仍然雄厚。兹将主要军械用材分述如下。核桃木为制造枪托及其他军械的良好材料，如能合理保护利用，可成为最丰富的军械木材资源；泡桐木质轻软而韧，不易传湿热，为制造子弹箱、炸弹箱及飞机的良好材料；河杨材质虽较泡桐为粗糙，但轻软利于搬运，用较厚的板材作为子弹、炸弹、炸药等的箱具，是很实用的。本植物区系所产轻软耐损的木料很多，除上面所述外，如椴木、山杨木、河柳、黄华柳等，都可为军械用材。"除此而外，一些药用植物、工艺植物、建筑用材和家具用材都是战时急需的木材物资。后者白重炎的科研，则是在保护植物和植物所在的土地。38年来，白重炎主持或参与省、市级科研20多项，发表研究论文30多篇，获得授权专利4个，出版专著2部。我又故意问他有无乐天宇的《陕甘宁盆地植物志》，他说有一本，但页码不全，他主编《陕西子午岭植物图鉴》和《延安林业志》两部志书时都参考过乐天宇的这本植物志。因为时代的需求不一样，二者的科研目的自然有所不同。他们虽然在时光里从子午岭擦肩而过，但因为有着相同的大事业而有着一样的精神传承。有采伐必然有填补，这就是一种薪火相传。不要以为他们发现的只是一草一木，他们发现的可能是这一草一木所依赖的那一方水土。

植物的发现是乐天宇和白重炎们的功劳，但植物的生长却是靠植物自己。人们停止破坏活动后，植被的恢复主要靠植物的自我修复，人的作用其实并不大，甚至是一厢情愿。我无意否定植树造林行动，我只是想站在自然的角度理解或诠释自然规律。劳山林业局冯志胜说，不赞成大规模的人工造林，应该以自然恢复为主，人工干预为辅，而且要适地适树。他说，人要尊重自然规律，顺其自然，道法自然。林业人首先要敬畏自然，然后亲近自然，进而保护自然。在桥镇林场院子的一个亭台支柱两边，我看见冯志胜写的一副对联："遵循道法自然生态法则，树立万物共生保护理念。"冯志胜已经退休，临时被单位请出来陪我采访。一路上，我通过这个子午岭的"活字典"，了解了不少子午岭的情况，学到了不少林业方面的知识，并在一些问题上达成了共识。比如"道法自然"问题，我们是心有灵犀的。每一个人都属于这个社会，但归根结底属于自然。野人变成人，对于人类社会来说是一种文明进步，但对自然来说却是一种背弃和逃离。文明进步是高级动物的幸运，愚昧落后是低级动物的宿命。如今，前者还在进步，而后者却在退化。

采访途中，我见到的野鸡最多，但我通过惊飞它们的那一刻发现，它们已经飞得非常艰难，翅膀在半空中沉重的拍打声，让人时刻担心它们会突然掉下来。它们如果掉下来，下一辈子就不是野鸡而是鸡了。还有野猪，人们说它们是杂食者，但如果它们只吃素不吃荤，是不是就会变成猪？人类在自己的进化过程中驯服了不少动物，但人类不可能把所有的动物都驯服，如果哪一天森林里出现了野豹野虎野鹿野蛇，那将是大自然和人类的双重悲剧。在《延安市桥山林业局志》中，我看到一幅建庄林场在人工饲养驯化灰喜鹊的图片，心里很是不解，灰喜鹊一旦被驯化，不知是好事还是坏事。对于植物也一样，对于森林更是如此。道法自然的目标是，野鸡绝对不能变成鸡，野猪绝对不能变成猪，野花野草也绝对不能变成温室里的花花草草，大森林绝对不能变成人类的大盆景，哪一天大森林里出现了野人，那才是人类回到了自己的本来。我不是反对文明进步，我只是在提醒自己对自然保有一颗敬畏之心，顺其自然吧。前些年，有人提出要再造一个子午岭大森林，有这种可能吗？子午岭是地块运动自然形成的，不是人造的，这种违背自然规律的莽汉式行为，要么是极其无知，要么是不自量力，最简单的一个问题这些人恐怕都没有想到——在哪里造呢，子午岭附近还有这么一块地方吗？不论狭义的子午岭还是广义的子午岭都没有。当进退两难的时候，不妨退一步，起码停下来，万万不可莽撞。在近现代历史上几经破坏的子午岭，早已成为一片次生林，生态极其脆弱，已经不起人为的折腾。此外，在接受人类的管护时，子午岭不需要形象工程，不需要政绩口号，子午岭需要的是在我们保护之下的茁壮生长。

我们将来给后辈留下一个怎样的背影，应该是一个值得我们沉思的问题。

其实，如果说这几十年植被在自我修复的话，那么我们的植树造林只是一种自我救赎行为。在大自然面前，人类曾经在做、正在做的和只能做的，也只有两件事：要么破坏，要么保护。

植被是森林里最根本的生态资源。植被是野生的，却受到越来越精心的科学保护。子午岭各个林场在林业建设和生态保护方面所要做的都是国家层面下达的木材战略储备、珍稀树种培育、智慧林业建设和林区防火道路建设等方面的任务，平时具体的工作就是退化林修复、荒山造林、中幼林抚育、封山育林、天然林保护、病虫害防治、野生动物保护和资源调查。这些工作，环环相扣，哪一个都不能掉链子。要做好以上这些事，首先必须弄清楚自己的家底。这些年，子午岭各个林场都会按照国家的要求，每五年进行一次一类森林资源调查，每十年进行一次二类森林资源调查，通过对树木覆盖率、树种树径、土壤厚度和病虫害等方面的科学调查，从而盘点5年之中的林木生长量。子午岭国家自然保护区任伯平说，每次清查，首先要找一个具有代表性的生态区域，一般都是28.28米×28.28米大的一个地方，然后丈量、测位、记录、涂漆和编号。除此而外，保护区自己还设立了40个样地和6条样线，样地规格与国家规定的一样，样线每条直线5公里长呢。每次调查，他们都是一行5人，带着火腿肠、方便面和矿泉水，骑三辆摩托车，但只能在大路上骑，遇到羊肠小路只好徒步跋涉。一人一双黄胶鞋，哪天跑烂了，用绳子一绑，接着继续跑。林区剧毒蝮蛇很多，但早上没有蛇，为了避开蝮蛇，他们每天都是一大早就出发。躲过了蛇，但躲不过露水，往往是还没有走到目的地，两条裤腿就像刚从水里捞出来一样。太阳出来，又有牛虻叮咬，苦不堪言。自己负责15个点，每次调查下来最少需要20天。

平定川林场的资源调查与其他林场有所不同。王万寅说，他们一组4个人，上山时，每人要背一个二三十斤的水泥柱、一把铁锹、一把砍刀、一个滑竿、一个罗盘仪和5斤的一个水壶。幸亏有一辆皮卡车，拉着米面和帐篷在大路上跟着。有一次，皮卡车陷到了泥里，无法掉头，他们只好把皮卡车抬着转了个向。春季从3月上旬到5月中旬，基本上不回家，整天待在山里；走遍每一块样地，小到一棵树，大到一道岭，都不敢马虎。"衣服整天都是湿的，上半身是汗水，下半身是露水。"何邓宁补充说。

阳湾生态林场的李树军是一个能人，他能用多年在实践中掌握的土办法目测,准确测量样树的方位、高度和胸径,目测之后再用围尺和测高仪进行测量,结果往往比围尺和仪器还要精准。李树军的土办法省了大家不少力气,遇上够不着的样木,只有请他出马了。他的这个绝活可不是吹出来的。在2015年陕西省林业职工职业技术大赛中,笔试45分钟,他8分钟就交卷了,结果考了82.1分,名列全省第二名。今年已经是阳湾林场一类调查的第七个年头。林场有19个样地,每一个李树军都要参加。也许因为过度辛苦,见到他时一脸疲劳的样子。李树军小时因为家里穷,姊妹多,上不起学,初中都没有毕业,后来上了一个函授中专,获得中级技师职称。他说,除了办公室和财务室,林场啥岗位他都干过。在子午岭,像李树军这样稀罕的"土专家"已经不多了。

说起一次一类森林调查时的故事,林镇林场副场长李世荣甚是心酸。当时条件差,没有交通和通信工具。为了安全起见,不允许单独行动,必须是5个人一组,他们一共15个人,正好分了3个组,最后在一个约定的地方会合。那天,走到半路上,他们这个组突然发现出发时和另外一个组把勘察仪器和干粮拿错了,就派张治国把拿错的仪器送回去,然后把自己的干粮拿回来。从小凤川到烟景沟步行来回要三个小时,中途还要经过约定的地方。但是,他们等了三个小时,不见张治国回来,又等了三个小时,还不见张治国回来,这边的4个人饿得头昏眼花。害怕张治国出事,他们就用杠树籽填了填肚子,一起去找张治国。结果,几个人走到约定的地方,发现张治国已经把仪器送到而且把干粮也带回来了,只是人已经因为困乏而倒在路边睡着了。

技术员和护林员是"孪生兄弟"。技术员是林场最忙碌的人,可谓饱尝林业人的艰辛。他们的工作贯穿着一棵树的生生息息,从育苗到栽树都离不开技术员。在育苗期,一个技术员要指导防虫、防病、浇水、除草和施肥等工作;进入栽植季节,技术员不但要负责监管挖坑、植苗和剪枝,还要发挥一个护林员的作用,防止野兔、地老鼠和牛马羊的啃食。如果说艰与辛,技术员的这些工作只是别人能看得见的一面,别人看不见的另一面可能才是他们真实的一面。吴程浩的另一面可能代表了所有技术员的另一面。吴程浩老家在榆林市子洲县,20世纪60年代爷爷逃荒到富县,父母是农民,他是一个地地道道的草根。吴程浩说,他欠老婆一盘洋芋丝,欠孩子一个西瓜。他们夫妻是一对"比翼鸟"。1999年，吴程浩从延安林校毕业后就到了林场，当上了技术员；第二年与自己林校宜川县的同桌韩丽丽结婚成家，韩丽丽是为了爱情而来的。结婚后，妻子当上了护林员，与他这个技术员成了一个"孪生兄妹"加"天配夫妻"的护林组合，一家有了"二员护林大将"。在担任槐树庄保护站站长之前，吴程浩当了10年的技术员，韩丽丽先后当了11年护林员，比他资格还老一点。他和妻子进林场的时候，正好是"天保工程"全面实施之际，每年春季的公益林建设如火如荼。造林地离林场25公里，嫌天天摩托太费油，他半个月不回家，和植树工人同吃同住，一干就是40天。第一次15天后回家进门，天已经黑了，抱孩子的时候，老婆说她抱娃抱得胳膊疼，他心想一天就领个娃有多疼。第二次回家，老婆第一句话就是"娃从床上掉下来了，后脑勺磕了一个大包"。老婆又说有个推车的话就摔不了。他没多想，磕就磕了，当时娃已经会爬了，磕也正常。说实话，当时一个推车65元，但就是没多余钱买，当时老婆单位岗位紧张没有上班，每月就靠他一个人的工资380块生活，根本不敢胡花。所以，他只买了10包涪陵榨菜，就转身去了施工现场。10天后造林结束，进门后老婆的第一句话就是"你终于结束了，快给我炒一碟子洋芋丝"，他说不会炒，自己炒去。老婆本来话少，说了一句他是"折手"（意思是啥都不会），半天再没有说话。他给孩子擦口水时，不经意间看见老婆委屈得泪花在眼畔打转。隔了一会儿，老婆生气地说："你在工地打仗，我也在家里打仗。只有娃睡着了才能边蒸馍边洗衣服。上厕所都没有看娃的，抱娃上厕所你体会过没？我吃了一月的馍夹腌菜你知道不？"他当时沉默了，虽然没有说啥，但心里啥都知道，真的不容易，只有经历过才能体会到。2005年夏季，本地西瓜还没有上市，反季节外地西瓜上来了，老婆领孩子赶集，孩子看见就要吃，她总是哄孩子不能吃、不好吃，其实是嫌太贵了。这件事是他回到家中老婆说的。第二次赶集他也去了，孩子看见人家娃吃西瓜，哭着闹着要吃，得多丢人，就掏4块钱给娃买了一块，孩子捧着西瓜含着眼泪笑了，不顾臭水沟的味道，立马蹲在路边排水渠边狼吞虎咽地吃了起来，瓜瓢都吃净了还在啃。老婆知道孩子没吃够，没有给娃擦嘴抱起就走，娃还是目不转睛盯着水果摊。当时他的眼睛都湿了，遇见一个熟人打招呼问他咋了，他笑着说感冒了，眼睛难受得不行。当时他心里想，明年这时候买一个回去让娃吃。第二年他出去搞绿化了，还是没有给娃买西瓜吃。生了二胎后，生活好多了，怕大娃不理解，现在都不敢给大娃说这些事。自己觉得亏欠娃太多，亏欠老婆也太多。林业工人生活的艰辛，说起来365天都说不完。

子午岭今天的变化，首先应该归功于科学技术。从资源调查到宏观把控，从苗木培育到树林防护，无不是林业科技人在发挥着"保驾护航"的重要作用；从昔日的第一代到今天的第三代，从普通的技术员到林业专家，这些子午岭的功臣可以说付出了毕生的智慧和汗水。这已经成为大家的一个共识。社会上一些人误认为林业的科技含量不高，过去过来就是植树造林、护林防火，其实这既是一种偏见，也是一种对林业的无知。

子午岭的树种十分丰富，乔木方面主要有松树、柏树、栎树、杨树、桦树、榆树、槐树、柳树和核桃树等。据不完全统计，我国有2000多种乔木，子午岭目前就有近千种呢。除了松柏处于霸主地位，辽东栎生长也呈扩张趋势。也有不时新发现的树种，比如合水林管分局书记祁越峰在对新疆杨的育苗过程中发现的新疆杨雌株，就是一个不小不大的贡献。发现一种树就意味着发现一个植物的新大陆。灌木方面主要有忍冬、卫矛、狼牙刺、虎榛子、红瑞木和沙棘等，当然还包括前面那些名字里藏着一个"动物"的灌木。我国的灌木树种有6000多种，子午岭目前有种子的灌木有1478种。灌木利用价值不高，但灌木是森林生态系统的主要骨架。乔木和灌木共同分享森林里的生境因子，此多而彼少，虽然彼此存在生态竞争关系，但它们谁也离不开谁，相互促进、保护和影响。乔木为林，灌木成丛，混杂相伴而生。

子午岭是靠"三松"支撑到今天的。所谓"三松"，指油松、落叶松和华山松。如果在乔木中选一个子午岭的"树代表"，非松树莫属；如果在松树里再选一棵子午岭的"迎客松"，又非油松莫属。油松在子午岭是很有资格的。1983年部省联营全国第一批油松八大基地子午岭就有两个，一个是陕西的桥山，一个是甘肃的中湾，其他6个分别是山西上庄、河北平泉、陕西八渡、辽宁北票、河南东湾和内蒙古万家沟。油松，在子午岭也叫松树，在一些地方也叫红皮松，属于针叶常绿乔木；为中国之特有，产于河北、河南、山东、山西、陕西、内蒙古和甘肃等地；个子高者令"小矮人"引颈难望其顶，胸粗者三个大人伸臂不可搂抱。关于油松的栽植，在庆阳子午岭林区采访途中，几个人都无意地说到付耀斌、朱建华等一些"老林"，都说他们是子午岭的功臣。二人已逝，我只能采访知情者。到了宁县林管分局，带我采访的是副局长朱晓庆，半路上我问他朱建华其人，朱晓庆说朱建华就是他父亲。这么巧，看来我和他们父子有缘。但是，儿子似乎不是太乐意说起父亲，总是一问一答不问不答的，在我几天零零星星的追问之下，朱晓庆才断断续续讲出了父亲朱建华的故事。也许这只是半个朱建华，但朱晓庆眼中的父亲已经足以让人心生敬意。

20世纪五六十年代，以朱建华为代表的一群知识分子，培育了庆阳子午岭的油松林，然后逐步推广到陕西、山西、河北和河南等地。正宁林管分局中湾林场是庆阳人工油松培育栽植的样板基地，朱建华就是在这里开始了他的林业人生。朱建华毕业于南京林学院，该学院就是今天南京大学的前身，当时还是一个中专学校。那个年代，支援大西北是国家号召，知识分子都有一腔报国热情，1955年毕业后，朱建华和12名同学一起奔赴大西北，找了一个用武之地——西坡林场（后分中湾林场）。20多年后，12个同学陆续走了10个，不但自己人走了，还带走了子女，只留下他和另外一个同学落地生根。朱建华不但没有回去，还把子女都留在了大西北，大儿子朱晓庆子承父业留在林业上，其余的一女一儿都在石油上。朱建华的父亲是一个老中医，在张家港很有名气。有一段时间，父亲叫儿子回去，并说要给他传授一个秘方，也没有说动他。朱建华执意不回张家港，只有一个理由，他是一个学林的，张家港无林可护，而中湾林场有他辛辛苦苦栽下的一大片油松，让他不放心也舍不得离开。英雄无用武之地，不要说当个英雄，当一个狗熊恐怕也没有机会。"文革"期间的苦，朱建华也没有少受。听林场的人说，朱建华挨批那阵子，在西坡林场接受完批斗，晚上走十几公里路回家，第二天早上又准时在中湾林科所上班。朱晓庆说，父亲真的是爱自己的专业，真的爱子午岭大森林，而且务实不务虚。林业上评高级职称时，有人说父亲的学历低，又没有论文，时任省林业厅副厅长禹贵敏一听，当场就说，他把论文写在了大山里。最后，父亲终于评上了高级职称。朱建华一辈子获得了不少荣誉，省级的不算，国家级的就有一大摞：中国林学会"劲松奖"、"全国绿化劳动模范"、"全国绿化奖章"、林业部"林业技术推广先进工作者"荣誉证书，并成为享受国务院政府特殊津贴专家。其间，他主持的科研项目"中湾油松良种基地营建技术研究"获1989年甘肃省科技进步一等奖。

朱晓庆小时候就向往大西北，父亲每一次回老家他都要跟着父亲到甘肃。七八岁的时候，有一次父亲临走时，他还抱住了父亲的腿要跟着父亲走，被父亲打了一顿才作罢。1981年，母亲带着姐姐和弟弟先来了甘肃，为了让他在张家港把高中念完，就把他一个人留在了舅舅家。上到初三时，为了与一家人团聚，父母硬是把他也带来了。当时，老师不让他来，他也不想来了，小时候对甘肃的那种向往已经很淡。过来后，他以第八名的成绩考入正宁一中，但后来意外没有考上大学。高考落榜之后，参加了一次林场招工，就成了一个林业工人。遇上一个信息时代，他深感知识的重要性，此间先后上了北京林业干部管理学院和中央党校函授学院，取得了一个本科学历。似乎是命运的安排，提干以后他竟然被组织安排到父亲曾经战斗过的"根据地"中湾林场当副场长。从此，他的道路似乎与父亲的道路重合了，父亲走在前面，他跟在后面。不过，已经退休的父亲平时和儿子很少交流。朱晓庆记得父亲只给他说过一件事：自己挨批的时候，有一天林场出纳给他炸了两个油饼，白天他不敢吃，等到晚上钻到被窝里才偷偷吃掉。当初，他们姊弟对父亲不回张家港充满怨气，原因是林场不解决子女的户口，都有了工作以后也就不再提回去的事。但抱怨还是有的，爷爷叫父亲回去的那些年，张家港比甘肃强1000倍，起码没有饿死人。现在的张家港还经常让一家人向往。不要说他们姊弟的户口，父亲连母亲的工作也没有解决。母亲以前在张家港是妇产科大夫，为了照顾三个孩子，把工作都辞了，到甘肃后连一个集体工也没有当上。为此，母亲一直都在抱怨父亲。父亲走了以后，一家人当然再无一声抱怨。父亲当初没有带一家人回张家港，对于朱晓庆来说更多的是一种幸运感，以前不理解父亲，现在忽然都释然了。不过，父亲一辈子的选择他能理解，但父亲与儿女们之间无法弥合的"代沟"让他伤怀不已。后者可能是他不愿唠叨父亲的心理原因。父亲一辈子很清贫，朱晓庆结婚的花销都是父亲平时抽空在家里养獭兔兔种挣下的钱。母亲已经83岁了，父亲去世后朱晓庆就把母亲接过来和自己在一起生活，尽心让母亲安度晚年，当然也要守好父亲的油松，让父亲的在天之灵永远安息。

父亲的死，让朱晓庆心里既悲伤又欣慰。父亲走得很准时——2020年3月12日这天父亲走了。这一年的这一天，是国家第43个植树节，这一年父亲87岁。植树节是树木的节日，父亲在大森林欢庆自己的节日时魂归子午岭，去守他的那片油松了，对于父亲，这是多么有意义的事。也许这只是一种巧合，但也可能是父亲的意愿，所以一家人都很欣慰。

其实，每年3月12日的植树节，是每一棵树的生日。这是全国人大1979年2月23日通过法律确定的爱树日，其和每年3月21日的世界森林日不期而遇，体现着人类对于树木的爱惜之心。这两个一前一后紧挨着的日子，的确需要一种绿色仪式，但更需要一种阳春三月万物复苏一样的蓬蓬勃勃的实际行动。

和那些已故的林业人一样，朱建华可能也成了子午岭的一棵大树。

没有想到，朱建华和傅耀斌在正宁林业总场局搭过班子，傅耀斌是书记，朱建华是场长。朱晓庆当然很熟悉傅耀斌。"傅书记家风好，一身正气，虽然文化程度不高，但挺有领导水平。当年他老婆是农村户口，没有工作，别的领导不但把老婆转成了城镇户口，后来还招了工，他和我爸都不让自己人招工，说咱们不占国家的便宜。这事我知道，"朱晓庆说，"傅书记平时总是黑着个脸，但同事们有困难时却总是想办法帮助。我一直很佩服他的风骨。2014年，他知道自己得了肺癌，日子不多了，但他心里很平静。我和正宁林业总场包建强书记去看他，想给他报一些医保外的药费，他一口拒绝，说有医保哩，不用再报什么药费；我们提出单位给他买一副棺材，他说棺材是我娃的事，也坚决不要。病重那几天，怕麻烦家里人，他把照顾他的人都赶出房子，自己料理自己的大便，并用报纸包好放进垃圾桶。感觉到自己快不行了，他就把家里人叫到一起，一家人哭哭啼啼，他却催着给他穿老衣，害怕一会儿不好穿了。老衣穿好后，他就有条不紊地安排后事，谁当总管，事怎么过，都安排得清清楚楚。他没有立什么遗嘱，却用一支铅笔给自己写了一个悼词，让我看一下改一下。我请正宁一中原校长王长明修改好打印出来，然后又让他看了一遍。"

自己给自己写悼词，这我还是第一次听说。不知道他是怎么给自己"盖棺定论"的呢？我很想看看这个悼词，朱晓庆说时间长了，已经不好找，只记得没有什么自我评价类的话。真是太遗憾了，这是一份多么珍贵的资料。不过，有一点我们可以肯定地说，一个人如果内心不强大，没有一定的自信和定力，临死是不敢给自己写悼词的，即使敢写也写不出来。按照傅耀斌的性格，他写给自己的悼词应该是实在而低调的，不会去表扬自己，况且还在合眼之前让别人把了个关。这种视死如归的淡定，的确让人敬佩。话又说回来，别人写的悼词又有什么实在的意义呢？人之常情是，死者为大，不论生前是一个怎样的人，死后的悼词都是千篇一律的安慰和溢美之词。傅耀斌也许就是意识到这一点，才捉笔亲自动手写悼词的，免得死后再被奉承一番。所谓的悼词，也许就是他的遗嘱，他只是想在死后再公开说一些话而已。朱晓庆提到的包建强我也采访过，他现在已经是华池林管分局党委书记。他曾经说："子午岭人经过了三代人的艰苦创业，付出了艰辛的努力，做出了巨大的贡献，形成了子午岭精神。"不仅甘肃子午岭人提到了"子午岭精神"，陕西子午岭人也同样提到了。那么，什么是"子午岭精神"呢？除了大家一致提到的吃苦、坚守和奉献，应该还包括傅耀斌身上体现出来的这种坦坦荡荡的豁亮气派。一个敢给自己写悼词的子午岭人，凭借的必然是一种忘我的"子午岭精神"。我要说的是：人就活了一个精神，傅耀斌精神可嘉。

"他把造的林子都给了国家，给自己的娃一棵也没有留。"在桥山林业局，听到大家这么说已经84岁的杨长虎之后，我就冒雨去采访了这位让人肃然起敬的"老林"。

王长虎是店头当地人，先后在陕西省林业设计院、陕西省林业科学研究所以及桥山林业局下属的科学研究所、双龙林场、上畛子林场和店头林场从事林业科研工作，职务是林业工程师。其间，他获得过陕西省劳动模范、先进工作者，参与的"桥山林区森林对降水分配的实验研究"获林业部科学技术进步三等奖，退休后还获得陕西省离退休干部先进个人荣誉称号和延安市"最美奋斗者"称号。他好像是一个"获奖专业户"，还有不少荣誉，就不一一提了。2000年退休的王长虎，退休不退志，未竟的事业让他心里着急，看着被矿山破坏的荒山荒岭，他急；看着牛羊把草吃得长不上来，他也急。在"老有所为"的意识支配下，他选了一大片煤矿废弃的空地，拉人投资办苗圃育油松，合伙植树造林，几经周折，吃尽酸甜苦辣咸，终于有了一些效益。人们本以为他会把这个"绿色银行"留给自己的娃，但他没有这样做，而是都给了国家和群众。其中的10亩地油松，两年后除自己造林用了部分而外，其余供店头镇个别户栽植用，自己定植的大苗在2006—2009年间供到黄陵县张家寨等地栽植造林。人与树同命相连。杨长虎与树木的感情其实来自于灌木。在童年和少年时代，他与灌木有着三次"生死之交"，三次都是灌木救了他的生命。第一次，还在新中国成立前，他大约10岁，在店头老街南头瓷窑沟，他追着一群小伙伴误入国民党炮兵的靶区，那里是一片灌木滩，突然一颗炮弹落在身边的一丛灌木旁边，他趴在灌木丛下面免于一死；第二次，已经解放了，正是线麻收割季节，已经十一二岁的他去给家里拾线麻，过一个临时搭建的桥时突然跌入湍急的河中，漂流了两个河湾才抓住一枝灌木梢爬上岸来，又免于一死；第三次，他十三四岁，腊月的一天，母亲叫他上山去砍柏树柴回来烙"黄黄馍"，在石岩边砍一堆柏树梢时，突然脚下一滑身体失去平衡，他急忙中抓住了脚下的灌木梢，才没有坠下四五丈深的悬崖，又免于一死。在杨长虎心里，丛生的子午岭灌木就是他的救命恩人，他三次抓住的灌木梢其实就是灌木伸出的援手。

  林业人的生一样，死也一样。这里我们不妨看看一个年轻人对一个已故"老林"的怀念。大山门林场的"林二代"白孝陈的父亲白克安2013年1月23日去世后，他的女儿白蕾代表他在追悼会上做了一个答谢词，其实是他的孙女写的悼词：

> ……爷爷的一生是平凡的一生，他没有不可磨灭的丰功伟绩，也没有惊天动地的壮志之举。但爷爷的一生却对我影响深远。爷爷一辈子都生活在这里，是名副其实的"山里人"，到城里住几天，就觉得心慌，回到这里就神采奕奕。他对这里的一切都十分熟悉，经常声情并茂地给我讲这条路、那座山、这棵树、那条河和那个人的故事……从他的故事里我了解了什么是"一枝一叶总关情"的林业人。同时，

他也和大多数老人一样"隔辈亲",爷爷步履蹒跚给我买零食的模样,抱着柴火烧炕的模样,在山边种地时看见我喜笑颜开的模样,用口水卷烟一脸自得的模样,从怀里给我掏包子的模样,嗑着瓜子给我讲故事的模样……到现在仍历历在目。爷爷,您永远离开了我们,再也看不见、听不见您的音容笑貌,但您的坚守与热爱或许会在未来的某些时刻成为我前进的动力;您的关怀,也会继续伴随着我"老吾老,以及人之老;幼吾幼,以及人之幼"……

当时已经就读甘肃农业大学的白蕾无疑从爷爷的背影看见了一个护林员生命的意义。

人需要树保护,树更需要人的守护;人有天灾人祸,树木也有。比如一棵油松,从小到大除了人祸,还要经受鸟灾、鼠灾、虫灾、水灾、旱灾、风灾、雹灾、雷灾和牛羊灾等自然和社会灾害。夏天,一些小鸟专吃苗圃里油松幼苗的籽,它们把树籽一吃,幼苗就不长了。防鸟的土办法,最人道的办法就是整天蹲守在地头赶鸟。稻草人已经不起作用,鸟儿已经见惯不惯了。另外一个办法就是打药,但这种办法对鸟儿不人道,会把鸟儿毒死。一个早上,在一个林场的苗圃散步时,我就见过一只被毒死的布谷鸟,心里感觉很是不好。森林破坏严重的年代,最怕的是洪水,一次山体滑坡就会冲走不少树木。旱灾正好与水灾相反,天不下雨,把人能渴死,也把树能渴死。风灾、雹灾和雷灾相对少一点,但往往却相伴而来,一阵大风,会把一棵成年大树拦腰撞断或连根拔起,一阵鸡蛋大的冰雹会把一片林子打得枝叶飘零,一声雷电顷刻间会把一棵树冠点燃烧焦。人活脸,树活皮。牛羊啃树皮哩,一些牛羊还专吃油松幼苗的头,一啃一棵树就完了。牛羊灾现在少了,管住了放牛放羊的,就防住了牛羊灾。这些灾害,我从小到大经见过不少,历历在目。

这些灾害中,以鼠灾和虫灾为害尤甚。老鼠专啃树根,1亩地有3只老鼠的话,这亩林就毁了,说人鼠大战是各个林区常年没有硝烟的战争,一点也不为过。老鼠智商很高,一点也不好打。东华池林场樊水琴刚到护林队时,每天从早上到中午下十几个夹子,也夹不住一个老鼠,夹子一响老鼠都跑了。一次,夹子又响了,她跑去一看,却是一条蛇等在那里。蛇跑了后,她蹲下来一边下夹子,一边念叨:老鼠老鼠,你不要吃树,你吃树我们就打你,不论老的小的来1只嘛,一来我们除害,二来我们完成任务,三来打多了还能得奖励。松树的病虫害一般来自本身的菌类感染,常见的有号称"国际三大虫害"的美国蛾、松材线虫和红脂大小虫蠹。危害油松的虫叫松梢螟和球果螟,一个危害油松的树梢,一个危害油松的球果,不及时防范的话油松就会枯黄直至枯死。这些害虫还都是不凡的"艺术家"呢。在中湾林科所采访时,书记王晓飞给我看过几张他拍的害虫照片,害虫们很有艺术细胞,它们卵的摆放和巢的筑造极具艺术性,令人惊叹不已。

  对付这些灾害,子午岭人都有科技手段。在防范鼠灾和虫灾方面,澹台安有曾经创造过一个治本的奇迹。这位毕业于北京林学院的老资格"老林"说,前些年,鼠害、干旱一直是困扰子午岭的难题,北部华池一带尤为突出。一些林场年年造林不见林。最典型的是山庄林场,累计造林4.7万余亩,保存面积却不足300亩,按照每20元一亩造林费用计算,成活一亩的成本竟高达3000余元。当时,这一情况对于他这个林业专业的领导压力很大。经过一番调查之后,他从提高幼林的抗鼠害和抗干旱能力方面下手,进行了一次四至五年生长的油松大苗带土造林实验。第一年栽了388亩,成活率达到95%以上。成功之后,他推而广之。1989年开始,华池林场的造林成活率大幅增长。其中,山庄林场油松大苗带土造林1.4万亩,保存率高达90.3%,一改过去造林不见林的尴尬局面。澹台安有还是庆阳林校的创建人,为子午岭培养了不少林业学子。我采访他时,他对创建庆阳林校的经历只字不提,却对这次"油松带土实验"甚是看重,竟然称其为奇迹,足见其措施之重要。

  高广惠和澹台安有是北京林业大学一前一后的校友,澹台安有是高广惠的师弟,比高广惠晚来子午岭一年。之前提到高广惠因为合水县毁林事件"告御状"而提前离开了子午岭,澹台安有却留了下来。高广惠虽然半途走了,却把北京林业大学的精神和脚印留在了子午岭。1968年后,北京林业大学分到"林一师""林二师"的毕业生不少,对子午岭的生态文明建设做出了不少贡献。不仅仅是毕业生,这些年先后赴子午岭支援森林科研的北京林业大学教授就有不少，比如到中湾林场的就有沈熙环、李悦、李伟等人。

澹台安有的人生经历是一代子午岭知识分子的缩影。因为年头岁末和新冠疫情的阻隔，计划中赴庆阳的采访彻底泡汤，年逾古稀的澹台安有只好用一篇文章接受了我的采访，经删节转述如下：

到兵团去，走进子午岭。

1968年，我大学毕业，分配的方向是："面向边疆，面向农村，面向基层，面向厂矿。"分配方案宣布了，东北、华北、云贵、陕甘宁青等地都有名额。其中，地处甘肃庆阳西峰镇的中国人民解放军西北林业建设兵团第二师（简称"林二师"）触动了我的心。我想，兵团虽不是正规部队，但它是军队建制，部队管理，也是一个很好的学习锻炼的地方。

"越是贫困的地方，越需要我们去建设，祖国的需要就是我们的志愿！"对，就到那儿去，到西北，到兵团去。12月份的一天，我和三名同学怀着献身西北、献身林业的激情，从北京登上了西去的列车。到了十三朝古都西安，没来得及观光一眼古都的风采，就匆匆转乘汽车直奔"林二师"的所在地——庆阳西峰。汽车驶出西安，经咸阳奔驰在渭北高原，一望无际的平原让人心旷神怡。那时西峰还是庆阳县的一个镇子，却是庆阳地区领导机关所在地，是庆阳政治、经济、文化的中心。镇子不大，主要有一条南北大街，穿越大小两个什字。汽车站在最北头，一到下午4点街上的人就很少很少了。小什字是最繁华的地方，一个商店、一个食堂、一个旅社、一个理发馆占了四角。我们就住在西北角的旅社里，第一次睡上了煤末烧火的木板炕。"林二师"在东大街，离这儿很近。

"林二师"下设四个团，管理着庆阳地区的子午岭林区、平凉地区的关山林区以及两个地区的部分国营林场。我被分到二团，团部在不通班车的合水县的老城关。等了两天，二团的大卡车来了，拉上我们就走。车上共坐了十几个人，有8位是新分的大学生。12月的黄土高原，数九寒天，滴水成冰，坐在大卡车上，呼呼的北风像刀子一样割着我们的脸。车后扬起一股股黄土，仿佛一条黄龙从车底钻出腾空而飞向远方，但只要一刹车，黄龙就急速卷回身子把车和人全部吞没。我们一个个都成了"土地爷"，只露着两只眼睛和一个嘴巴。一个北京籍的女同学哭了，可能是想家了，也可能是冻得受不了。我向她做了一个擦干眼泪、振作起来的动作。她不好意思地笑了一下，停止了哭泣。

团部把我和李书琴分到了北川林场。恰巧天下起了大雪，去林场的路一概不通。12月31日，雪住天晴，湛蓝的天空万里无云，大地被厚厚的积雪覆盖得严严实实，一派银装，在阳光的照耀下，刺得人睁不开眼。就在这一天，北川林场来了一辆小毛驴拉的架子车，赶车人姓刘，人称刘场长，拉上我们的行李向老合水北面的川内走去，走过弯弯曲曲的小路，越过两条结冰的小河，走了约10里路，到了一个叫倒钟寺的地方，向西一拐，进入了一个叫五家河沟小山沟，半小时后把我们拐到了最终目的地——兵团的一个连队北川林场。北面山坡上有一个大院，一溜十几孔窑洞，这便是北川林场。全场30多名职工和家属都住在这里。大院下面还有一个小院，院内有灶窑、磨窑、炊事员住窑。一条弯弯曲曲的架子车路从大院伸出，经小院直到沟底，通向外面的世界。我进场那天，就被安排在大院中间的一孔窑洞中。走进窑门，右侧窗口下支一张单人床，住着一个工人，窑掌是一个双人炕，住着原来的赵指导员。我就和赵同住在这个炕上。在炕和单人床的中间，摆一张三斗桌，上面放着一个带罩的煤油灯。这孔窑既是我们三人的寝室，也是全场唯一的会议室。在林场，除了公章是部队的而外，发一身没有领章、帽徽的军装外，再没有部队的影子，可谓"军不军，民不民，老婆娃娃一大群"。住进窑洞的第一个晚上，油灯一吹，窑里漆黑，我觉得自己好像被一条大蟒蛇吞进了肚子里，吓得身上直冒汗。再想着窑顶那条长长的裂缝，似乎窑顶马上就要塌下来，我被深深地埋在了黄土里，越想越瘆，头发都竖了起来。后来，自己又给自己打气，不要怕，要振作，这儿的人祖祖辈辈住窑洞都不怕，说明还是比较安全的吧，身边还睡着人，他们都不怕，我有什么怕的？心态平静了一些，天快亮时睡着了。这孔窑洞，后来就成为我的新房、书房、灶房，生育了我的大女儿。我整整住了近6年。

林场的生产，农、林、牧皆有，劳动简单、笨重、辛苦。农林机械就一台手扶拖拉机。运输、耕种全是"手扶犁拐鞭打牛，人背驴驮抡镢锄"，我凭借自己在农村长大，有一些劳动基础，懂一点农林生产知识的长处，凭借年轻力壮和一颗炼练自己的决心，同工人一样，背上一大捆树苗，扛上铁锨上山造林，扛起镢头到牛圈羊圈挖粪，拿起扁担往川台地里送肥。

林场还有一项重要的工作，就是护林。子午岭林区是以杨、桦、栎为主的次生林林区。林农交错，林牧交错，林区中住着许多农民。他们世代生活在这里，养成了毁林砍柴，而且烧大材、烧好材的习惯。形成了毁林开荒，倒山种地，广种薄收的生产方式。护林的主要任务是发动群众保护森林资源。护林人员要深入山林，四处巡逻，走村串户，吃在农户，住在农户，宣传群众，调查研究，防止盗伐林木，乱垦乱种。这里的群众热情厚道，但由于生活贫困，用水困难，卫生条件差，每次护林回场总要带一身虱子。在农户家吃住真让人犯愁。有一次，我在一家农户吃饭，主人十分热情，听说我是北京来的大学生，还想特别照顾一下，就给我烙大饼。早上起来，她用一个小脸盆端了半盆水，我们两个护林员先洗脸，随后是她的家人洗，再随后她把洗过脸的脏水倒入做饭锅里馇猪食。当她把馇好的猪食舀出锅后，没有用水洗锅，只用一块又黑又脏的揻布把锅中的猪食渣子擦了几下，就把做好的生面饼放入锅中烙了起来。吃饼时我心里直发怵，还得强迫自己大口大口地吃下去。睡觉，夏天还好过，冬天就难了。经济条件好的家庭，炕上铺着黑沙毡，差一点的家庭炕上就铺一张席，困难家庭就只有光溜溜的土炕。我们躺在土炕上，身上盖着自己的大衣，四周透风，身下却滚烫滚烫，一夜像烙大饼一样，翻来覆去，难以入睡。

1969年秋，我还在北川林场上班。一天，团部突然通知我作为团部工作组成员，到东华池牧场去检查督促秋收工作。东华池牧场的场部就设在原抗大七分校的校部，院中有两排石箍窑。紧靠场部的山腰上有一座宝塔，是北宋年间造的，精致宏伟。抗战时被誉为"陇上小延安"。牧场继承了抗大七分校管理模式，依然下辖东华池、大凤川、豹子川、平定川四个分场，以农牧业为主。兵团战士，虽然是由当地老职工、兰州来的大批知识青年和全国分配来的大学生组成，但他们的实际生活是农民加牧民，口粮自给自足。这里气候寒冷，不能播种冬小麦，各分场川道里种的全是玉米、瓠瓜之类。所以，战士们常年吃的都是玉米面。每年营部想方设法在外兑换一点白面，每个战士分4.5斤，用以逢年过节改善生活。玉米面的吃法主要有两种：一是蒸窝头，颜色金黄，形似锤头，硬而难啃，战士戏称"铜锤"。二是吃床子面，即饸饹面。饸饹面，本是西北人一道名小吃，在别的地方是用白面配以肉臊子，吃上倍香，常常用来招待客人。在庆阳，人们更爱吃荞面饸饹，配以羊肉臊子，一热一凉，阴阳和谐，味道鲜美，养身健体。老百姓赞美说："荞面饸饹羊腥汤，是死是活都跟上。"意思说，荞面饸饹配羊肉臊子，那个好劲，就像一对如胶似漆的恋人，好的怎么也分不开。可是，东华池没有白面，只有玉米面。玉米面没筋丝，压不成饸饹面。于是，他们想了一招，粗粮细作。在玉米面里掺一些榆树皮面粉，这样玉米面就可压出长长的饸饹面条。这种饸饹面条，颜色黄亮，筋道不断，口感滑溜，吃后肚胀，东华池人把它叫作"钢丝面。"我在东华池时，正值秋收大忙季节，经常加班加点搞夜战。尽管每天干活很累，伙食还是啃铜锤，嗦钢丝面。菜也就是咸韭菜、包包白咸菜、炒洋芋、洋芋臊子。偶尔杀只羊吃顿钢丝面改善一下生活。兵团战士的生活是很苦很累的。当时在社会上就流传这样的顺口溜："部队当兵光荣花，工厂工人幸福花。农村插队向阳花，兵团战士苦菜花。"

一个人可能就是一个时代的截面。1980年，因为这段基层林场的历练和实践，澹台安有发现子午岭林区有三处20世纪60年代栽植的华北落叶松，对此产生了浓厚的兴趣，遂对其生长状况做了认真的调查，几易其稿之后，写出了他的第一篇专业论文《华北落叶松在子午岭林区生长状况调查》。

在子午岭，树寸步不移，人也寸步不移；树是绿的，人也是绿的。第一代林业人所营造的人文生态，干干净净整整齐齐，没有被污染，也没有被破坏。许多把青春和生命留在子午岭上的知识分子和管知识分子的"老林"们，都在子午岭上留下了自己绿色的背影。在这条子午岭之路上，继往开来的年青一代知识分子同样令人佩服。比如，我见到的淳化县英烈国有生态林场副场长方航空、旬邑县马栏国有生态林场副场长樊广宁等人，都有一些奉献的故事。在林区，土生土长的林业专业人才并不多。董百赟是合水县板桥乡人，从甘农大林学专业毕业后，先到地区林业处报到，然后分到连家砭林场，转了几个单位，最后又到了正宁林管分局。他是当时村里唯一的大学生，是兄弟姊妹八个中唯一参加工作的，而且是他们当初分到林场的三个人中目前唯一的正处级干部。这三个"唯一"让他很满足。想起第一天到"林二团"报到，坐了一辆拖拉机，觉得农家娃跳出农门了，一路都是兴高采烈的。

在林区，我没有见到鸟群里的比翼鸟，却见到了不少人群里的"比翼鸟"。在中湾林科所我了解到，所长杨振之所以到子午岭，是因为在宁夏大学上学时的恋人毕业后分到了正宁林管分局，因为不舍得爱情，他追随而来。2004年10月二人参加工作，2006年1月二人结婚。从此以后，恋人成了爱人，同学成了夫妻，夫妻成了同行，在子午岭落地生根，如今二人都成了子午岭人。记住杨振必须记住他的爱人，他的爱人叫金蓉。

我记住了杨振说的一句话："有的人一辈子干了一件事，有的人几辈子干了一件事。"这句话，既表达了他对几代子午岭人的敬仰，也表达了对自己这一辈子的期许。

一代伐木者的背影正在渐渐远去，但他们最后留下的都是绿色的足迹。

森林之根

黄土、黄河、黄帝和黄皮肤，黄色是子午岭大森林的底色。

森林之大，是因为子午岭大；子午岭之大，是因为其底色大。没有这些底色的衬托，绿绿的子午岭就无法呈现出来。

黄帝用一株柏树留住了自己的根。子午岭的"树王"当属黄陵那株黄帝"手植柏"，它应该比山西大槐树还要久远。人们去祭奠黄帝时，同时也在仰望"手植柏"的高大和古老。不仅仅是黄陵林区，子午岭乃至黄土地都被它的浓荫覆盖，而浓荫之下就是它的根脉。

在桥北林业局，我听见一个三代护林人的故事。"老林"任泰祥为了让儿子子承父业，生了第一个孩子后，起名建林；生了第二个孩子后，起名育林；生了第三个孩子后，起名成林。这三个孩子的名字，不但代表了子午岭森林在中华人民共和国成立后的三个生长时期，还成就了他的期望——让三个孩子都在子午岭深深扎下了根。

三木成林。任泰祥已经去世，但他的三个儿子，除了一个已经内退，其他两个还在各自的岗位上。我采访任泰祥的"三棵林"时，他们的一个孩子已经成为一个"林三代"。任成林的独子任强说，在家谱里，父辈的名字应该是"哲"字，但爷爷为了植树造林给他的三个儿子都取了"林"字。三个儿子进林场时都是护林员，后来都走上了领导岗位，大伯建林，曾是罗家塔管护站站长；二伯育林，现在是石渣河管护站站长；父亲成林，现在是森林稽查队队长。

任强说，其实还有一个亚林呢，奶奶怀上四胎时，爷爷早早就把名字给起好了，如果是男孩就叫栋林，如果是女孩就叫亚林，结果是个女孩，这样就有了一个亚林姑姑。过了十几年，亚林姑姑长大了，觉得自己的名字不像女孩子的名字，就请示爷爷改成了"亚玲"，改字未改音。爷爷勉强点头同意。十几年来，不断有记者来采访，"三弟兄林"都成名人了，就是没人提出嫁的姑姑。

一身迷彩服的任强，是陪着我一起坐车到药埠头林场采访他二伯和父亲的，三十几公里的路上他就基本把他所知道的"三弟兄林"的故事讲完了。任强现在所在的桥北林业局森林消防队是个公益性单位，他现在还是临时工，每月工资只有3400元。最近林场招工，任强因为没有大专以上文凭没有资格参与。媳妇是代课教师，在直罗镇幼儿园。任强上班的时候，爷爷已经去世，每次给爷爷烧纸的时候，他都会给爷爷说自己也到了林区。我问他最敬佩父辈们的什么，他说最敬佩父辈们栽的那些油松，每棵胸径40厘米、十四五米高。任强说的油松，就是直罗镇西川和南川之间道路两边的那些油松，两条路都是七八十公里，像两条绿色的长城。

见到任强的父亲和二伯之后，他们听我说任强已经说了不少，也就没有再说多少，只是随便聊了一会儿，让我仔细看了一下父亲的一些遗物。儿子把它们保存得好好的，主要是几本林业方面的书籍和笔记本。不过，任育林给任强说的一句话我牢牢记住了：好好干，林场最靠得住的还是林业子弟。

2021年7月8日，在山庄林场采访全国老劳模左健康时，从河南商丘赶来找人的张秀英和赵俊清二人引起了我的兴趣。张秀英已经82岁，人很精神，是赵俊清的奶奶；赵俊清不到30岁的样子，像他的名字一样，人很清俊。祖孙二人已经来两天了，住在南梁，到山庄林场找一个叫连生印的老职工。75岁的左健康一听，连忙说："我认识这个人，他的一个外孙就在山庄林场。"一听有故事，我就转身和奶孙二人聊了起来。

原来，子午岭的"老林"们的一切都得从原来开始。1954年，张秀英和丈夫赵德光因"支建"一起来到子午岭，贡献了12年青春之后，因生活困难，1966年夫妻又双双回了河南商丘。55年了，赵德光已经去世，张秀英还健康地活着。张秀英这次回来，有两个目的：一是旧地重游，看看曾经战斗过的地方，她经常梦里都在想呢；二是寻找55年前丈夫存在华池县南梁银行的一笔3000元存款，当时南梁银行还给了一个手写并盖章的存款证明。

3000元，怎么回事？在20世纪五六十年代3000元是一个天文数字，如果放到今天连本带息恐怕数目巨大。可能看奶奶表达不流利，赵俊清讲了3000元的来龙去脉。来子午岭之前，爷爷在商丘烧窑，来时和一帮烧窑的人都来了，所以3000元不是爷爷一个人的，是那一帮人共同的。到南梁之后，爷爷是农场的会计，大家就把钱交给爷爷保存。离开子午岭时，爷爷把3000元钱的存折带在身上，但在回商丘的路上被人偷了。这次来，因为口说无凭，银行让他们找一个当时的人，进一步核实一下，这样奶奶就想到了当年在林场与自己一起做衣服的连生印。经打听，连生印还活着，而他有一个孙子就在山庄林场，所以就来山庄了。

回到子午岭之后，张秀英发现，华池林场发生了翻天覆地的变化，满目都是青山绿水，记忆中的林场已经面目全非，记忆中的南梁银行根本就不存在了，现在只有一个农村信用社而已，唯有南梁荔园圃山上的一座小庙让她记忆犹新。

这个故事的背后肯定还有许多故事。首先，老太太可能把时间记错了。据《庆阳市林业志》记载，第一批河南"支建青年"到达子午岭垦区是1958年11月3—11日，第二批"支建青年"到达是4月9日，1954年还没有河南"支建青年"到达子午岭；其次，3000元钱的来历不明。据《庆阳市林业志》记载，截至1961年4月底已经有近半的"支建青年"因生活困难而外流，按照当时林场的生活状况，在大家都吃不饱肚子的情况下，任何一个人也不会有什么存款，即使张秀英夫妇1958年11月到达子午岭，1966年年底离开子午岭，绝对不可能在短短的三年时间之内有3000元的存款，实际情况是300个人存30元钱也不可能；据张秀英孙子赵俊清说，3000元钱是爷爷在河南商丘烧窑期间挣下的，而且是大家的，那么我们不禁要问，这些"支建青年"，为何要不远千里把钱带到子午岭寄存，离开时怎么又不取走，而且时隔55年才回子午岭打听？

一路采访，3000元钱在我的心中都是一个难解之谜。

因为还要采访别的人，我再没有去细究，祖孙俩能否找到3000元钱，对我已经不怎么重要，我看重的是他们回来寻根了，子午岭还有他们的一点念想。但愿他们不是为了钱，而是子午岭。

遗憾的是，当我觉得这位老太太的归来颇为神秘，回头再次通过华池林管分局副书记李英甫找她时，她和孙子已经没有任何音讯，是否已经离开子午岭，问到的几个人都不知道，他们也没有给任何人留下一个联系方式，没有人知道他们去了哪里。

张秀英无意间给我们留下了一个可能没有结尾的故事。不过，这样也好，一个悬念可能更容易让人们想起她。

大森林的根是树木之根，但归根结底是子午岭人的根。许多天南地北的人都把根留在了子午岭，在子午岭土生土长的人就更不用说了，即使是那些曾经在外的流浪者、求学者，他们最后大都回到了子午岭。

出生于子午岭又回到子午岭的年轻人安向明带我走上了一条青春的寻根之路。安向明成长于子午岭大森林获得重生后一个阵痛与快活同在的交集时期，那就是退耕还林及其之后的"天保工程"实施之际；也不仅仅是只有一个安向明，子午岭20世纪80年代初出生的人都赶上了这个时期。目前，80后林业职工已经成为子午岭最具活力的"天然林"。

桥山国有林管理局的安向明1982年出生于富县，1999年从西北农林科技大学毕业后回到子午岭反哺林业。安向明的父母都是农民，家里有30亩耕地，其中有集体分的18亩，自己开荒12亩，种着玉米、水稻、洋芋、谷子和糜子什么的。但是，因为土地贫瘠，加上广种薄收，每年的收成并不理想，缴过公粮之后，就不够一家人一年的口粮。为了多打粮食，种完庄稼和收完庄稼之后，父母都在山上开荒，那12亩耕地就是开荒而来的。收种时节，他和弟弟每逢周末都要套一辆空架子车给父母送到山上，然后由父母把收获的庄稼拉回来；伐木季节，他们又跟着父母上山伐木，一家人专挑好木头砍，好木头卖的钱多。吃饭靠五谷，花钱靠树木。那时候，他只知道林业就是砍伐林木，而不知其他。因为当时社会都在追求经济效益，林区管理十分混乱，森林遭到了严重破坏。到了1999年，以前肉眼能看到的林子都被砍伐完了，集中连片，令人深感惋惜和不安。后来，粮食够吃了，加上土地老化，亩产越来越低，开荒得来的12亩耕地全部废弃。毁灭性的开荒破坏了植被，水土流失严重，报应随之而来，每年七八月都有洪水肆虐。每当下雨，他家靠山的房子背后都会出现山洪，全家都要早早搬离老屋。最大的一次洪灾，淹没了张家湾镇政府所在地王家角村，一个副镇长及其媳妇和娃娃都被洪水冲走。当时，他就在张家湾镇上初中。所以，从小到大他最害怕的就是山体滑坡。经历了几次大洪灾之后，他开始重新思考人与森林的关系。他开始问自己：第一，开荒种地与植树护林的关系如何平衡？第二，林业如何加强规范化管理？第三，林业行业究竟应该是一个什么样子？因为对未来有了清楚的认知，高中毕业后他开始选择自己的林业人生。填写大学志愿时，第一志愿可以报延安师范学校，尽管这个学校毕业后有一个铁饭碗，但他执意去了毕业后没有铁饭碗的陕西省林校。似乎觉得自己的准备还不够充分，此后他又上了西北农林科技大学。2004年大学毕业后，学校推荐他到延安市林业局坐办公室，他也没有去，又到了林业一线桥山林业局。在一次延安市青年科技奖表彰大会上，他代表全市3000多名林业职工发言说："我参与过开荒毁林，今后我要把生态修复起来。"

　　安向明的父母是农民，但安向明却有一个林业世家的舅舅。当初，家里的老房子后面发大水时，舅舅就给父母说，要想继续在老屋住，就必须在老屋后面的山上栽树。老屋子现在还在，父母每年都到老屋后面的山上植树造林。原来集体的18亩耕地，退给集体8亩，父母留下10亩自己还种着，而那12亩开荒地，6亩还在种庄稼，另外全部栽上了树，有枫树、油松和杨树。身为桥山林业局营林规划科科长的安向明，一直记着上大学期间舅舅说过的一句话：你看到的林业只是一个面，水土流失不是林业职工的责任。子午岭要护好林子，必须加强对林业生产的管理。

　　要想富，多栽树。安向明和弟弟上大学期间，父母参加造林挣来的钱正好保障了他们几年的学费。那几年，为了供给他们读完大学，已经上了年纪的父母天天去山里栽树，赚取林场造林劳务费，父亲每天可挣120元，母亲每天可挣100元。所以，兄弟二人不仅对父母感恩戴德，对林业更是有一种感恩之情。

安向明是一个有根的人。农民出身的安向明，无疑是"退耕还林"时父母还给子午岭的一棵小树，今天是一棵，明日就是一片林子。参加工作后，因为工作的缘故，也出于对林业的热爱，安向明找了一个身为林业子女的媳妇，这样他就成了他们家族的"林一代"，而两个"林二代"已经出生和即将出生。

人有根是因为树有根。当一个林业人成为一棵树时，必然要叶落归根。退休近20年已经77岁的王文忠不想下山了，和老婆杨金燕拽在桂花塬芦邑庄的林子里当起了"山大王"。王文忠18岁就到了林场，已经在山上待了58年，至今好像还没有待够。一对老夫妻，一对文盲，一问杨金燕上的什么学，她却幽默地回答：老汉上的是"林业大学"，本人上的是"农业大学"。原来，一个是林业工人，一个是地地道道的农民。嫁鸡随鸡嫁狗随狗，她自然跟着当了一个"压寨夫人"。见林场领导带来了一伙人，夫妻二人很是高兴。王文忠是个快乐人，特能说，比她老婆还幽默，和我们谝了一个欢快。平时，这种地方来一个人是很稀罕的，王文忠恐怕也是憋不住了，想和人说话。对于孤寂的山里人来说，说话是一件很奢侈的事情。

单位害怕王文忠弄出个火灾，又担心那些破窑洞不安全，所以撵老两口搬走，他们就是以各种理由赖着。还说，活着是山里的人，死是山里的鬼；森林防火咋能不知道，他在林场几十年，从来没有弄出个火星星，自己从小就吸烟，但进林子从不带烟不带火；至于窑洞的安全，哪一天我真的被塌死了，不用林场负责，一切由自己担着。话说到这个份儿上，单位也拿他没有办法，毕竟是一个老职工嘛。

不要说在子午岭，就是在宁县林管分局，王文忠也只是一个无名的老护林员而已，但这并不等于王文忠不是一棵大树，一个在林子里长了近60年的人，应该是一棵相当的大树了，如果让他把自己连根拔掉，即使他想拔掉，他能拔掉吗，即使他能拔掉，他想拔掉吗？的确，树挪死人挪活，但现在王文忠已经不是一个人了，而是一棵根深叶茂的大树。

在这个废弃的管护站，王文忠坐拥32孔窑洞，虽然都很破败，但都没有闲着。我参观了一下，并逐一清点和打听了他们全部的家当。清单如下：养殖类，土蜂35箱，奶羊2只，毛驴2头，土狗2只，猪2头，鸡4只；种植类，麻子1亩，柴胡1亩，核桃树一大片，最少100棵。瞧瞧，多么像一个生长着的私家小银行。所有这些，都在一片密林的怀抱之中，虽然占据了一块空闲耕地，也临近一条林区的小路，但无人引领的话，外人根本找不到，犹如一个世外桃源。

在山上，老两口当然悠然自得。山里就是好，"山大王"每月的工资，不但养活了自己和"压寨夫人"，还养活了老家几口人，连弟弟的媳妇都是他给娶的，而"压寨夫人"也没有闲着，协助老汉经营了一个家庭农场，盆满钵满，吃穿不愁，花钱不愁，不求人办事，老天爷看着都羡慕呢，哪能舍得丢手。实惠是一个方面，更重要的是，"山大王"觉得蹲在山里痛快，心情不好就窝在炕上睡着，心情好了就进林子里转转，采个木耳什么的。在山里活了一辈子，跟树打了一辈子交道，如果突然回到老家，自己恐怕都不会走路了。尽管老家农村还有8亩地呢，完全能养活他们，但一直都由儿子经管着，他一点也不操心。

像王文忠这样"咬定青山不放松"的老林业人很多，他们是子午岭最宝贵的精神财富，乃本根也根本也。他们在世时，如何让他们把根留住，他们入土后，又如何安妥他们的灵魂，对于日渐富足的子午岭来说，应该不是一个问题。

子午岭的树根连着根，子午岭的人筋连着筋，子午岭的人和树血脉相连。如果刨根问底，你会发现子午岭人和树的根都是长在一起的。

柏树危矣。"猛风拔大树，其树根已露。"宋人无名氏的这句诗正在被子午岭的柏树所体验。

近几年，盗挖柏树根甚是猖獗。起初在秦岭挖，后来又转战子午岭。在子午岭采访期间，我了解到，个别地方一些百年以上的柏树，一夜之间被拦腰锯断连根拔起，惨不忍睹。在几个林场场部周围的园圃里，我就亲眼看见被林场职工重新栽到地里的柏树根，因为已经干枯而无法成活，其惨状令人揪心。它们的命运当然只能是作为被公安部门追回的赃物，从此永远回不到森林里去，直到腐烂化为泥土。上了年龄的柏树根，因为木质坚硬细腻，一些造型甚至自然天成，即使是年龄不大的柏树也有盗贼的可图之处。比如，树木生长过程中发生病变而形成的"肿瘤木",因为品相奇特极具观赏价值,也成为根雕艺术生产的天然材料。柏树根雕的市场都在福建、广东一带的南方,每棵柏树只要送到高速公路上就可以卖到一二十万元。到了南方又不是这个价格了,被肢解后的柏木不是论个卖而是称斤卖。因为有利可图,当地一些不法分子,铤而走险,内外勾结,不惜动用大型机械挖树运树,把盗挖柏树视为生财之道。除了珍贵的柏树,野核桃树也是不法分子盗挖的对象,核桃树木纹漂亮,可制作茶几;核桃树叶子还能做饲料,晒干粉碎后可以喂猪。在连家砭派出所采访时,所长李文锋告诉我,太白柏树多、盗贼多、案子多。这几年他们通过"野核桃树行动"破获盗挖柏树案子3起,分别是魏某某案、伍某某案和高某某案。魏某某在住家附近的米粮沟盗挖20~116厘米的23棵柏树,藏在自家的石砭下面,公安根据蛛丝马迹顺藤摸瓜查获。其采用的是"蚕食政策",隔三岔五挖一棵,一开始没有被发现,公安巡山时看到大面积的现场之后才追查出来。伍某某在居家附近的牛石湾盗挖20~162厘米的柏树36棵,一部分藏在家里,一部分藏在山里,拉运过程中,三轮车坏在路上,被来修三轮车的人发现举报。高某某与伍某某是一个村的,在牛石湾放羊,为了给老人做棺材,在羊圈周围砍伐了20~115厘米的柏树31棵。事后,他用土埋了树桩,但下雨后被水冲了出来。公安巡山时发现暴露的树桩后,追问到高某某时,其拒不承认。公安说,那就怪了,砍的都是你家羊圈周围的树,没有发现树被拉出去的痕迹,难道树是从空中飞出去了?高某某一看瞒不过公安,只好承认了。原来,柏树就藏在羊圈里,他把羊粪清开,挖了一个大坑,放下柏树后又在上面盖了一层羊粪。他以为非常保险,没有想到盗挖现场与窝藏地点太近,结果经不起公安推敲,只能不打自招。

在乔川林场,年轻的技术员柴宝文讲述了他在豹子川林场亲自追查的一起案子。

那是大学毕业刚分到林场两个月后的一天,他跟护林队队长骑着摩托在靠近志丹县的柏木洼巡山时,发现路边几棵柏树之间的距离有点大,下车清开地上的腐叶和泥土,结果发现了几个树桩。他们一惊,柏树被偷了,这可是一个大案!共6棵,量了一下树桩的直径,都是14厘米,树龄最少有50年了。这让一个刚刚参加工作的"小林"深感心疼。他立即用电话向场里做了汇报，场长让他赶紧追查。很快，他们在现场十几里的地方发现三只窑洞，住着一户人家。也许是听见了摩托的声音，一个女人出来迎面问他们干啥呢，他说闲转呢。这时，头顶飞着的一团蜜蜂引起了他的注意，他就问养的蜜蜂在哪里，女人用手一指，他看见一个窑洞外面离地七八米高的地方一孔肩窑的外面有一箱蜜蜂，下面立着一个梯子，好像移过来不久，蜜蜂们还在上上下下地乱飞呢。他立刻意识到，肩窑里有东西。因为害怕蜜蜂，他没有敢上去。队长上去一看，结果发现了6根柏树枝。拉下来后，他问哪里来的，女人说买下的，他说那你把发票拿出来。这时，女人突然抱住了他的腿，大喊"护林队打人啦"，耍起了赖。这6根柏树圆木，还不是被盗的全部圆木，其他被锯断的在哪里呢？挣脱女人后，他又绕着弯弯问，家里几口人，窑洞啥用途。当发现只有一孔放粮食的窑洞门上挂着一把锁时，就警觉起来，问为什么上锁，女人就不说话了。队长再三让她把门打开，她就是不开，队长说那就把锁砸了，她才掏出一把钥匙打开了窑门。进门后，他们首先在门背后发现一支土枪，当即予以收没。看了一遍，窑里除了一个铺着席子的土炕和一些杂物，再无什么东西。正当他们出去时，他无意瞥了一眼土炕，奇怪，土炕怎么没有进柴的炕洞门呢，没有门怎么烧炕？原来，炕洞门被用砖头封住了，而且封住不久，连痕迹都是新的。他问住人了没有，女人说没有，他又问为什么封住，女人沉默不语。他一把揭起席子，结果看见炕面都是新泥的，而周边有一道和炕一样大小的封痕，也是新留下的。"砸炕！"队长也看出了问题，一声令下，大家一起动手三锤两膀子就砸开了炕，结果看见了其余被盗的几根柏木。拿来尺子一量，直径与现场树桩的直径完全吻合。于是，他们在现场做了笔录，那个女人也乖乖按了指印。

柴宝文就像一个办案的警察，观察细微，心思缜密，很有逻辑性。我很好奇，一问他毕业学校，竟然毕业于湖北省林业公安学院。原来，他就是一个业余警察呀。问他为什么不当森林警察，他说警察没有编制。太可惜了，我当场开了一个玩笑：那些盗挖柏树的人有没有编制呢？

这几个盗伐者，最后都由犯罪嫌疑人变成了罪犯，受到了应有的法律制裁，但他们所造成的严重后果已经无法挽回。

蚕之蚕食，对于一片桑叶乃至一棵桑树是致命的，对于一片森林可能也意味着灭顶之灾。这几起盗伐柏树案就是"蚕食森林"的典型案例，子午岭最初几乎被掏空就是因为这样一些"蚕食者"的存在。其深层的根由，在今天来看是一个农业与林业生存的简单问题，其实不尽然。若干世纪之前，大自然馈赠了子午岭这一片原始森林，一些流民进入之后，通过刀耕火种生存了下来，他们或耕或猎或伐，理所当然成为当地原住民，"靠山吃山靠水吃水"自然就成了他们一直以来的一个规律和信念。子午岭的这一历史渊源，在典籍里最早可以追溯到轩辕大帝。其时，大帝为了"问鼎中原"，曾在子午岭占山为王，继续刀耕火种，继而教民稼穑，正因为有了其在子午岭这一休养生息的长久经营，才有了《史记》关于他"葬桥山"的历史记录。涛走云飞，斗转星移。因为内在和外在的因素，赖以生存的森林在退却，森林内外人的生存都出现了危机，林业人就来了，不但来了还带来了《森林法》，开始约束原住民的生产甚至生活，原住人自然而然变成了"蚕食者"，与林业人势不两立，从而出现了长久以来不可调和的农林矛盾。林业人这么看，原住民自己心里也清楚。所以，从这一历史根由来看，今天子午岭农业人的根也在子午岭，而从"先来后到"这一天道人伦的逻辑来说，子午岭农业人还应该是子午岭林业人的先民。如果刨根问底的话，今天每一个子午岭当地的林业人都是农民出身，即使不是子午岭原住民，那些来自河南、山东的支边者也大都是农业人口。对于今天子午岭的"蚕食者"，我们必须公平地来看，他们对于森林所采取的"蚕食政策"也是命运使然，他们的行为只是一种荒野精神的自然延续。我们不能把"蚕食者"拒之林外，甚至放在我们的对立面，他们和我们是一个共同体，我们要做的只能是像改变我们一样改变他们的森林意识，并妥善地安置他们的生活，让他们和我们一起文明地分享共同的生态资源。如今的子午岭林区，因为家具都是去买而不用自己做了，原住民不用再去偷偷伐木头做家具，这是他们之幸，更是子午岭之大幸。再比如做棺材，城里人死后火葬已成习惯，但山里人接受死后火葬还有一个过程，让他们立即放弃土葬而去火葬逝者，一点也不现实也不近人性。这里，我无意替那些"蚕食者"开脱责任，更不是包容和鼓励他们去蚕食，我只是想作为一个子午岭农民出身的人表达一种人之常情：同根同命，必然相怜。因为我的根也在子午岭。

盗伐柏树根让林业人忧虑和无奈。劳山林业局潘晓东说，有一次，他们还在盗挖现场"抓到"一个一岁多的小孩呢，不过这个小宝贝当时还在盗伐柏树根的母亲怀里吃奶。

农林从来不分家。作为一个农业国度，农林混杂是社会生态一种自然状态和科学选择，这样森林可能存在一些安全隐患，管护难度增大，但农业必然因为依山傍水而得到富养，而这不也正是"青山绿水"时代精神的真正体现吗？这一点，我在子午岭采访中都看见了，一些地方生态文明建设令人欣喜，可谓初见成效。

森林之根就是子午岭之根，但子午岭的本根是人，而子午岭的本根不只是后来的林业人之根，还有当地农业人之根，或乡愁之根。

在林场困难时期被迫在外漂泊的那些林业人，如果不是子午岭的树林后来还在，他们恐怕至今还在外面漂泊，而那些没有再回来的成功者，其事业之根至今还深深扎在子午岭。比如周重，他的"八千里"牌甘泉豆制品系列产品，所使用的豆子和水都是子午岭林区的"生态特产"。

采油人的根也在子午岭。2019年，我在采写中国作协定点生活创作项目——长篇报告文学《战石油》时，因为寻找中国石油人之根，几经转折翻阅过沈括的《梦溪笔谈》，发现这部宋代记载石油的著作中有这样一段话：

> 鄜、延境内有石油，旧说"高奴县出脂水"，即此也。生于水际、沙石与泉水相杂，惘惘而出……其识文为"延川石液"者也。……此物后必大行于世，自予始为之，盖石油之多，生于地中无穷，不若松木有时而竭。

鄜，即今天的富县，古称鄜州。有石油的地方必然有采油人。从1903年起到1914年，德国人、英国人、美国人和日本人先后在鄜州、延长等陕北一带帮助过中国旧政府开采石油。及至新民主主义革命、抗日战争、解放战争、抗美援朝战争和新中国社会主义建设时期，扎根陕北和陇东子午岭林区的石油矿产，又持续为我所用，成了国家的"功臣油矿"。20世纪70年代初，长庆油田又来到了子午岭，参与石油大开发。为了了解子午岭采油人的来龙去脉，让我们看看下面这个石油大事记：

1903年，鄜州、延长等地发现石油。

1905年，清政府批准陕西省自办延长油矿，延长石油官厂遂建成投产。

1907年，延长石油官厂打出中国陆上第一口油井"延一井"。

1935年，刘志丹率领陕北红军接管延长石油官厂并改名为延长石油厂。

1944年，毛泽东主席为延长石油厂厂长陈振夏亲笔题词"埋头苦干"。

1969年，中国石油工程第一师（简称"石油师"）大部队由玉门等地转战陇东。

1970年，长庆油田在庆阳县建立，同年庆阳县马岭镇打出"庆一井"。

2020年，长庆油田以6000万吨的年油气总量超越大庆油田，成为中国第一大油气田。

…………

所谓的采油树，在英文里就是圣诞树，所指就是油井上的那个独立的主干，因为上面安装了各种仪表，看起来像一棵圣诞树，加之英文单词稀缺，外国人无法给它再造一个名字，就以圣诞树相称。但是，这种无枝无叶无果的所谓的树却有着几百米甚至几千米的根系，能将地下的石油或天然气资源通过一种"压裂技术"汲取出来造福于世，我们使用的煤油、柴油、汽油和液化气就是来自于这些采油树。

但是，在子午岭大森林里，采油树不是树，因为它们在造福世界的同时，也在污染其所在的环境，成为危及当地生态安全的重要隐患。在2012年出版的《石油开发环境保护研究与实践》（甘肃人民出版社）一书中，我看到了时任国家环保总局政研中心副研究员高彤在一篇文章中这样表述："30多年的油田开发，在带动庆阳市社会经济发展的同时，由石油开发引起的环境问题也日益凸显，日趋严重，主要表现在对水资源和土地资源的破坏。"主要表现在以下三个方面：一是"石油开发对地表水污染严重"；二是"地下水污染与过度开发并存"；三是"油田开发对农村生态环境造成破坏"。而且，"据庆阳林业部门调查，油田在林业用地中共钻探开发油井747处，占用林地3973亩，其中在子午岭林区内钻井21口，有9口分布在省政府批准的子午岭自然保护区内，由于开辟井场和道路，对生态植被破坏严重，林草覆盖率降低"。这只是以当年长庆油田甘肃的采油树为例，长庆油田在陕西还有不少采油树呢，而且陕西还有一个地方利税大户延长油田，其采油树大都长在子午岭林区或农区。

这样，本来只是存在于种田人、林业人和牧羊人之间的子午岭林区三角矛盾，因为采油人的强势介入而使林区矛盾骤然复杂起来，国家利益、地方利益、行业利益、干部利益、工人利益、农民利益和个体工商业者利益突然交织在一起，一度形成了一个笼罩在子午岭大森林上空的"风暴眼"。其实，这些都是国家利益，只不过有的是眼前的，有的是长远的；有的是直接的，有的是间接的而已。其中，关乎国家资源安全的石油开采无疑具有压倒性优势，但因其具有世界性普遍存在的生态污染问题，又使石油企业一直处于一个被动局面，长庆油田因此而成为一个集地方、林业、农业、牧业和同行多种矛盾于一身的负重者。白马林场书记蒋振肃说：一些地方，一地二证，甚至一地三证。一地二证就是林草证和林权证，这一情况最多。第三个证就是土地证，三个证都是政府发的，三证彼此保护又互相矛盾，尤其是土地证后面油田的介入，最终引发了矛盾的激化。一些地方政府见石油开采有利可图，胡作为乱作为，搞地方保护主义，从而产生了"一女三嫁"的土地使用怪象。

进入21世纪，当发展与生态的关系不能调和的时候，中国人放慢了发展的脚步，优先选择了生态的保护。国家生态安全升级管控，为了落实中央、省环保督察的整改要求，代表国家开采石油的长庆油田雷厉风行地行动了起来。

第一步，2006年10月31日，为保护水源长庆油田关闭王瑶水库上游102口油井，搬迁水库一级保护区域内3座集输站点、26条集油管线和6座管桥、管带。新华社等百家媒体给予报道。

第二步，2018年3月起，长庆油田陆续关闭子午岭自然保护区油水井261口，其中甘肃129口、陕西132口。直接每年减少20万~30万吨的原油产量。

以上两步，第一个数字来源于《延安市志》（陕西人民出版社，2018年1

月版），第二个数字由长庆油田安全环保处提供。为此，在位于庆城县的长庆油田采二厂，我采访了井下作业科副科长牛江。一见面，就发现他一脸的疲惫，肯定是昨天睡得晚今天起得早。果然，他7点20分晨会，刚刚开完。晨会每一天都开，解决头一天存在的问题，安排当天的工作。井下作业是油田生产安全的重中之重，牵涉到油田的方方面面。2018年，他还在井下作业大队，接到井下作业科的任务——封井，甘肃方面催得很紧。按照规定，一个月要封四五口井，当时正是夏天，雨水比较多，给封井带来不少困难。封井时，牛江负责现场的封口工艺实施。封井的工序不复杂，但施工并不容易。牛江介绍的封井细节非常专业，我几乎没有听懂。我理解的概念是，按照一个统一的标准，改变采油树地下的管线结构，保留采油树地上的井口位置，达到50年不出问题。这些年，长庆油田封井主要集中在一厂、二厂和三厂，这些老厂设备落后，环保隐患大，有的已经是二次封井。封井过程中，庆阳市环保局每一年都到现场去看，甘肃省环保局也来。大家的认识都很清楚，子午岭的水资源保护区和森林保护区绝对不能越过生态红线。

长庆人也认识到，采油树真的不是树。对于长庆油田的采访，出发子午岭林之前得到了长庆油田安全环保处处长李沛的支持，采访途中庆阳市环保处原处长杨漪还与我同行了两天。在全程采访中，附近凡是有被长庆油田封掉的油水井我都去仔细看了一下，所有的井口都封得死死的，周围的生态明显向好，长满了青青的草木，不留意根本看不出来那里曾经长过采油树。在路边，我也看到一些采油树，一打听，都是地方油田的，但那些采油树都长在农田里。

陕北革命根据地的根也在子午岭。这条红根，因为广大人民群众而根深叶茂，也成了子午岭的本根。在延安采访期间，我就此专程采访了延安市地方志编纂中心主任霍志宏，其随后为我提供了一个偏重于政治视角的陕北革命根据地建立前后的发生在子午岭的几件大事：

太白起义。1930年9月，刘志丹夺取甘肃合水县太白镇民团枪支，发动太白起义，在甘肃打响向国民党进攻的第一枪，活动在保安、鄜县与甘泉交界的子午岭地区。

南梁游击队创立。1931年9月，刘志丹在甘肃合水县倒水湾对部队进行整编，成立南梁游击队。

中国工农红军陕甘游击队成立。1932年2月，中国工农红军陕甘游击队在甘肃正宁县三嘉塬正式宣告成立，谢子长任总指挥，第一次公开打出中国工农红军的旗帜，活跃在陕甘子午岭一带。

以南梁为中心的陕甘边革命根据地形成。1933年11月3—5日，陕甘边特委、红军临时总指挥部在甘肃合水县包家寨召开联席会议，会议做出以子午岭桥山中段的南梁为中心，创建陕甘边革命根据地新的战略和方针。

边区安置优待移民难民政策。1940年，边区政府制定《陕甘宁边区政府优待外来难民和贫民之决定》，1941—1943年又先后颁布《优待移民实施办法》《陕甘宁边区优待移民难民垦荒条例》等规定。边区政府成立"移垦委员会"，把甘泉、华池、志丹、鄜县、曲子等7县划为垦区，在绥德、陇东、关中三专署和鄜县等县政府设立移民站，一大批移、难民在子午岭地区安居乐业。

陕甘宁边区森林保护。1941年1月，边区政府颁布《陕甘宁边区森林保护条例》《陕甘宁边区植树造林条例》《陕甘宁边区砍伐树木暂行规则》，对战争环境下的子午岭地区森林保护起到一定积极作用。

陕甘宁边区森林考察。1940年，边区政府组建森林考察团，历经40余天，对甘泉、延安、鄜县、合水、正宁、固临等10数县的森林进行考察，撰写《陕甘宁边区森林考察团报告书》，特别是对子午岭地带的调查，是边区政府第一次对子午岭森林资源进行正式考察。

青年造林大会。1956年3月1—11日，陕西、甘肃、山西、内蒙古、河南5省（区）青年造林大会在延安召开，出席大会代表1200余人。

全面停止商品材采伐。1999年10月14—16日，中共延安市委一届三次全体（扩大）会议通过《延安市山川秀美工程规划纲要》《关于封山绿化舍饲养畜的决定》《关于实施天然林保护工程的决定》。12月，延安市全面停止包括集体林在内的商品材采伐。

陕北黄土高原上第一个国家级自然保护区成立。2001年，延安市子午岭自然保护区管理局成立，县级建制，与桥北林业局合署办公。2006年，国务院批准成立陕西子午岭国家自然保护区，这是陕北黄土高原上第一个国家级自然保护区。

陕甘成立林校。1976年8月27日，庆阳地区林业学校成立；1979年7月，陕西省延安林业学校成立。

霍志宏是延安地方文史方面的专家，其所列的大事应该是一个具有权威性的梳理。

激励着一代人成长的红色故事已经家喻户晓。根据地的根很深。在陕北，以人名命名的县就有子长县、子洲县和志丹县三个。在志丹县林业局局长牛立廷的安排下，我在白沙川林场见到了刘志丹的侄孙刘奋战。58岁的刘奋战说，1930—1932年之间，大爷刘志丹就在子午岭一带活动，对子午岭非常熟悉。有一次，部队到了南梁荔园堡附近，时任军事委员会管理科科长的马锡五不熟悉地形，就问我大爷刘志丹："走到啥地方了？"大爷抓了一把土，闻了闻说："这里是高家沟，马上到南梁了。"当天，他们就在村子里姓刘的一家住下修整了一夜。听我是合水人，刘奋战还说起了1930年10月1日的太白起义。刘志丹设给敌人的这个"鸿门宴"，毙敌10余人，俘敌数十人，缴获长短枪60余支、骡马几十匹，打响了陇塬对敌斗争的第一枪。而战斗之前的练兵、谋划就在白沙川的梢林里。刘奋战一共有5个伯公，他见过4个，唯独没有见过大伯公刘志丹。一懂事，他就知道志丹县是为纪念大伯公而改为现名的，为家族有这么一位前辈而感到十分荣耀，决心以后绝对不能给老人们丢脸。退休前，刘奋战是志丹县绿化委员会办公室主任，一辈子都是一个科级干部，其中副科级干了十多年，没有沾老人的光，也不好意思沾。在这个岗位上，全县林业方面的大项目他都参与过。刘奋战说，子午岭是刘志丹闹革命的发源地，子午岭养育了南梁革命，是中国革命的摇篮之一。在劳山林业局，我采访了谢子长的曾孙、工会主席谢祝江。他对父亲谢绍生、爷爷谢德惠和太爷爷谢子长的故事都很熟悉，讲起来娓娓动听，充满深情。父亲留给他的财富就是一句话，"不能忘本，更不能吃老本，继续做好为人民服务的工作"。

子午岭林区的红色遗迹很多，延安、南梁两个核心区不论，开发保护的红色旅游景点就有永宁山、抗大七分校校址、蒿咀铺包家寨子、下寺湾、大凤川军民大生产纪念馆、南泥湾、转角、爷台山战斗纪念碑、上畛子、小石崖、九岘西洼、照金、石门山和马栏等。在南子午岭，我还听到"绿看石门，红看马栏"的一种说法，石门就是石门山林场，马栏就是马栏林场。不过，到了两个林场后，我看见石门绿中也有红，马栏红中也有绿。

子午岭一直都是红绿相间。淳化县英烈国有生态林场的名字一开始就是殷红的，它所纪念的英烈们因为身盖郁郁葱葱的绿林而长眠子午岭。

听说我在挖掘子午岭的革命故事，甘肃省政协副秘书长、政策研究室主任杨维军送给我一本他主编的《南梁红色故事》，其中选录的40多个南梁红色故事都与子午岭有关，比如红白灰"三色"建军思想和方针的形成、打响陇原对敌斗争第一枪的太白起义、陕甘边第一个红色政权的建立、第一支陕甘红军部队的创建、南梁政府的诞生、包家寨会议和"硕果仅存"的根据地等故事都是群众耳熟能详的经典故事。这本由中共党史出版社2021年出版的《南梁红色故事》无疑是寻找子午岭红色之根的心灵读本。

2021年7月1日，我赶上了连家砭林场庆祝建党100周年"穿越林区、感怀先辈、砥砺奋进"健步走活动。这是我在子午岭的第二次徒步行走。出发的时候，正是烈日当头的中午，我戴着那顶红色的护林员帽，带着一瓶矿泉水，跟着60多名职工从老马场森林资源管护站出发，一直徒步走到华池大凤川林场，全程11.6公里，走了两个多小时，比第一次还长1里多路。不过，这次走的是一条林区的土路，没有穿越梢林地带。林场党委书记徐立昭在出发仪式上说："建场60年来，全场几代林业职工扎根林区，以场为家，爱岗敬业，默默奉献。从陕甘交界的天王岭到与华池县交界的青龙山，从林场最西南的马莲崾崄资源管护站到最西北的老马场资源管护站，从最东边的夏家沟到最西边的桃花庄，林业人的身影和足迹遍布连家砭林场70.71万亩自然保护区内的沟沟岔岔、梁梁峁峁。通过这次健步走的方式，感怀老一辈林业人造林、护林的艰辛，感悟林场的绿色发展，以此鼓舞年轻林业工作者以史为鉴，传承和发扬子午岭精神。"

这次健步走的终点就是有名的军民大生产基地华池大凤川林场。李步儒说，林场第一任书记叫杨三元，1964年被评为全国劳模进京参加表彰大会。杨三元早在2010年就已去世，但其一辈子栽的树永远留在了子午岭上。杨三元有三个儿子，三个都在林业上。那天座谈时，老二杨卫东说，大凤川林场的林子，都是父亲带着大伙栽上的。老护林员曹东鹰说："栽树那些年，杨三元背树苗总是跑在最前面，脊背上每天都是泥土。他是个文盲，凡事记在心里，然后用自己的特殊密码记下来，向上汇报或向下传达。他口才很好，讲话从不啰唆。能吃一辈子白面馍馍就是他一生的幸福，所以地上掉一个馍馍渣他都要捡起来。51岁的时候，人就白了头。"

毛主席纪念堂有13棵油松之根也是来自于子午岭。1977年，在北京毛主席纪念堂落成之际，延安地区接到一个任务：为毛主席纪念堂送13棵青松，因为毛泽东主席在延安待了13年。这个光荣的任务落到了桥山林业人肩上。双龙林场的张金良、毛福彪两位"老林"给我介绍了他们接到任务之后选树、挖树、运树和献树的全过程。当时，他们一共分了三个组，挖树的人名字都记不全了，但他们挖的树却基本记得很清楚。张金良说，选树的标准是树形好、树冠饱满和生长健康。三个组挖了半个多月，他们一组在北川挖了3棵，在南川挖了4棵，7棵油松的大小都是一样的，胸径12～14厘米，高度4～5米，冠幅4米以上，土球1.8～1.8米。为了不损害毛根和土球，他们边装箱边包装，最后用大于1.8厘米的松木板钉成的箱子一装。挖了石头坡村民石金万祖坟上的1棵油松，石金万还被邀请到北京献青松。另外3棵在哪里挖的，他们已经记不清。不过，我随后在腰坪国有生态林场采访时找到了另外3棵。场长徐拴平说："桥山林场的林分是延安市最好的，腰坪林场的林分又是桥山林场最好的，13棵青松中有腰坪林场3棵。"青松挖够后，在黄陵县举行了一个隆重的接送仪式，13棵油松被大吊车分别装在13辆大解放车上，浩浩荡荡送到咸阳火车站，又用13个车皮一路送到北京。青松送到北京后，上级组织还给献青松的每一家发了一个证书。

在几幅老照片里，我看见了13棵油松从黄陵县出发时的情景，13辆载着油松的解放车一字排在路边，披红挂彩的，十几个护林员争相在车旁边合影留念。黄陵县城人山人海，像过节一样。算上后勤人员，挖青松的人有100人呢，但许多人都去世了，张金良当时是年龄最小的一个。他说，挖青松是他到林场工作后最光荣的事情，终生难忘。2009年，时隔30年他去了一趟北京，专门去毛泽东纪念堂找那13棵油松，但已经认不出来，树都长大了，而且树很多，不止13棵。他仔细地挑了13棵，看了一遍又一遍，觉得都像又都不像。张金良当然没有忘记行注目礼。

悠久的历史文化当然也是子午岭的一条根脉。

文化的根脉深矣。在子午岭，我除了拜谒黄帝、公刘、秦始皇、汉武帝等人留下的遗迹而外，还沿着秦直道寻访了蒙恬、扶苏、张骞、杜甫、范仲淹等古人的踪迹。秦直道的确是一个壮举。在淳化县秦直道起点遗址，我看见了夹在一段壕堑之中的"高速公路"起点，尽管已经被葱茏的草木全覆盖，但秦汉帝国的雄心清晰可见，汉使张骞经此出使西域的历史回声依稀可闻。

历史给子午岭留下了许多宝藏。因为文化积淀深厚，子午岭林区文物资源极其丰富，地上寺多，地下墓多。这些历史文物都是子午岭的根。从资料和地图上看，华池、合水和富县一带的寺庙最多，除有号称"八大寺院"的八卦寺、莲花寺、曹家寺、老虎寺、清凉寺、双塔寺、太阳寺和保全寺而外，还有立佛寺、华严寺、倒钟寺、盘龙寺、乌鸦寺、宝宁寺、老君寺、蒿巴寺、大佛寺和龙泉寺等，以及许多在路边即可见到的无名小寺。这些寺庙大都建于金代，从中可以一窥子午岭一度繁盛不衰的宗教文化。这些寺庙早已名存实亡，宗教活动暂且不说，寺内的佛像几乎被破坏殆尽。沿途我看了几个路边的无名寺，佛像大都只有佛身而无佛头，刀斧痕迹处处可见，景状惨不忍睹。前些年，因为盗墓贼猖狂，许多地方上文物都被转移到了县城。比如合水县博物馆，就收集了不少文物，其中历代的石像群最为珍贵，合水县博物馆馆藏石像因此而成为目前国内唯一没有断代的石像。2200年前秦始皇修秦直道的一个巨型碌碡就存放在合水县博物馆，这是我迄今看到的唯一的一个巨型碌碡。说它是巨型碌碡，是因为它比我们小时候场里碾麦子牛拉的碌碡大十倍，直径有一个人伸开两臂那么长；碾场里的碌碡1头牛就能拉动，而巨型碌碡绑上10头牛恐怕都拉不动；碾场里的碌碡身上只有纹路，而它长着一身的巨齿。巨型碌碡由一块巨石打凿而成，两侧还各留有一个边长四五厘米安装木轴承的正方形凹孔，不难看出巨型碌碡是套在一个巨型木架子上拉动的，木架子当然已经腐烂化为尘土，而巨型石头碌碡存了下来。科考人员说它是"最原始压路机"是很有道理的。这个出土于子午岭的"原始压路机",肯定不是第一个,也不会是最后一个,秦直道从长安一直修到了内蒙古,一个"压路机"肯定不够,其他的肯定还在子午岭的哪个地方掩藏着。幸亏巨型碌碡不好偷,否则就又有人惦记它了。

子午岭的地上地下文物被盗贼惦记已久。我在庆阳市子午岭森林公安局了解到,2017年和2018年,连家砭派出所在连续侦破两起盗挖柏树案的过程中,意外发现一起陕甘跨境连环盗墓案,缴获不少被盗的汉代文物,一个盗墓贼还被压死在墓坑里。在连家砭时,听李文峰说,文鹏又抓住了两个盗墓者,已经关在派出所,连夜就要押到局里去,我当即去看了一下盗墓贼。人都是普通人,也是可怜人,但面目可憎。

不过,总有一些寺奇迹般地活了下来,成为弥足珍贵的文化财富。在桥北林业局,钟利兵带我去看了背倚子午岭的石泓寺。该寺位于药埠头国有生态林场的密林之中,路径曲里拐弯,环境寂静怡然,深藏不露。古寺的外面正在重新修建,几个工匠埋头忙着手里的活,见来人也不搭理。令人称奇的是,洞窟内历经千余年的雕像竟然保存得完好无损。从现场一块富县人民政府1985年12月25日立的石碑《重修石泓寺记》碑文看,这个寺建于大唐嘉龙年间,历经五代、后周、宋、金、明、清诸朝,因为是佛门圣地,在历史上似乎得到了很好的保护,这次应该是继1985年之后的又一次外部重修。

寺庙如此,一些堪称文物的老树木亦未被风雨撼动。在子午岭,我发现一些饱经沧桑的千年古树,比如国槐、侧柏和枣树等树种,也受到人们的敬畏和保护,仍然在丛林里延续着自己的年轮。一个下雨天,在宜君县国有太安林场娑罗园生态苗圃,我看到了公元545年玄奘从印度归来路过时种下的一棵娑罗树,树胸挺拔,树冠参天。苗圃里的护理甚是精心,树下齐胸高的围栏让人不可近其身。敬仰者似乎很多,许愿者系在栅栏上的红丝带如雨水浇不灭的小火苗,温暖着一团绿色。这棵圣树没有被砍掉,无疑也是一个奇迹。不能不说,守护在其周围的那些草木功不可没,太安林场的护林员当然也是功不可没。资料显示,从2015年5月起,宜君县文物管理所、宜君县野生动植物保护站对其加大了保护力度。一棵"外来户"树种如此欣欣向荣,土生土长的树也创造着自己的生命奇迹。在调令关，有一棵千年樱桃树，高12.8米，干周长2.2米，枝干茂盛，令人甚是惊奇。中国林业科学院首席科学家盛炜彤曾经说："此树在全国实属罕见！"樱桃好吃树难栽，这是谁给我们栽的树呢？遗憾的是，我见到樱桃树的时候，它已经过了"硕果累累"的季节，一颗樱桃也没有吃上。

也许是因为同命相怜，不同种类的树之间也在彼此守护着。西坡林区韩圳村有一个涝池，边上一棵老柳树抱着一棵老国槐已经共同生长了二百多年，情状感天动地，令人动容。"二树老"的情形是，老柳树主干一半已经干枯，上半身只剩下半边活着，下半身半边已经死亡且敞开着怀抱，而一棵老国槐偏偏从中长了起来，犹如被老柳树抱在怀里，而且抱成了一棵树，同根同枝地相拥在一起；老柳树高1.3米，胸径4.58米，冠幅123平方米，树龄约280年。国槐看上去显然年轻一点，胸径比柳树小了一半。在这棵"柳抱槐"旁边，还守着一棵年代相仿的老柳树。

真是一个"白头到老"的故事，它们之间的关系和情谊让人浮想联翩。

子午岭的文物和树一样，仿佛都是苦难深重。在华池林镇林场，我当然去看了22年前轰动海内外的双塔1号塔被盗一案的现场张岔村双塔寺。在旁边护林站一个护林员的带领下，我们拾级而上，石级也是残破无几，断断续续，时有时无，上下只能一个人行走。这也是一个名存实亡的寺，1号塔被追回后因害怕再次被盗而被双双搬到了华池县县城保护起来，双塔原来立足的一小块平地已经被野草覆盖，拨开草丛只能依稀看见一点双塔基座的痕迹。还看什么呢，只能了一个心思而已。

因为所在位置离护林站只有一步之遥，我问护林员，那一夜你们没有听见什么动静吗？护林员回答，没有，那一天有一场沙尘暴。我又问，那么是谁最先发现的？护林员说，看塔的老汉第二天才发现的。

一对姊妹塔，身居甘肃偏远山区的密林深处，一夜之间竟然被盗贼像拔萝卜一样连根拔掉一根，而且相隔34天后在公安已经开始进入侦破的情况下再次被盗，盗贼两次经陕西、河南、湖北和湖南等6省将其千里迢迢运到广东海关，又跨过海峡卖到台湾。双塔历经半年最终被当地警方千辛万苦追了回来，其中的故事应该是惊险曲折引人入胜的。

这些盗贼真是吃了豹子胆。采访华池县公安局数位办案警察之后，我理出了这样一个惊心动魄的过程：2000年3月25日，接到报案1号塔被盗，25日和26日地县公安连续两天进行现场勘查，立即成立了"3·24"专案组，然后兵分几路赴周边合水、西峰、延安和西安等地开展排查；5月5日早7时，再次接到群众报案，5月4日晚1号塔地上剩余的二节又被盗了；现场勘查后，发现了脚印、车辙和花生皮粉末，与此同时在一个油品检查站获悉，一辆车号为豫R36×××的大卡车5月4日晚11时30分经过的消息，而这辆大卡车上正好装有疑似花生皮粉末的东西；紧接着就是马不停蹄地追查豫R36×××，几经周折在河南南阳发现车主，又经过十余天24小时的"守株待兔"，5月22日车主被迫主动到案交代了涉案经过，但是1号塔已经被运到了广州，隐藏地点是海角红楼游泳场；5月24日专案组抵达广州，在当地公安的协助下，找到了藏匿1号塔的地方，但塔已经去向不明；在这种情况下，他们就地从第一个到案人提供的几个手机号码着手，通过手机里的蛛丝马迹抽丝剥茧发现几个可疑对象之后，又于5月30日分赴广东东莞市、河南南阳市和南召县、陕西延川县和志丹县进行抓捕，但1号塔仍然去向不明；6月15日，一嫌疑人从长沙寄来投案书交代了租车人，专案组又奔赴志丹县抓获了主犯；6月26日，专案组再赴南召县，终于获悉1号塔已经被在广州卖给了一个台湾省籍人，而且已经从台中到了台南；7月17日，专案组再下广州，巧妙利用涉案人员关系，制订了一个秘密抓捕计划，准备迫使台湾人把1号塔送回大陆；7月30日，庆阳公安的震慑发挥了作用，台湾省籍人费尽周折终于通过香港海关把11层1号塔运抵广州海关新风港，验明1号塔的真身之后，用11个大木箱装了1号塔，并租了一辆邮政快车，当晚即由武警押运启程返回；8月4日，运塔车途经广东、湖南、湖北、河南和陕西等省之后，1号塔安全回到西峰市；8月5日，1号塔与2号塔在故乡华池县重逢，沿途各乡镇群众燃放鞭炮，县城数万名群众冒雨迎接。

　　姊妹塔团聚说双塔。

　　县博物馆原文博专干倪树隆说，双塔寺原来叫兴教院，后来叫双塔院。20世纪50年代，省考古研究所将其改名叫双塔寺。不过，当地老百姓一直把双塔叫姊妹塔。双塔为国家一级文物，通体用红砂岩石打磨、镶砌而成，有浮雕

4000多尊。塔一共13层，地上11层，地下的2层是被盗后挖掘现场才发现的。双塔搬迁时，在2号塔第六层发现了不少文物，记得有40件吐蕃文字文书、20件西夏文书、2个耀州瓷碗、1个千岁香包，另外还有几件经变故事画、丝绸、袈裟和一点粮食。除了"千岁香包"省上定为国家二级而外，其他文物目前还没有定级。双塔往华池县城搬时，他坚决反对，省文物局也不同意。倪树隆的观点是，搬走的话，就失去了周围的环境，那样就不叫双塔了，这就像把桃树结成了李子树，把延安搬到北京了。但是，县上坚决要搬，理由是放在山里无人管护。

这起惊天大案的侦破，不仅检验了华池县公安民警的勇毅和智慧，还彰显了子午岭林区森林公安的责任和担当。而在这起的大案中，子午岭森林警察的最大贡献是协助华池县公安获得了那个犹如密码一样的车牌号。

城区交巡大队队长、办案民警李勇说，有一天，两次上延安，早上去，下午回来，第二天凌晨又去。路上与一辆拉土的大卡车相撞，他们的车被撞翻，只好扔掉车挡车去延川，因为赶得快，当天抓住了一个嫌犯。在东华池往华池走时，遇大雨，又翻车，车上的4个警察只好步行。

刑侦大队教导员、案发时侦查员温波说，看塔的老汉在沙尘暴过后的第二天才发现塔不见了，急忙给文化部门报告，县文化局才正式报案。当天下午，他们就去了现场。随后成立专案组，副局长白洁任组长，成员有赵昌杰、温波、温江、王明奎、方志智和王彦沣。第一次盗走的是地上9层，因为塔不完整，买方不付钱，所以冒险来了个第二次，又盗走了地上其余2层。后来侦破发现，盗贼留在现场的花生皮末是那辆车牌号货车拉来的，为了防止塔体碰撞。盗贼第二次来时，知道公安已经在侦破，但为了钱，胆大包天，铤而走险。

当年的刑警队长赵昌杰说，我们一接到报案就到了现场。3月的草还没有长出来，地上的脚印、撬痕、绳痕和车辙以及塔体落地的痕迹非常明显，杂乱无章的。在周围几个县排查了一遍，遇上五一节，休息了一天，又去了现场。一开始，都不知道地下还有2层，5月4日再次被盗才引起重视。主犯是赵氏兄弟三人，按照年龄次序分别是赵某臣、赵某强和赵某军。第一次盗塔，老三从河南带了十几个人，第二次盗塔老三的妹夫高某在延川县雇了十几个人。抓老二和老三时，两个人都很平静，抓老大时出了一点惊险。当时，老大不开门，配合抓捕行动的两名广东警察强行进入后，只见老大光膀提着一把斧头，准备负隅顽抗，温江眼明手快直接冲上去，一把抓住其拿斧头的手腕，呼的一下将其甩倒在地。

都说双塔神奇，双塔真的很神奇，涉案18人，先后到案13人，正好是双塔的层数。赵昌杰又说。

在双塔寺住了10年的陈西库说，世界上双塔只有两个，一个在四川，一个就是甘肃华池的姊妹塔。小时候，自己还用铁锤砸过塔基上的浮雕佛像呢。当年，传说每逢月夜双塔下有一个金马驹出现，后来发现其实不是，因为柏树附近有含磷的朽木，月光一照隐约发光，酷似一个金马驹。不过，双塔还是有神奇的地方。曾经，一帮人用绳子往倒拉其中的一个塔，把塔都拉斜了，就是拉不倒，不但没有拉倒，塔一会儿又恢复了原状。一看双塔很神，谁也不敢再打双塔的主意了。双塔搬走时，当地老百姓都挡着不让搬，县政府给省政府报告，省政府同意，谁也没有挡住。陈西库现在是华池县公安局法制大队大队长，1号塔被盗时正在当地派出所。

惊天动地。从发案到结案，中央电视台的一、二、四频道，甘肃电视台，《人民日报》《光明日报》《中国青年报》《人民公安报》《甘肃日报》《兰州晨报》《陇东报》《甘肃公安报》等媒体先后进行了新闻和专题报道。

黄帝在此，一切都在这里。草木之痛，就是人心之痛。说严重一点，一些人所挖的柏树根，一些人所盗的文物，都是在挖先人的根，在挖我们的生命之根。

护林有责，守根有责，黄帝陵的黄帝"手植柏"在看着子午岭呢。

哦，子午绿，绿子午。

2021年12月22日至2022年2月17日初稿
2月28日定稿

后 记

所谓后记，其实是一本书可爱而又不可或缺的尾巴。

此作最初的书名是"子午绿"，但写着写着就不由自主地变成了"绿子午"，一个绿绿的绿字跑到了最前面，名词变成了动词，其意就是"使子午岭绿"，一个字的移动意外掘出了更深的意趣，甚为得意和欢欣。

《绿子午》的写作初衷或意图，已经在文中充分表达，这里就不再赘述。总之，子午岭之行，是我的一次精神之旅，于我这半辈子的写作抱负意义重大。

值得一说的是，这是我单篇创作时间最长的一次写作，采访前后用了105天，初稿写作用了49天，修改打磨用了13天，共计耗时167天，当然包括每天的吃饭、睡觉和散步五六个小时；这也是我创作的最长的一部作品，原计划写15万字，但初稿已经达到17万多字，修改过程中减掉了6000多字的"赘肉"，同时又添加了4000多字的遗漏，最后还是保持在17万多字。

对于我，这无异于一次冒险，奔六十的人了，能力和体力必然经受了一次考验。

选题提出之前，我为发现一个好题材而兴奋；选题立项之后，我为即将面对一次严肃的书写而忐忑；深入林区采访之后，我因一路满满的收获而快乐；进入写作状态之后，我又因笔力不逮而焦虑；坚持到最后定稿搁笔，我终于长长松了一口气——原来我还是能写的，而且这是一个我非写不可的选题。

在这个尾巴似的后记里，我最想说的话当然还是不尽的谢忱。

感谢中国作协创联部，继2019年作家定点生活创作项目《战石油》之后，又在2020年的项目中给了《绿子午》一个机会，尤其感谢赵兴红女士，她具体负责作家定点生活创作项目工作，选题立项前后的联系多有打扰和麻烦。感谢春风文艺出版社首席编辑姚宏越先生，继《拔河兮》《战石油》之后，不嫌鄙陋提前"订制"《绿子午》，圆了我的"春风三部曲"梦想。

此外，感谢《中国校园文学》编辑李娜女士，及时编发了我在采访途中创作的组诗《大森林里的童话》；感谢《读者》潘萍女士，推荐选载了其中的一首《密林深处的那种宁静》；感谢《光明日报》编辑付小悦女士，以大半个版的篇幅推出了其中的《火凤凰不是传说》一章；感谢张鹏禹先生和杨鸥女士，在《人民日报》海外版摘发《伐木者的背影》一章；感谢李兰玉女士，在《人民文学》杂志编发《森林之根》一章。这些作品的发表，使《绿子午》提前在子午岭产生回声。

感谢时任庆阳市委常委、宣传部部长阎晓峰同志，在我出发子午岭采访的前一天，携庆阳市文联诸位朋友为我饯行。此后，一些陕甘林区或地方上的朋友，他们或联系采访，或安排食宿，或提供车辆，或陪同采访，或搜集资料，或审读初稿，诸如杨漪、阎焕智、冯景亭、霍志宏、冯志胜、朱晓庆、段克青、刘越峰、戴红伟、钟利兵、贾随太、王晓光、李星元、李英甫、李步儒、牛立廷、史高文、方航空、王晓、王苏良、苟逢春、钟辉、李振国和靳莉等人。尤其让我感动的是，在最后审读初稿过程中，冯志胜、朱晓庆和戴红伟三位深更半夜或周末都在不停地反馈修改意见。在此，我向他们深表感谢，并通过他们向他们所在的单位表示感谢。

此外，在我采访中途急需在西安住院疗养的时候，《人民政协报》陕西记者站站长、诗友路强，热心为我联系了医院并陪我办理了入院和出院手续。这次入院"大修"，保证了我第二次重返子午岭。

坦诚地说，如果没有这些朋友的帮助和支持，恐怕就没有《绿子午》。我甚至觉得，在《绿子午》的创作中，我只是一个执笔者，大家才是真正的作者。

是为后记。

高　凯
2022年4月1日于西安